Liée par le secret

Une princesse à conquérir

W0363088

CAITLIN CREWS

Liée par le secret

DIADÈME

HARLEQUIN

Titre original :
THE PRINCE'S NINE-MONTH SCANDAL

Ce roman a déjà été publié en 2018

© 2017, Caitlin Crews.
© 2018, 2023, HarperCollins France pour la traduction française.

Ce livre est publié avec l'autorisation de HARLEQUIN BOOKS S.A.

Tous droits réservés, y compris le droit de reproduction de tout ou partie de l'ouvrage, sous quelque forme que ce soit.
Toute représentation ou reproduction, par quelque procédé que ce soit, constituerait une contrefaçon sanctionnée par les articles 425 et suivants du Code pénal.

Si vous achetez ce livre privé de tout ou partie de sa couverture, nous vous signalons qu'il est en vente irrégulière. Il est considéré comme « invendu » et l'éditeur comme l'auteur n'ont reçu aucun paiement pour ce livre « détérioré ».

Cette œuvre est une œuvre de fiction. Les noms propres, les personnages, les lieux, les intrigues sont soit le fruit de l'imagination de l'auteur, soit utilisés dans le cadre d'une œuvre de fiction. Toute ressemblance avec des personnes réelles, vivantes ou décédées, des entreprises, des événements ou des lieux serait une pure coïncidence.

Le visuel de couverture est reproduit avec l'autorisation de :

© 2021 PIXEL-SHOT/SHUTTERSTOCK/ROYALTY FREE

Réalisation graphique couverture : L. SLAWIG (HarperCollins France)

Tous droits réservés.

HARPERCOLLINS FRANCE
83-85, boulevard Vincent-Auriol, 75646 PARIS CEDEX 13
Service Lectrices — Tél. : 01 45 82 47 47 - www.harlequin.fr
ISBN 978-2-2804-9772-5

Composé et édité par HarperCollins France.
Imprimé en septembre 2023 par CPI Black Print (Barcelone)
en utilisant 100% d'électricité renouvelable.
Dépôt légal : octobre 2023.

FSC www.fsc.org MIXTE Papier issu de sources responsables FSC® C159065

Pour limiter l'empreinte environnementale de ses livres, HarperCollins France s'engage à n'utiliser que du papier fabriqué à partir de bois provenant de forêts gérées durablement et de manière responsable.

1

En vingt-sept années d'existence, Natalie Monette n'avait jamais agi inconsidérément, ce qu'elle tenait pour une grande force de caractère. Après une enfance difficile passée à supporter les frasques d'une mère vagabonde et impétueuse, elle s'était juré de toujours se comporter en adulte *raisonnable* et *responsable*.

Mais là, ç'en était trop.

Son patron, un milliardaire excentrique qui ne se préoccupait pas de prendre des gants, venait de lui passer un savon en réunion plénière pour une faute qu'elle n'avait même pas commise...

Stop ! Ça suffit ! avait protesté sa petite voix intérieure.

Elle ne continuerait pas à subir passivement l'oppression de ce tyran. Il fallait réagir pendant qu'il en était encore temps, avant d'être... laminée.

Au bout de cinq ans de bons et loyaux services comme assistante de direction, elle ne s'attendait pas que son employeur accepte sa démission de bonne grâce.

Alors autant partir sur un coup d'éclat. Sans se soucier des conséquences.

Natalie s'était réfugiée dans les toilettes raffinées de l'aérodrome privé des environs de Londres où ils avaient atterri. Tout en se lavant les mains au lavabo en marbre, elle s'efforçait de calmer la panique qui l'envahissait. Elle qui s'enorgueillissait de rester imperturbable en toute circonstance n'arrivait pas à se maîtriser.

C'est à peine si elle entendit la porte s'ouvrir. Elle eut vaguement conscience de la présence d'une de ces créatures distinguées, très glamour, qui hantaient ce genre d'endroits.

Elle devait sortir pour affronter son patron. *Il le fallait.* Sinon, elle risquait d'endurer encore pendant Dieu sait combien d'années une situation insupportable.

— Excusez-moi, mais vous ressemblez beaucoup à une de mes connaissances.

Natalie sursauta au son de la voix féminine et élégante, avec l'impression de l'avoir déjà entendue quelque part. Ce qui était plus qu'improbable. Elle n'avait aucune relation dans ces hautes sphères qu'elle fréquentait uniquement dans le cadre de son travail. En levant les yeux, elle vacilla sous le choc.

La femme qui se regardait dans la glace à côté d'elle lui ressemblait comme deux gouttes d'eau. Elle avait ses traits. *Exactement les mêmes.* Ses cheveux cuivrés étaient coiffés différemment et elle ne portait pas de lunettes mais, hormis ces détails, tout le reste était identique. Les yeux verts, le petit nez, le menton pointu, jusqu'aux sourcils et au front haut...

Elle était un peu plus grande, remarqua Natalie avec un léger soulagement. Puis elle aperçut ses talons aiguilles invraisemblables, avec lesquels elle aurait été bien en peine de marcher, surtout pour suivre l'allure impatiente de son employeur irascible.

— Oh ! souffla la nouvelle venue. Je trouvais la ressemblance amusante, mais là...

Natalie eut l'impression étrange de voir ses propres

lèvres se mouvoir, comme son reflet dans un miroir. Mais c'était *impossible.*

C'était beaucoup plus qu'une simple ressemblance.

— Qu'est-ce que... Comment..., bredouilla-t-elle d'une voix tremblante.

— Je n'en ai pas la moindre idée, répondit l'autre femme. Mais c'est tout à fait fascinant, n'est-ce pas ?

Se tournant vers son double, elle la détailla de pied en cap, ce dont Natalie ne lui tint pas rigueur. Elle aurait fait de même si la stupeur ne l'avait paralysée.

— Je suis Valentina.

— Natalie...

Elle avait la bouche sèche. Cela dépassait toutes les histoires de sosie qu'on entendait parfois, et qui se résumaient le plus souvent à une simple manière d'être et une vague ressemblance. Elle ne pouvait pas rester indifférente à la personne qu'elle avait en face, avec les mêmes taches de rousseur sur les pommettes. Il existait forcément un lien de parenté... Une sensation désagréable envahit Natalie, comme si elle s'apprêtait à ouvrir la boîte de Pandore. Sa mère avait toujours prétendu ignorer qui était le père de son enfant...

Natalie se secoua en revenant à la réalité et battit plusieurs fois des paupières.

— Attendez... Vous êtes la princesse dont on vient d'annoncer l'arrivée ?

L'atterrissage du jet privé avait été accueilli avec une certaine solennité. Personnellement, Natalie n'éprouvait pas de respect particulier envers l'aristocratie ou la royauté, pour lesquelles sa mère lui avait au contraire inculqué de l'aversion. Enfant, elle ne se déguisait pas en princesse en rêvant du prince charmant. On lui avait appris très tôt à se méfier de ces mensonges.

Dans la vie, les fins heureuses n'existaient pas, lui avait expliqué sa mère. Les gens se consolaient en se racontant des histoires de contes de fées. Mais sa fille ne se bercerait pas d'illusions ridicules et serait réaliste...

— En effet, répondit Valentina avec un sourire d'une modestie charmante. Et vous-même ? Nous sommes forcément apparentées...

Refusant d'envisager un lien quelconque avec une célébrité de haut lignage, Natalie battit en retraite.

— Nous n'avons hélas rien en commun. Je suis une humble secrétaire aux origines obscures et vous une princesse de sang royal qui habite probablement un château avec des armoiries datant du Moyen Âge.

Valentina inclina la tête avec une élégance pleine de noblesse, geste dont Natalie se sentait bien incapable.

— Probablement... J'avoue ne pas très bien connaître l'histoire de ma famille.

— C'est inhabituel, non, chez les aristocrates ?

Valentina scruta attentivement l'expression de Natalie.

— Sans doute... Selon certaines rumeurs, ma mère serait morte dans un accident qu'on aurait tenu secret. Au palais, des dignitaires m'ont assuré que non. Elle serait partie pour préserver un équilibre mental fragile et aurait trouvé refuge dans une maison de repos ou chez des religieuses. On ne sait pas grand-chose. En tout cas, on ne l'a pas revue depuis ma naissance, ou très peu de temps après. Si j'en crois mon père, elle a préféré se fondre dans l'anonymat plutôt que de goûter aux joies de la maternité.

Natalie eut envie de prendre ses jambes à son cou. Finalement, mieux valait retrouver son patron et ses folles exigences que de poursuivre cette conversation surréaliste qui la plongeait dans des abîmes de perplexité... Pourtant, à son corps défendant, elle s'entendit proférer à voix haute son secret le plus intime.

— Je n'ai jamais connu mon père, confia-t-elle à cette parfaite inconnue qui lui ressemblait trait pour trait.

Elle n'avait aucune raison de lui faire confiance. L'impression de la connaître depuis toujours était non seulement dénuée de fondement, mais absurde. Malgré tout, elle continua à lui parler.

— Ma mère m'a toujours dit qu'elle ne savait pas qui était mon père. Comme elle a tendance à papillonner, j'ai fini par la croire. Pour elle, les hommes sont des êtres trompeurs et volages, et les histoires de prince charmant des fables à dormir debout qui abêtissent les jeunes filles influençables.

Valentina rit doucement, d'un rire qui sonna étrangement aux oreilles de Natalie parce que c'était le même que le sien.

— Mon père, Sa Majesté Geoffrey de Murin, est quelqu'un d'inoubliable.

Natalie secoua la tête.

— Vous sous-estimez la capacité d'oubli de ma mère. Elle a transformé son amnésie en style de vie, à un niveau que je qualifierais presque d'admirable.

De nouveau, elle se demanda pourquoi elle confiait à une parfaite étrangère des choses qu'elle osait à peine s'avouer à elle-même.

— Ma mère s'appelait Frederica de Burgh, déclara Valentina. Issue d'une très ancienne famille de Murin, promise à mon père depuis sa naissance, elle avait été élevée dans un couvent à l'écart du monde. Quand elle a accédé au trône par son mariage, on l'a déclarée inapte à assumer sa fonction de reine. Mais on a probablement forgé cette histoire de toutes pièces pour expliquer sa disparition… Comment s'appelle votre mère ?

Les mains moites, Natalie posa son sac sur le comptoir en marbre pour se donner une contenance.

— Elle se prénomme Erica.

Elles se turent un instant toutes les deux. Évidemment, *Erica* sonnait comme un diminutif de *Frederica*, mais ce n'était pas la peine de l'énoncer à voix haute. Natalie eut subitement conscience d'une foule de bruits, le moteur des avions sur le tarmac, l'écran géant, dans le hall, branché vingt-quatre heures sur vingt-quatre sur une chaîne d'information...

Elle s'étonna vaguement de ne pas avoir reçu plusieurs textos incendiaires de son patron, qui devait la chercher partout.

— J'ai aperçu le milliardaire Achilles Casilieris, tout à l'heure, reprit Valentina, comme si elle lisait dans les pensées de Natalie. Quel homme impressionnant ! Il exsude l'argent et l'autorité par tous les pores de la peau.

— C'est mon patron. Il est redoutable.

Elle travaillait pour lui depuis cinq ans au sein de la compagnie qui portait son nom, et qui jouissait d'une renommée internationale. C'était la première fois qu'elle s'autorisait à voix haute une telle remarque et elle en conçut aussitôt un sentiment de culpabilité et de déloyauté, comme avec sa mère.

La princesse fronça les sourcils en entendant le vibreur de son téléphone.

— Mon fiancé, annonça-t-elle en jetant un bref coup d'œil sur l'écran. Son assistant, pour être précise.

Elle referma le rabat de sa pochette en cuir sans répondre.

— Félicitations, dit Natalie quand le bruit cessa.

— Merci, j'ai beaucoup de chance, répliqua Valentina, sarcastique. En tout cas, c'est ce que tout le monde pense. Le prince Rodolfo est objectivement très beau. Les tabloïds l'encensent depuis son adolescence et déroulent volontiers la liste impressionnante de ses conquêtes. Nos fiançailles, à l'automne dernier, n'ont d'ailleurs pas affecté son goût de séduire. Top models et actrices des cinq continents continuent à lui tomber dans les bras comme si je n'existais pas.

— Votre prince charmant a l'air… charmant, murmura Natalie.

Valentina haussa les épaules.

— Il m'a prévenue qu'il préservait sa liberté jusqu'à notre mariage. Ensuite, il y mettra un terme car il a l'intention de renouer avec sa vie dissolue une fois sa descendance assurée. Plus discrètement, j'espère… En attendant, je suis bien entendu folle de joie à l'idée de l'épouser dans moins de deux mois.

Natalie lui sourit dans un élan de commisération.

— Mon sort n'est pas plus enviable que le vôtre ! M. Casilieris, dans une forme éblouissante, est en train de négocier une affaire particulièrement délicate et exige de moi une disponibilité de tous les instants. Vous n'imaginez pas combien ses rugissements mettent les nerfs à l'épreuve.

— Cela ne peut pas être pire que d'être obligée de sourire poliment pendant que votre futur mari vous fait la leçon. Il m'explique des heures durant qu'il est absurde d'espérer la fidélité de son conjoint dans un mariage arrangé. Le plus inepte pour lui étant de devoir refréner ses pulsions le temps d'engendrer des héritiers… Il ne me restera qu'à m'épanouir chastement dans la maternité et les œuvres philanthropiques.

— Imaginez-vous en train de vous mordre la langue quand votre patron furieux vous invective devant tout le monde alors que vous n'avez rien fait de mal ! De toute façon, vous êtes payée pour cela, supporter ses sautes d'humeur sans broncher. Il faut même garder le sourire.

Et pas question de raconter aux journalistes ce que vous subissez !

Valentina hocha la tête d'un air entendu.

— Ils achèteraient pourtant vos histoires à prix d'or ! Moi, je passe des heures interminables en compagnie de censeurs rébarbatifs, ennuyeux comme la pluie, qui passent au crible mes moindres déclarations jusqu'à les rendre inodores et sans saveur.

— Je dois aussi affronter les collaborateurs mécontents de M. Casilieris, la meute de ses ex-maîtresses, toutes plus avides de vengeance les unes que les autres... Sans parler des employés terrorisés qui réclament un mode d'emploi avant de le rencontrer ou s'écroulent devant vous en sortant de son bureau. Et ce n'est pas fini ! Je fais également l'intermédiaire entre lui et ses domestiques, qui n'osent pas lui poser les questions qui fâchent !

Elles s'étaient rapprochées, comme de vieilles amies. *Ou des sœurs*, songea Natalie. Cette pensée lui inspirait des sentiments contradictoires, mais elle ne recula pas, comme si son corps appréhendait une vérité que son esprit se refusait à envisager.

Elle se remémora la manière odieuse dont M. Casilieris lui avait crié dessus. Si elle ne trouvait pas le courage de partir maintenant, elle ne le ferait jamais.

— Je songe à démissionner, chuchota-t-elle comme pour se convaincre elle-même de ses intentions. Dès aujourd'hui.

— Dans ma situation, c'est malheureusement impossible, répondit la princesse.

Une étincelle de malice brilla tout à coup au fond de ses yeux verts.

— Il me vient une meilleure idée ! Échangeons nos places. Pour un mois, ou un mois et demi. Juste pour faire une pause.

— C'est insensé !

— Absolument, acquiesça Valentina. Mais qui sait ? Vous trouverez peut-être le protocole de la Cour très divertissant. Quant à moi, j'ai toujours rêvé d'être immergée dans la vraie vie et de travailler comme tout le monde.

— Mais c'est impossible ! protesta Natalie en fronçant les sourcils. Je ne peux pas *échanger ma place* avec celle d'une princesse !

— Cela vous laisserait le temps de la réflexion avant de démissionner pour de bon. Ce sera comme des vacances.

Elle marqua une pause.

— Où sera Achilles Casilieris dans six semaines ?

— Il ne s'absente jamais de Londres très longtemps.

— Dans ce cas, donnons-nous rendez-vous à Londres dans un mois et demi. Entre-temps, nous communiquerons pour envoyer les renseignements nécessaires sur nos vies respectives. Le jour dit, nous reprendrons notre identité et personne ne se sera rendu compte de rien. Ce sera très amusant !

Valentina considéra Natalie d'un air compatissant.

— Pardonnez-moi de dire cela, mais cela vous fera du bien de vous amuser un peu !

— Cela ne marchera jamais, dit Natalie, tentée malgré elle. Personne n'y croira.

— Pourquoi ? Franchement, je suis moi-même incapable de faire la différence !

— Mais je ne pourrai pas passer pour une *princesse* !

Valentina remarqua peut-être le ton péjoratif, mais n'en laissa rien paraître.

— Bien sûr que si ! Vous êtes tout mon portrait.

— Je n'ai pas eu la même vie et je ne possède pas vos qualités. Vous êtes élégante, posée, avec toute une éducation que je n'ai pas reçue. Vous avez appris à vous comporter avec politesse et diplomatie en toute circonstance... Je ne saurais probablement même pas quelle fourchette utiliser à table !

— Achilles Casilieris compte parmi les hommes les plus fortunés du globe et a certainement dîné aussi souvent que moi en compagnie de grands de ce monde. Vous aussi, donc, en tant qu'attachée et secrétaire particulière. Je ne doute pas de vos bonnes manières ni de votre savoir-vivre.

— Personne n'y croira, répéta Natalie.

Malgré tout, une part d'elle-même avait envie de se jeter dans l'aventure et d'expérimenter la vie de princesse. L'espace de six petites semaines, à peine le temps d'un rêve.

Elle le méritait, non ?

Le sourire de Valentina s'agrandit tandis qu'elle ôtait de son doigt une énorme bague, étincelante.

— Essayez-la. C'est un bijou de famille du prince Rodolfo. Si elle n'est pas à votre taille, enterrons l'idée et n'en parlons plus.

Poussée par une force incompréhensible, Natalie résista encore. C'était ridicule. Elle n'allait tout de même pas se prendre pour Cendrillon !

Pourtant, elle s'exécuta. Éblouie par le diamant, elle se sentit transportée dans un monde merveilleux, rempli de talismans et de baguettes magiques, tout ce dont sa mère l'avait obstinément détournée. Elle n'osait même pas rêver d'avoir une maison comme tout le monde. Mais pourquoi l'avenir ne recèlerait-il pas des surprises inespérées ? Un jour, peut-être, elle se sentirait bien auprès d'un homme et trouverait sa place dans un pays enraciné dans l'histoire.

Cette bague qui ne lui était pourtant pas destinée semblait lui donner ce pouvoir.

À partir de là, tout se précipita. Elles enlevèrent leurs chaussures et Valentina se débarrassa de son fourreau avec la simplicité d'une femme habituée à se déshabiller devant ses domestiques. Natalie préféra se mettre à l'écart dans une cabine pour ôter ses vêtements, une jupe, un chemisier, un cardigan, qu'elle passa à Valentina à travers la porte entrebâillée. Puis elle enfila la robe de la princesse, sans conviction.

Elle lui allait comme un gant.

Elle ressortit lentement et cligna des yeux devant… son propre reflet, celui qu'elle avait vu dans la glace le matin même, dans la chambre qu'elle occupait chez M. Casilieris. Il lui réservait une pièce dans sa maison londonienne pour lui épargner trop d'allers et retours jusqu'à son petit appartement de banlieue à des heures indues. Elle avait accepté pour éviter de le contrarier, même si cet arrangement empiétait sensiblement sur son indépendance et son autonomie.

Aux prises avec le même sentiment d'étrangeté, Valentina éclata de rire, pendant que Natalie se perchait sur les invraisemblables talons aiguilles. Totalement déséquilibrée, elle dut s'agripper au rebord du lavabo.

— Il faut mettre son poids sur les talons, conseilla Valentina, qui avait déjà enfilé les chaussures confortables de Natalie. On est tenté de se tenir sur la pointe des pieds, mais c'est une erreur.

Elle pointa du doigt les lunettes de sa comparse.

— Je risque d'attraper mal à la tête.

Natalie les lui tendit.

— Ce sont des verres neutres. Certains clients de M. Casilieris s'intéressaient un peu trop à moi et il en prenait ombrage. Alors je me suis composé un look sévère et coiffée avec un chignon.

— Les hommes sont idiots.

— Ils ont peur des femmes aux allures d'intellectuelles.

Natalie libéra ses cheveux et donna le bandeau élastique à la princesse, qui noua les siens en queue-de-cheval.

Encore une fois, le résultat fut saisissant.

Natalie Monette, assistante de direction méthodique et consciencieuse au point de ne plus avoir de vie personnelle, était méconnaissable. Tout comme la princesse Valentina de Murin.

— C'est complètement fou, chuchota Natalie.

La vraie princesse Valentina se contenta de sourire avec la modestie sereine que Natalie s'était toujours efforcée de montrer. Elle était totalement convaincante.

Pour être interchangeables à ce point, elles étaient forcément jumelles. Il n'y avait pas d'autre explication possible.

Ce qui signifiait que sa mère lui avait raconté un tissu de mensonges, mais elle préférait ne pas y penser pour l'instant.

— Le sort en est jeté, déclara Valentina d'un ton un peu altéré. J'ai toujours eu envie d'être… quelqu'un d'autre. Une personne normale. Juste pour essayer…

Leurs regards se croisèrent, d'un vert identique. Leur chevelure avait aussi la même nuance cuivrée, malgré quelques mèches plus claires pour Valentina, qui passait certainement plus de temps qu'elle dans les instituts de beauté ou à bronzer au soleil dans son royaume insulaire.

Si nous sommes jumelles… Si nous sommes réellement sœurs, alors cette île t'appartient aussi, murmura la petite voix intérieure de Natalie. Mais elle ne pouvait pas encore mesurer toutes les implications d'une telle situation.

— C'est à cela que rêvent les princesses ? demanda-t-elle avec une émotion indéfinissable. Parce que les jeunes filles ordinaires, elles, essayent au contraire de s'imaginer à votre place.

Sauf elle, bien sûr…

Une lueur brilla dans les yeux de Valentina, mais elle n'eut pas le temps de répondre car un grognement familier retentit à l'extérieur des toilettes. Sans réfléchir, Natalie disparut dans la cabine où elle s'était déshabillée, juste au moment où la porte s'ouvrait.

— Qu'est-ce que vous fabriquez, à la fin ? tonna Achilles Casilieris avec sa mauvaise humeur coutumière.

Il la cherchait depuis un certain temps et donna libre cours à son impatience.

— Pouvons-nous embarquer ? Je vous rappelle que nous allons à New York. Le pilote est prêt à décoller.

Par habitude, Natalie se redressa. Mais son patron ne la voyait pas puisqu'elle était cachée. Il foudroya Valentina du regard, sans rien remarquer.

— Excusez-moi, murmura celle-ci.

— Allez, dépêchez-vous, nous avons assez perdu de temps, maugréa-t-il en tournant les talons.

Natalie eut une sensation de vertige. Elle travaillait depuis cinq longues années pour cet homme d'affaires renommé pour son intuition infaillible. Et il ne s'était rendu compte de rien !

Elle ne bougea pas et resta parfaitement silencieuse. Lorsque Valentina prit son sac à la place du sien, elle ne tenta plus d'arrêter le cours des choses.

— Je vous appellerai, chuchota la princesse devant la glace.

Puis Son Altesse Valentina de Murin emboîta le pas à Achilles Casilieris et disparut, les yeux brillant d'excitation.

Natalie sortit alors de sa cachette et contempla son image en lissant ses cheveux d'une main tremblante. À son doigt, la bague éblouissait.

C'est ainsi qu'elle se métamorphosa en princesse de conte de fées et qu'elle pénétra, tout éveillée, dans un rêve.

2

Nichée dans un site magnifiquement préservé dans les montagnes des Pyrénées, entre la France et l'Espagne, la très ancienne et aristocratique principauté de Tissely était depuis des siècles un petit pays paisible, riche et prospère. Le prince Rodolfo, héritier de la couronne, séjournait pour l'heure dans le royaume voisin de Murin, où il avait été invité à demeurer au château.

Or, le prince s'ennuyait. Cette inactivité tout à fait inhabituelle lui pesait. Cependant, il devait faire bonne figure afin de ne pas froisser la fiancée que son père avait réussi à lui imposer.

La princesse Valentina ne lui plaisait pas particulièrement, mais c'était sa future femme, celle qui lui donnerait des enfants. Il devait donc consentir quelques efforts.

Dans le salon d'apparat qu'on lui réservait lors de ses visites mensuelles, Rodolfo soupira en étirant devant lui ses longues jambes. Il frotta distraitement un endroit douloureux, sur sa cuisse. Quelques mois auparavant, une plongée périlleuse avec des amis avait failli mal se terminer à cause d'un requin. Heureusement, ni son père ni les paparazzis n'en avaient rien su. La ravissante créature qu'il logeait à bord de son yacht, en escale à Belize, avait suffi à détourner leur attention.

Sans ces escapades qui pimentaient son existence, le prince Rodolfo n'aurait trouvé aucun sens à la vie qu'il menait.

Son père l'avait convoqué au palais à son retour de cette folle croisière, dont plusieurs photos scandaleuses avaient été publiées dans les pages people des tabloïds.

— Tu me mets dans des situations horriblement embarrassantes, avait-il explosé.

— Il faut bien que je m'occupe, avait répliqué Rodolfo avec un brin d'insolence. Donnez-moi quelque chose à faire, père. Vous avez un royaume à votre disposition. Vous devez bien pouvoir trouver une mission à confier à votre fils.

En fait, ils n'abordaient jamais le fond du problème. Rodolfo n'était pas le fils préféré, celui que le roi aurait choisi pour lui succéder. Il était simplement le seul qui restait...

Rodolfo n'était pas Felipe. Il ne pourrait jamais être Felipe. Son père le détestait sans doute à cause de cela.

— Il n'y a pas place dans mon royaume pour un dilettante et un dépravé, un casse-cou qui ne déparerait pas dans une émission de téléréalité ou d'aventure !

Rodolfo le provoquait constamment, et il était plus facile de l'invectiver que d'avoir une discussion sérieuse avec lui.

— Tes singeries jettent le discrédit sur mon honneur et celui de la principauté, avait-il ajouté.

— C'était juste une croisière, avait objecté Rodolfo tranquillement. Pas un complot susceptible de renverser votre gouvernement.

Son calme olympien énervait plus sûrement son père que s'il avait réagi aux attaques et aux insultes.

— Tu te soucies si peu de politique !

— Il vous suffirait d'un mot pour tout changer, lui avait rappelé Rodolfo, le plus doucement possible. Mais vous refusez.

Et leur discussion avait recommencé à tourner en rond.

Le père de Rodolfo, Ferdinand IV, le souverain taciturne et maussade de Tissely, gardait la mainmise absolue sur ses prérogatives monarchiques et ne donnait aucun signe de relâchement. En dépit de sa promesse d'accorder au seul fils qui lui restait une place dans son gouvernement à la fin de ses études supérieures à la London School of Economics. Cela remontait maintenant à dix ans… De plus en plus amer, Ferdinand s'accrochait au trône et Rodolfo… s'adaptait.

La vie à la principauté s'écoulait d'autant plus calmement que le petit État restait, depuis des siècles, à l'abri des guerres et des conflits. Par contraste, la vie de Rodolfo était des plus… stimulantes, délibérément agitée et tapageuse. Il se livrait par goût à tous les excès, sportifs ou sexuels, sans se soucier de défrayer la chronique. Si son père souhaitait le voir agir avec plus de circonspection, il fallait lui confier de réelles responsabilités. Jamais Rodolfo n'accepterait de végéter dans un cocon sans se préoccuper de rien, avec pour seule perspective la succession au trône.

Les précautions innombrables avec lesquelles on avait veillé sur Felipe ne l'avaient pas empêché de mourir à l'hôpital des suites d'une mauvaise grippe… Conscient de la fragilité de l'existence, Rodolfo ne cessait pas moins d'en repousser les limites en bravant tous les dangers, avec un groupe d'amis aussi casse-cou que lui, pour la plus grande consternation de leurs familles.

— Félicitations ! avait lancé Ferdinand un beau matin de septembre, dans son bureau du palais de Tissely. Nous célébrerons ton mariage l'été prochain.

— Pardon ?

Rodolfo, qui écoutait toujours distraitement les rodomontades de son père, lui avait soudain prêté une oreille attentive. Il comprenait mieux pourquoi on l'avait convoqué. Généralement, Ferdinand évitait les confrontations et préférait communiquer par des moyens détournés… En ce moment, fier de l'effet produit, il ne cachait pas sa satisfaction.

Ce qui n'augurait rien de bon.

— Je vous offre enfin le rôle de choix dont vous rêvez, avait poursuivi Ferdinand. Le prince héritier de Tissely est officieusement promis à la princesse de Murin depuis sa naissance. Il est grand temps que tu assumes ton destin et assures ta descendance. Tu avances en âge, Rodolfo. La nouvelle ne devrait pas te surprendre. Ce ne sont pas tes incartades et tes extravagances qui te permettront de rester jeune.

Rodolfo bouillait intérieurement, mais n'avait rien laissé paraître. Son père aurait été trop content.

— J'ai rencontré une seule fois la princesse de Murin. J'avais dix ans et elle portait encore des couches.

À l'époque, Felipe, qui en avait quatorze, n'avait pas manifesté davantage d'enthousiasme que lui maintenant…

— Cela ne me semble guère suffisant pour projeter une union, avait-il ajouté.

— La princesse Valentina est connue dans le monde entier pour son sérieux et sa respectabilité, avait répliqué Ferdinand très froidement. Je doute en effet que vos chemins aient pu se croiser depuis. Elle ne fréquente pas les lieux de perdition que tu affectionnes.

— Vous pensez qu'elle consentirait malgré tout à m'épouser ?

— C'est une femme de devoir, qui sait ce qu'elle doit à son pays. Puisque tu prétends vouloir tenir ton rôle, je t'offre la chance de me donner des preuves de ta bonne volonté.

C'est ainsi que Rodolfo, pris à son propre piège, avait

été livré à sa très ennuyeuse fiancée, sans aucun espoir d'échapper un jour à son sort…

— Princesse Valentina, Votre Altesse, annonça le majordome.

Rodolfo se leva poliment. Il avait beau s'ennuyer, il n'oubliait pas les bonnes manières qu'on lui avait inculquées dès son plus jeune âge.

Il avait toujours imaginé qu'il mènerait une existence différente de celle de son père. Jusqu'à ce que la disparition de Felipe lui laisse la place de prince héritier. Sinon, il n'aurait jamais accepté d'épouser une femme qu'il ne connaissait pas, qu'on avait choisie pour lui en raison de ses origines et à laquelle il n'avait strictement rien à dire. Sa propre mère, pas plus amoureuse de Ferdinand que Rodolfo ne l'était de Valentina, s'était très vite retirée dans son manoir ancestral, en Bavière, où elle demeurait maintenant depuis plus de vingt ans pour, disait-elle, « raisons de santé ».

Rodolfo, dans sa prime jeunesse, était tellement convaincu qu'il ne commettrait pas la même bêtise… Et pourtant il se retrouvait là, en train de parler de sujets sans intérêt avec une fiancée distante et froide…

Mais cette fois-ci, bizarrement, tout lui sembla différent. Rodolfo n'aurait su dire de quelle manière, et encore moins pourquoi.

Il le *sentit* dès qu'elle entra. D'abord, elle s'arrêta sur le seuil pour jeter un regard circulaire, comme si elle n'avait jamais vu les fresques du plafond ni posé les yeux sur lui. Un frisson étrange le parcourut.

Impossible.

Que lui arrivait-il ?

Il fronça les sourcils en observant sa fiancée. Elle paraissait comme d'habitude, et en même temps… non, pas du tout. Elle portait une de ses innombrables petites robes à l'élégance discrète et sophistiquée, mais qui rehaussait davantage la perfection de sa silhouette. En tout cas, il n'y avait jamais été aussi sensible. Aujourd'hui, elle le fascinait. Quelque chose, dans son comportement, sa manière de se tenir, était… différent, comme si elle était moins sûre de sa démarche. Même ses cheveux étaient plus… brillants ?

C'était ridicule. Ce saut en parachute dans les Alpes suisses, la semaine dernière, l'avait secoué plus qu'il ne le pensait.

La princesse s'humecta les lèvres et ce simple geste éveilla en lui un désir inouï.

Que diable se passait-il ?

— Bonjour, commença-t-elle d'une voix… *suave ?* C'est un plaisir de vous revoir.

— Un plaisir ? répéta-t-il, sceptique. Vous êtes sûre ? J'avais plutôt l'impression de vous infliger une corvée, jusqu'à présent. Un peu comme une séance chez le dentiste.

Pourquoi, après tous ces mois de froideur, sortait-elle de sa réserve ?

— Avec ou sans anesthésie ? demanda Valentina en souriant, un éclair de malice au fond de ses yeux verts.

Rodolfo n'aurait pas été plus surpris si elle s'était déshabillée devant lui.

— Quand on est endormi, on ne souffre pas, remarqua-t-il.

La princesse s'avança jusqu'au milieu de la pièce et posa la main sur le dossier d'une chaise recouverte de brocart. Rodolfo n'avait qu'une pensée en tête, qu'elle continue d'approcher, plus près, pour…

Calme-toi, se dit-il. *Tout de suite.* Si sévèrement qu'il eut l'impression d'entendre la voix de son père.

Il la considéra un instant en silence, comme s'il la voyait pour la première fois. Il y avait quelque chose de nouveau en elle, un balancement des hanches, subtil et indéfinissable, mais bien réel. Elle contourna le canapé et s'assit au milieu, avec une grâce délicate, presque timide. Ce qui était absurde, bien sûr…

— J'ai lu des articles sur vous, dans l'avion qui me ramenait de Londres, déclara-t-elle tout à coup.

Une fois encore, il fut totalement décontenancé.

— Les tabloïds sont pourtant indignes de votre intérêt.

— Je vous le concède. D'ordinaire, je ne m'abaisse pas à un niveau aussi affligeant.

Il haussa un sourcil distingué.

— J'imagine.

— Je suis une princesse, pas une midinette en mal d'évasion qui rêve désespérément d'échapper à son quotidien monotone avec des histoires farfelues.

— Tout à fait.

— Je dois cependant vous poser une question, poursuivit-elle, avec ce petit sourire tranquille qui l'avait terriblement ennuyé jusqu'ici, mais qui, aujourd'hui, l'excitait beaucoup.

— Vous pouvez me demander ce que vous voulez, princesse.

Jamais il n'avait utilisé avec elle ce ton charmeur qu'il réservait à ses conquêtes.

Ce n'était pas la peine de s'en défendre. Brusquement, sans savoir pourquoi, il avait envie de la séduire.

Désespérément.

Elle qui était d'ordinaire d'une froideur à toute épreuve sembla lire en lui et deviner son désir, mais pas pour le flatter. Plutôt pour le retourner contre lui…

Elle pencha la tête sur le côté.

— Je ne comprends pas qu'il y ait pour vous deux poids, deux mesures. Puisque vous continuez à fanfaronner en jouant au séducteur dans toute l'Europe, pourquoi ne pourrais-je pas en faire autant ?

Une sensation désagréable, inconnue, s'insinua en Rodolfo, qui serra les poings.

Puis, sa réponse fusa, imprévisible, même pour lui.

— Parce que vous êtes à moi, princesse, que cela vous plaise ou non.

3

Le prince Rodolfo ne correspondait pas du tout à l'idée que Natalie s'en faisait.

La presse publiait pourtant d'innombrables photos de cet accro à l'adrénaline qui faisait les quatre cents coups à travers l'Europe. Les femmes tombaient en pâmoison à la vue de son corps musclé émergeant des eaux bleues de la Méditerranée. Le cliché qui le montrait en caleçon en train de s'étirer sur le balcon d'une chambre d'hôtel à Barcelone avait fait le tour du monde. Mais elle ne l'imaginait pas aussi grand. Il mesurait au moins un mètre quatre-vingt-dix et une puissance stupéfiante irradiait de lui.

Il la fascinait littéralement, depuis la première seconde où elle l'avait aperçu, véritable géant dans cette pièce pourtant immense. Il exsudait une force et une énergie peu communes et ressemblait plutôt à un athlète qu'à un prince, avec ses cheveux noirs indisciplinés et ses yeux d'un brun velouté qui donnaient envie de s'y noyer. Il était vêtu d'un pantalon noir et d'une chemise en soie sauvage qui faisait ressortir sa musculature. Cette tenue décontractée accentuait sa beauté virile, sculpturale. Il avait de grandes mains aristocratiques et sa voix grave résonnait curieusement aux oreilles de Natalie, pas du tout préparée à cette rencontre. Son regard franc, direct, la déstabilisait.

En fait, sa mère avait tellement démystifié les histoires de prince charmant qu'elle s'attendait à tout le contraire, c'est-à-dire un être fade et rebutant. À tout le moins prétentieux, hautain et superficiel. En tout cas pas à... *cela*.

Valentina avait évoqué son charme, mais d'un ton désinvolte, comme si elle parlait de quelque chose de banal. Alors qu'il était extraordinairement séduisant, à un point presque inconcevable. Les photos des paparazzis ne rendaient pas du tout justice au prince héritier Rodolfo de Tissely. Natalie en avait le souffle coupé. Il lui fallut quelques minutes pour se ressaisir.

Elle avait déjà du mal à marcher avec ces talons ridiculement hauts, même en mettant son poids sur l'arrière... En plus, elle devait évoluer dans ce luxueux décor inconnu comme si les lieux lui étaient familiers. Certes, avec son patron milliardaire, elle avait l'habitude de fréquenter des endroits d'exception, mais cette fois-ci il s'agissait d'un *vrai palais royal*, où elle n'était pas simplement invitée, mais... *maîtresse de maison*.

Les gardes et la nombreuse domesticité s'étaient inclinés révérencieusement devant Natalie lorsqu'elle était montée à bord du jet privé. Une jeune femme, sans doute sa secrétaire particulière, avait pris place à côté d'elle pour lui donner des précisions sur son emploi du temps. Natalie, qui tenait ce rôle depuis cinq ans auprès d'Achille Casilieris, avait ainsi appris quelques informations sur la personnalité de Valentina. Appréciée de ses employés, elle entretenait avec eux des rapports de simplicité, dénués de préciosité. Elle adorait aussi les romans sentimentaux, dont on tenait des collections entières à sa disposition.

Après un voyage très court, l'avion avait atterri sur l'île

minuscule du royaume de Murin, en Méditerranée. Natalie avait à peine eu le temps d'admirer les coteaux en pente douce, couverts d'oliveraies, et les toits de tuiles rouges des villages pittoresques, avec les clochers des églises romanes. Les eaux bleues miroitaient de tous côtés. De jolies plages de sable doré, au fond de criques rocheuses, invitaient au farniente et à la baignade. De loin en loin, de petits ports de pêche abritaient des flottilles de bateaux colorés. Sur un point culminant, un splendide château dominait le décor. L'île ressemblait à un paysage de carte postale.

Ou à un rêve. Sauf que Natalie ne rêvait pas.

— Le prince Rodolfo attend votre bon plaisir, Votre Altesse, avait annoncé un majordome en livrée.

Trop occupée à se repérer dans le fastueux environnement censé être le sien, elle s'était contentée de hocher la tête. Les couloirs dallés de marbre lui paraissaient interminables et elle maudissait la hauteur de ses talons aiguilles.

Bizarrement, elle s'attendait à découvrir en la personne du prince Rodolfo une pâle copie de sa légende... N'ayant pas imaginé un instant le choc de cette rencontre, elle avait dû s'agripper au dossier d'une chaise tant ses jambes flageolaient.

Puis, quand il s'était mis à parler, elle avait eu la certitude que de sérieux ennuis s'annonçaient. Il ne lui était tout simplement jamais venu à l'esprit que le prince puisse lui plaire. Ni son titre ni sa célébrité ne l'impressionnaient. Natalie préférait la discrétion au tape-à-l'œil. De plus, la fréquentation d'hommes d'affaires puissants et fortunés lui avait ôté toute illusion sur la nature humaine. Généralement, les gens qui avaient un besoin pathologique de s'exhiber n'avaient rien d'excitant quand on les voyait de près.

Comment aurait-elle anticipé ce qui était en train de se produire ?

Elle en resta bouche bée.

De plus, le prince Rodolfo n'avait rien d'un sot. Les mots qui sortaient de sa bouche subjuguaient Natalie et piquaient sa curiosité.

Stop ! Cet homme est fiancé à une autre femme, quoi qu'elle pense de lui.

Natalie dut se rappeler à l'ordre sévèrement quand le prince prononça son étrange déclaration possessive. Elle fixa la galerie de portraits rébarbatifs accrochés aux murs comme si ces toiles de maîtres pouvaient l'aider à résister au vent de folie qui menaçait de l'emporter.

« Vous êtes à moi... »

Ces paroles paraissaient incongrues dans la bouche de l'homme décrit par Valentina. Elles ne correspondaient pas non plus au comportement de don Juan dont se plaignaient ses ex-maîtresses, trop vite remplacées et abandonnées.

En fait, il sembla le premier étonné...

— C'est très injuste, non ?

Elle espérait de toutes ses forces ne pas trahir son émoi. Peut-être même parviendrait-elle à le maîtriser en n'y prêtant pas attention.

— Pourquoi devrais-je me contenter de vous alors que vous ne mettez aucune limite à votre frénésie amoureuse ?

— Si j'ai un rival, qui est cet heureux homme sur lequel vous avez jeté votre dévolu ?

— Je suis une femme discrète... Contrairement à vous, Majesté, ajouta-t-elle avec un sourire perfide.

— Je ne peux pas empêcher les journalistes de me suivre partout où je vais... Ni d'inventer des histoires croustillantes pour vendre leurs magazines.

— Quelle tragédie ! Je ne pensais pas que vous étiez un incompris.

— Je suis un homme, princesse, répliqua-t-il avec un sourire carnassier. Vous en doutiez ?

Natalie se ressaisit. Il n'y avait aucun enjeu pour elle dans cette histoire. Peu importait ce que sa mère lui avait raconté sur le prince charmant. Le prince Rodolfo pouvait bien commettre les pires folies. Qu'il nage avec les requins dans le Pacifique ou traverse la Patagonie à pied si cela lui chantait, elle s'en moquait éperdument. Cela ne la concernait pas *personnellement*.

Elle se remémora le texto qu'elle avait envoyé à Valentina lorsque, remise de ses émotions, elle était sortie des toilettes de l'aérodrome. Récupérant au passage le sac et le portable de la princesse, elle avait appelé son propre téléphone, maintenant en possession de Valentina, qui avait fait l'échange.

Je vais sermonner votre fiancé pour qu'il change de comportement. Ce sera mon cadeau de mariage.

Bon courage, mais il est incorrigible. Absolument irrécupérable.

La réponse de la princesse laissait le champ libre à Natalie, qui n'avait rien à perdre à dire tout haut les choses que Valentina pensait tout bas sans oser les formuler. Néanmoins, elle n'avait pas tout prévu, et certainement pas l'intensité de ce regard de braise qui la bouleversait.

Avec une lenteur délibérée, elle jeta un regard circulaire sur le salon d'apparat, en veillant à ne pas trahir le mélange d'émerveillement et de timidité que ce décor lui inspirait.

— Je ne vois aucun journaliste ici, déclara-t-elle avec une ironie mordante.

— Évidemment, répliqua-t-il, agacé. Votre père ne souffrirait pas leur présence chez lui.

— Vous pourriez aussi vous épargner les indiscrétions de la presse, si vous le souhaitiez.

Elle parvenait d'ailleurs très bien à protéger la vie privée d'Achilles Casilieris.

Un instant, il parut... déstabilisé. Mais elle se trompait sûrement.

— J'y songerai après notre mariage, Valentina, je vous le promets. Au moins pendant quelque temps.

Natalie tressaillait intérieurement chaque fois qu'on l'appelait par ce prénom. Pourtant, il fallait s'y habituer. Aux yeux de Rodolfo, elle n'était autre que la princesse Valentina qu'il épouserait deux mois plus tard.

Elle haussa les épaules. Inutile de s'offusquer de cette désinvolture qui ne s'adressait pas directement à elle.

— Eh bien, moi aussi, murmura-t-elle.

Rodolfo l'étudia pendant un long moment et elle s'obligea à soutenir son regard. Elle réussit même à sourire d'un air détendu en dépit de son embarras extrême.

— Non, dit-il enfin, au bout d'un silence interminable. Il n'en est pas question.

Elle réprima un frisson.

— Vous vous méprenez. Je ne demandais pas votre permission. J'énonçais simplement mon intention.

— Je vous conseille de réfléchir avant d'agir, princesse. Vous risqueriez de ne pas apprécier mes réactions.

Malgré son cœur qui battait à tout rompre, Natalie croisa les jambes le plus tranquillement du monde et balaya sa remarque d'un geste de la main.

— Réagissez comme vous l'entendez. Vous avez ma bénédiction.

Il la surprit en éclatant de rire avec une franchise et une bonne humeur qui le rendaient presque abordable.

Elle sentit une sorte de courant magnétique passer entre eux et quelque chose d'indéfinissable s'éveilla en elle, prêt à s'épanouir.

Mon Dieu ! C'est l'homme le plus dangereux que j'aie jamais rencontré.

— Je considère cet échange de vues comme une discussion purement théorique, déclara enfin Rodolfo quand il recouvra son sérieux. Je n'imaginais pas à quel point ce que je pouvais faire ou ne pas faire, et avec qui, vous affectait. En fait, je vous croyais indifférente. Au cours des derniers mois, il m'est même arrivé de me demander si vous m'écoutiez vraiment.

Il quitta sa place devant la grande cheminée, d'une démarche souple de félin, et vint s'asseoir en face de Natalie, avec une expression imperturbable. Elle le soupçonnait néanmoins d'avoir pleinement conscience du pouvoir d'attraction qu'il exerçait. Tel un iceberg, il ne montrait qu'une infime partie de lui-même, en cachant l'essentiel sous la surface.

Natalie aurait voulu chasser cette idée dérangeante qui s'imposa malgré tout. Elle aurait préféré avoir affaire à un play-boy inconsistant qu'elle se serait plu à remettre en place tout en jouant son rôle de princesse. Malheureusement, il n'en était rien.

Il était vraiment *charmant*, au sens propre.

Il étira ses longues jambes devant lui, en l'effleurant presque, et sourit.

Natalie se garda bien de bouger, de peur de trahir son trouble. Elle voulait paraître indifférente et se raccrochait à cette idée d'une manière un peu hystérique, comme si son sort en dépendait. Ce qui était peut-être le cas...

— Détrompez-vous, je me moque de ce que vous faites, lui assura-t-elle. En revanche, pour des raisons que j'ignore, vous ne pouvez pas en dire autant.

— Ce n'est pas moi qui ai entamé le débat sur la question

de ma liberté sexuelle, mais vous-même. Alors que je ne demandais rien.

— Désolée, mais il fallait que je mette les choses au point. Un homme comme vous, habitué à manipuler les journalistes, est parfaitement maître de sa communication. Or, vous ne manquez pas une occasion de vous exhiber en public avec de ravissantes créatures alors que nous sommes fiancés.

Il esquissa un sourire indulgent.

— Je suis très populaire.

— Je le suis aussi, figurez-vous. Votre réponse, digne d'un Néandertalien, me consterne. Comment osez-vous vous prévaloir d'un argument aussi ridicule, alors que vous voulez incarner l'image de la modernité ?

— Nous sommes dans un château moyenâgeux, sur une île dont l'histoire remonte à l'Antiquité et pourrait rivaliser avec celle d'Athènes. Notre prochain mariage se résume à une union entre deux familles vénérées pour leur richesse et leur pouvoir, comme il en existait déjà au temps du Parthénon. Qu'y a-t-il de moderne là-dedans ?

— Nous deux. Du moins je le pensais avant de pénétrer dans cette pièce.

Elle sourit tout en balançant le pied droit un peu trop près de la jambe de Rodolfo, comme si elle ne craignait pas d'envahir son espace. Comme si l'idée de l'effleurer ne l'affectait pas le moins du monde. *Et comme s'il n'était pas fiancé à quelqu'un d'autre...* Malgré tout, elle ne recula pas, ce qui aurait été un aveu de faiblesse, même à ses propres yeux.

— Vos millions d'adoratrices seraient très déçues d'apprendre que leur idole, le prince des réseaux sociaux, possède en réalité la mentalité d'un homme des cavernes.

— J'ai pourtant l'âme d'un humaniste de la Renaissance,

je vous assure. Simplement, je sais ce que le peuple est prêt à accepter ou pas. Les tabloïds sont à l'affût des moindres incartades. Étant le premier à pâtir des indiscrétions des journalistes, je regrette d'avoir à vous le dire, princesse, mais ils ne vous pardonneraient rien.

— De nouveau, vous me surprenez, Altesse. Si les comptes rendus des paparazzis vous importunaient autant, vous ne vous jetteriez pas aussi facilement en pâture. Quotidiennement.

— Il y a une chose que vous ne comprenez pas : vous et moi pouvons disserter à loisir sur les valeurs de progrès, murmura Rodolfo avec un regard langoureux. Mais le public ne nous suivra pas. Les gens sont terriblement traditionnels. Même s'ils s'accordent à eux-mêmes des aventures extraconjugales, ils ne tolèreraient pas qu'une princesse de conte de fées s'écarte du droit chemin. Ils jetteraient l'opprobre sur vous.

— Si j'essaye de résumer, vous êtes tenté par ma façon de voir les choses, c'est-à-dire que nous pourrions l'un et l'autre continuer à vivre librement, comme si nous étions célibataires. Néanmoins, il vous serait impossible d'adhérer à cette conception par peur de l'incompréhension générale ?

Elle le toisa avec dédain.

— C'est un peu difficile à croire venant d'un homme qui déclarait il y a quelques minutes ne pas vouloir changer de style de vie.

— Vous n'êtes pas naïve à ce point, princesse. Vous savez très bien que je peux continuer à agir à ma guise sans conséquences fâcheuses. Il n'est pas question de moi, mais de vous, qui avez bâti toute votre existence sur une réputation de droiture morale absolue. Qu'arriverait-il si on découvrait tout à coup que vous n'êtes qu'une créature banale et faillible comme tout un chacun ?

4

Rodolfo continua à parler avec la sensation bizarre que les mots qu'il prononçait sortaient de la bouche de quelqu'un d'autre. Il ne se reconnaissait pas.

— Il vous sera difficile de préserver votre image de femme irréprochable et vertueuse si les médias publient toutes les semaines des photos de vos amants.

Il feignait l'indifférence, mais un sixième sens l'avertissait que la princesse voyait clair en lui. Assise sur le canapé comme sur un trône, elle l'observait sans indulgence de ses beaux yeux verts et limpides.

Elle leva une main aux longs doigts élégants, que Rodolfo eut aussitôt envie de sentir sur lui. Éperdument.

— C'est vous qui préférez le tapage à la discrétion, répliqua-t-elle d'un ton léger. Manifestement, vous aimez être sous le feu des projecteurs, ce dont je vous félicite. À votre âge, bien des hommes craindraient de ne pas être à la hauteur.

— Excusez-moi, mais... douteriez-vous de mes capacités ?

— Ne vous fâchez pas, Altesse. Le monde entier est témoin de vos prouesses. Vous avez certainement... du répondant.

L'insolence de la princesse abasourdit Rodolfo. Devait-il

en rire ou se mettre en colère ? Lui d'ordinaire si maître de lui dut faire un effort surhumain pour garder son calme.

— Je ne suis pas certain de vous suivre, commença-t-il.

— Alors laissez-moi vous expliquer. Actrices, hôtesses de l'air, top models... Vos maîtresses se succèdent si rapidement qu'on perd le fil. On pourrait tout de même se poser des questions sur votre capacité à instaurer des relations durables.

Il fallut quelques secondes au prince Rodolfo pour digérer les insinuations à peine voilées.

— J'ai la désagréable impression d'avoir atterri sur une autre planète, déclara-t-il. La princesse Valentina de Murin est-elle en train de contester mes performances sexuelles, en d'autres termes ma virilité ?

— Si vous voulez, oui. Inutile de jouer sur les mots.

Elle continuait à afficher ce sourire serein qu'il avait jusque-là trouvé si ennuyeux. Comment avait-il pu se méprendre à ce point ?

— Qu'espérez-vous à me provoquer ainsi, Valentina ? Je ne comprends pas, dit-il doucement. Si vous voulez me faire sortir de mes gonds, vous n'y parviendrez pas. Rappelez-vous que je me soumets de mon plein gré à des niveaux de stress extrêmes.

Elle lui adressa un sourire suffisant.

— Vous venez pourtant de réagir assez violemment à l'idée que votre fiancée puisse adopter le même comportement que vous.

Le prince Rodolfo ne s'était pas senti depuis longtemps en position aussi précaire.

— Vous avez conscience qu'il est beaucoup trop tard pour revenir en arrière, n'est-ce pas ? reprit-il sans s'énerver. Vous n'échapperez à ce mariage qu'au prix d'une crise majeure entre nos deux royaumes. Et pour obtenir quoi au bout du compte ? Il ne sert à rien d'affirmer votre libre arbitre. Ni vous ni moi ne sommes libres de nos faits et gestes, Valentina. Nous appartenons à la nation et au peuple que nous servons. Une femme aussi consciente que vous de ses devoirs devrait le comprendre.

— Quel curieux discours de la part d'un prince héritier qui consacre tous ses loisirs à risquer sa vie ! Comme si, justement, il ne devait rien à la patrie de ses ancêtres...

Rodolfo encaissa le coup stoïquement.

— Vous êtes jalouse, voilà tout. Et, comme vous n'assumez pas vos défauts, vous vous cachez derrière une attitude puérile et ambiguë.

L'éclat de rire de la princesse, au lieu de l'irriter, lui fit l'effet d'une caresse.

— Ces conclusions hâtives confirment votre vanité incommensurable ! Non, je ne cache rien, Altesse.

Il eut un rictus sarcastique.

— Peut-être alors avez-vous besoin de preuves pour vous convaincre de ma virilité !

Elle leva les yeux au ciel, ce qui mit l'irritation de Rodolfo à son comble. Il n'avait pas l'habitude d'essuyer des rebuffades. Au contraire, les femmes quémandaient son attention depuis son adolescence et il avait aiguisé un sens de la psychologie qu'il croyait infaillible. Il y avait celles qui le snobaient dans l'espoir de se faire remarquer, celles qui s'offraient à lui d'entrée de jeu, celles encore qui, éblouies d'admiration, bredouillaient ou devenaient muettes. Les timides, toutes rougissantes, ou les aguicheuses... Il avait tout vu.

Mais il ne comprenait pas ce qui lui arrivait aujourd'hui avec sa fiancée qu'il avait jugée insipide et inintéressante dès leur première rencontre, à l'automne dernier. Aujourd'hui, inexplicablement, elle provoquait en lui un désir d'une intensité inouïe, tout en affichant un insupportable détachement.

Son attitude était intolérable.

Sans réfléchir, Rodolfo se pencha, saisit la princesse à bras-le-corps et l'installa sur ses genoux.

Son geste manquait totalement d'élégance, mais il s'en moquait. Puisqu'elle proclamait haut et fort son indifférence, il allait la mettre à l'épreuve...

Une rougeur subite colora le teint de porcelaine de la princesse. Elle était légère comme une plume, mais Rodolfo exulta à son contact. Le souffle court, elle pressa les paumes contre son torse et sa chevelure cuivrée se répandit en une masse soyeuse au parfum enivrant.

Un sentiment de triomphe envahit Rodolfo. Elle était tout sauf *indifférente*.

— Je ne suis pas dupe, princesse. Bien que vous prétendiez le contraire, tout, dans votre comportement, trahit votre désir. Vos palpitations, vos yeux brillants, votre façon de trembler...

Elle lui jeta un regard de défi.

— Vous n'avez pas le droit de me malmener ainsi.

Tout en la gardant enlacée contre lui, il descendit la main le long de sa cuisse, jusqu'à sentir sa peau nue, au bord de sa robe. Quelle incroyable douceur... Et son visage à l'ovale parfait et aristocratique, légèrement rejeté vers l'arrière, semblait s'offrir à lui.

Peut-être était-il en effet un horrible Néandertalien... Pour la première fois de sa vie, il éprouvait des pulsions animales, incontrôlables...

— Que se passerait-il si je glissais ma main sous votre jupe ? demanda-t-il en se penchant tout près de sa bouche.

— J'appellerais les gardes royaux, qui vous jetteraient dans le cachot le plus sombre et humide du château.

Il ignora délibérément cette menace inconsistante. Le palais n'avait rien d'une forteresse hérissée de donjons et renfermant de redoutables oubliettes.

— Que découvrirais-je ? La fleur de votre féminité prête à m'accueillir, malgré vos mensonges ?

— Contrairement à vous, je n'ai pas besoin de m'affirmer en multipliant les expériences.

Néanmoins, elle ne chercha pas à se dégager.

— Vous avez raison. C'est inutile. Contentez-vous de moi, murmura-t-il tout contre ses lèvres.

Rodolfo l'avait déjà embrassée une fois sur le perron du château de Murin, mais juste pour les photographes. Il l'avait gratifiée d'un baiser chaste, presque courtois, sans chaleur.

Aujourd'hui, c'était différent. Tout avait changé, à commencer par lui.

Sans s'embarrasser de respecter les bonnes manières, il prit sa bouche comme si elle lui appartenait, en oubliant qu'il s'agissait d'un mariage arrangé pour des considérations purement dynastiques. Comme s'il allait passer la nuit à la posséder de mille et une manières et ne pouvait se contenir davantage...

Elle avait un goût suave qui le grisa aussitôt. S'il n'avait pas été assis, il aurait chancelé comme un homme ivre. Sa langue s'insinua entre ses lèvres...

Quelle sensation prodigieuse... Elle serait sienne, que cela lui plaise ou non. Elle aurait beau l'insulter et le provoquer au risque de susciter un incident diplomatique — Dieu seul savait pourquoi elle se conduisait ainsi — il connaissait déjà l'issue avec certitude.

Rodolfo perdit l'esprit.

Et sa ravissante fiancée ne protesta pas, ni ne le gifla.

Elle ne lui opposa pas non plus une froideur décourageante. Loin de là…

Jetant les bras autour de son cou, elle l'attira pour lui rendre son baiser avec ardeur. Encore et encore.

Pendant un moment, plus rien n'exista, que ce feu dévorant, insensé. Incontrôlable.

Puis, sans prévenir, elle le repoussa brutalement pour se dégager et se relever. Au mépris de la folle tentation qui le poussait dans la direction opposée, il ne la retint pas. Il connut alors une expérience qui lui était totalement étrangère, celle de la frustration.

Visiblement ébranlée, la princesse s'éloigna en tremblant et prit appui sur le manteau de la cheminée pour se ressaisir.

— Valentina…

Il s'interrompit aussitôt car elle leva une main pour lui intimer le silence, ce qui était aussi très nouveau pour lui.

Il avait encore le goût de sa bouche dans la sienne. Tout son corps la réclamait. Mais, curieusement, il obéit.

— Que cela ne se reproduise jamais, déclara-t-elle avec une sincérité non feinte, les yeux baissés.

— Voyons, princesse, protesta-t-il de sa voix grave, étrangement altérée. Nous ferons des enfants, tous les deux. C'est même le but premier de notre union.

Elle s'obligea à lui faire face au prix d'un gros effort et avec une expression *tourmentée*. Comme s'il lui en coûtait, ce qui était absurde. Sa destinée la promettait depuis toujours à un mariage princier, sinon avec Rodolfo, avec un autre prétendant de même rang. Depuis qu'ils se fréquentaient, même si elle n'avait jamais montré un grand enthousiasme, elle avait toujours donné l'impression de se résigner à son sort. Il ne comprenait pas ce brusque revirement.

— Non, dit-elle.

Encore une fois, elle le déconcerta. Pourquoi s'insurger maintenant ? Cela n'avait pas de sens.

— Il faut vous rendre à l'évidence. Ce point n'est pas négociable.

Elle plissa le front.

— Et si nous n'arrivons pas à avoir d'enfants ? Le cas est plus fréquent qu'on ne pense.

— Le contrat nuptial mentionne effectivement cette éventualité, acquiesça-t-il avec impatience. Nous avons cependant le devoir d'essayer, Valentina. Cela fait partie de nos engagements.

Il secoua la tête quand elle essaya de l'interrompre.

— Ne me dites pas que c'est d'une autre époque, je suis d'accord. C'est même complètement rétrograde. Mais des mariages comme le nôtre existent depuis la nuit des temps. Une personne de votre condition s'y est forcément préparée, ne prétendez pas l'inverse.

Elle lissa le devant de sa robe pour se donner une contenance, le temps de réfléchir. Rodolfo était incapable d'oublier la douceur de sa peau sous ses doigts.

— Vous vous méprenez, Altesse, répliqua-t-elle enfin. Je tiendrai mes engagements, mais je ne serai fidèle que dans la mesure où vous le serez vous-même.

Il hocha la tête.

— Je ne suis pas homme à me dérober devant un défi.

— Il ne s'agit pas d'un défi, mais d'un état de fait. Tant que vous ne respecterez pas le contrat, j'agirai moi aussi à ma guise. Qu'ai-je à perdre, après tout ? Les enfants que je mettrai au monde seront de toute façon les miens. Espérons que vous pourrez en dire autant !

Sur ces mots menaçants, la princesse se redressa fièrement et quitta la pièce, abandonnant Rodolfo à sa stupéfaction. Aucune femme n'avait jamais osé le traiter ainsi.

Il ne la rappela pas.

Après cette entrevue pour le moins déstabilisante, il était clair qu'il devait apprendre à mieux connaître sa fiancée. Afin de fourbir ses armes... Aux jeux de l'amour et de la séduction, Rodolfo avait toujours l'avantage.

Jamais il n'avait eu à s'incliner devant une femme.

Sa princesse ne serait pas la première à lui infliger une défaite.

Natalie eut d'autant plus de mal à exécuter sa sortie théâtrale qu'elle ne savait pas précisément où aller...

Au bout d'un troisième couloir interminable, sur le point de fondre en larmes, elle s'adressa à une domestique, sous un prétexte futile, pour lui demander de l'accompagner. En espérant ne pas avoir l'air trop perdue dans son propre palais, elle regagna ses appartements. Elle disposait d'une aile entière du château avec sa propre salle à manger, ses salons, un bureau équipé des dernières technologies, et une suite donnant sur une terrasse avec vue sur la mer. Une série de dressings en enfilade contenaient une garde-robe impressionnante. La pièce où étaient rangées ses chaussures était à elle seule aussi grande que son studio dans la banlieue de Londres.

Une domesticité nombreuse se tenait à sa disposition, mais heureusement la chambre était vide, et Natalie s'y réfugia avec soulagement. Elle se pelotonna dans un fauteuil en poussant un long soupir et médita sur ce qui lui arrivait.

Sa mésaventure lui laissait un goût amer.

Alors qu'elle aurait dû lutter et crier au scandale lorsque Rodolfo l'avait hissée sur ses genoux, elle n'en avait rien fait. Bien au contraire. Elle avait capitulé très vite, répondant à son baiser...

Et, au contact de sa bouche, elle avait… *implosé*.

Natalie avait non seulement embrassé un homme qu'elle aurait dû détester par principe, mais le fiancé d'une autre… Comme si cela ne suffisait pas, elle l'avait menacé de le tromper après le mariage au risque de lui mentir sur sa paternité. Pourquoi ? Pour le punir ? Juste par cruauté ? Elle n'en avait pas la moindre idée. Les mots étaient sortis tout seuls…

Le prince était furieux, car il la croyait sincère. Pire, il était persuadé que la *princesse Valentina* était vraiment capable de se comporter ainsi.

— Super, murmura-t-elle tout bas. Tu as tout embrouillé.

D'ordinaire Natalie, qui avait l'habitude de gérer des situations compliquées, s'y entendait merveilleusement pour démêler des conflits. Elle s'était fait une joie d'aider Valentina, qui passait sans doute de mauvais moments avec Achilles Casilieris. Mais Rodolfo avait une forte personnalité, qui, d'emblée, l'avait impressionnée.

Natalie renversa la tête sur le dossier du fauteuil. En fait, elle n'avait pas surmonté le choc de la rencontre.

Tu ne t'en remettras jamais.

Elle fit taire aussitôt cette petite voix intérieure qui lui soufflait des choses insupportables.

Avait-elle commis un crime de lèse-majesté, en tenant ces propos inconsidérés ? Peut-être était-elle même coupable de trahison ? Dans les deux royaumes en même temps, Murin et Tissely ?

Il fallait arrêter la mascarade avant de déclencher une guerre. En tout cas, elle ne se reconnaissait pas. Magnifiquement vêtue, logée dans un somptueux palais, elle eut tout à coup peur de découvrir que cette nouvelle vie lui allait comme un gant.

Pendant qu'elle succombait au charme du prince

Rodolfo, on avait apporté le sac de Valentina, dont elle avait inspecté le contenu dans l'avion. Il n'y avait quasiment rien à l'intérieur, juste un portable, un miroir et un tube de rouge à lèvres.

Le téléphone de Valentina à la main, Natalie jeta un regard circulaire sur le décor élégant. Depuis son arrivée à Murin, l'excitation du début se muait en anxiété. Elle s'attendait à tout moment à être sommée d'expliquer pourquoi elle usurpait l'identité de la princesse. Mais personne ne semblait s'apercevoir de rien, pas même Rodolfo.

Après tout, quand on changeait de personnalité aussi brutalement, il était normal de se sentir un peu perdue. Surtout en prenant la place d'une princesse de sang royal.

Dans des moments comme celui-là, Natalie regrettait de ne pas avoir avec sa mère des relations plus normales. Elle aurait aimé l'appeler pour lui demander conseil, ou simplement se rassurer en entendant le son de sa voix. Mais cela n'avait jamais fonctionné ainsi entre elles deux. En fait, c'était un peu le monde à l'envers. Erica avait eu besoin de sa fille pour l'exhiber comme une jolie poupée et se prouver qu'elle avait un cœur, mais elle n'avait jamais eu la fibre maternelle.

Rien d'étonnant à ce que Natalie ait tout fait pour réussir à l'école. Cela lui permettait d'oublier leurs innombrables déménagements et l'instabilité constante dans laquelle elles vivaient. Grâce à ses études, elle pouvait bâtir des projets d'avenir. Elle avait obtenu une bourse au mérite pour entrer à l'université. Car il n'était pas question d'espérer une pension alimentaire de son père inconnu, avait déclaré Erica. Experte dans l'art de se dérober aux questions, sa mère s'était lancée dans une longue diatribe contre l'égoïsme des hommes, surtout les riches.

Pendant ses quatre années d'études supérieures, Natalie

s'était enfin installée quelque part. Les cours la passionnaient. Elle était enfin heureuse, à sa place.

Mais, si son perfectionnisme l'avait amenée à réussir au plus haut niveau, cela ne l'avait pas aidée à se faire des amis. Au collège et au lycée, elle changeait trop souvent d'endroit. Plus tard, elle avait tellement l'habitude de passer son temps plongée dans les livres qu'elle n'imaginait pas autre chose. À la fac, elle s'entendait bien avec sa colocataire, mais leurs relations n'étaient jamais devenues très étroites, même si elles restaient en contact et déjeunaient parfois ensemble. Elle avait eu un petit ami la première année, mais sans être vraiment amoureuse. Tout de suite après son master, elle avait commencé à travailler pour M. Casilieris, qui l'avait accaparée.

Jusqu'à la veille, elle était fière de cette réussite qu'elle ne devait qu'à elle-même. Enfin... elle avait quand même eu envie de démissionner, ce qui était bien compréhensible au bout de cinq années à supporter un tyran. Aujourd'hui, dans ce palais immense, elle éprouvait une solitude incommensurable. Elle n'avait personne à qui téléphoner.

En dehors de la princesse Valentina...

Natalie, qui ne cédait jamais à la lâcheté, inspira profondément et composa son propre numéro. L'avion à bord duquel elle était censée voyager n'avait pas encore atterri à New York. Elle ne fut donc pas surprise que Valentina ne décroche pas. M. Casilieris était probablement en train de l'écharper... Quoi qu'elle fasse, il serait mécontent. Forcément. C'était ainsi.

Elle s'attendait presque à voir le jet privé de son patron se poser à Murin, avec un Achilles Casilieris furieux qui aurait découvert la supercherie et venait la licencier en personne.

Sachant à quoi Valentina était exposée, elle se reprochait

de lui avoir cédé sa place. Son patron despotique n'épargnait personne. À ses yeux, le monde était peuplé d'imbéciles et il ne se privait pas de le clamer haut et fort, surtout à ses employés, qu'il payait assez cher pour leur infliger ses exécrables sautes d'humeur. Rares étaient ceux qui échappaient à sa férocité. Dès que Natalie ne donnerait plus satisfaction, il la renverrait sur-le-champ et sans le moindre remords.

Elle aurait donc dû se montrer un peu plus soucieuse et circonspecte avant de jeter Valentina entre ses griffes.

Malgré tout, elle n'arrivait pas à s'inquiéter vraiment. Tant pis, s'il la licenciait. Cela la dispenserait de démissionner. Elle n'était même pas angoissée à la perspective de perdre l'emploi dans lequel elle avait investi tant d'efforts et d'énergie. Au bout de tant d'années, son patron ne s'était même pas rendu compte qu'il avait une autre femme devant lui… Rodolfo, en revanche, l'avait beaucoup observée. Comme s'il ne se rassasiait pas de sa vue. Le souvenir de ses lèvres sensuelles dansa un instant sous ses paupières closes…

Au bout du fil, elle entendit sa propre voix demander de laisser un message, mais ne dit rien. Par où commencer ? Fallait-il avouer tout de suite le baiser coupable ? Ou les allégations abracadabrantes d'infidélité ? Elle n'en revenait pas d'être allée jusque-là. Et de devoir le confesser à la vraie fiancée de cet homme.

En fait, elle n'avait aucune idée de ce que Valentina attendait de son mariage. Quelques mots échangés à la va-vite avec une inconnue ne révélaient pas grand-chose sur ses aspirations au bonheur. Peut-être s'accommodait-elle des innombrables aventures de son futur mari. Comment savoir ?

Peu importait, finalement. Secrètement, Natalie espérait

que Valentina lui accorderait sa bénédiction. Ou son pardon, à tout le moins. En tout cas, elle ne pouvait pas blâmer le prince, qui la prenait pour la *véritable* Valentina. Sa conduite n'avait rien de répréhensible. Il avait toutes les raisons de croire qu'il était avec sa future femme.

La conduite de Natalie, en revanche, était condamnable. Non seulement parce qu'elle avait laissé le prince Rodolfo l'embrasser, mais parce qu'elle avait répondu avec fougue. Ses seins se tendaient presque douloureusement à la pensée de ce baiser, et un désir ardent la taraudait.

Elle n'avait pas le beau rôle — et aucun moyen d'enjoliver la réalité...

Natalie reposa le téléphone, puis sursauta en l'entendant sonner. Elle décrocha aussitôt en espérant pouvoir décharger sa conscience. Mais ce n'était qu'une alerte de son agenda lui rappelant son dîner avec le roi, dans quelques heures.

Elle eut envie de se recroqueviller au fond du fauteuil pour pleurer tout son soûl... Quand elle aurait surmonté son abattement, il faudrait allumer l'ordinateur de la princesse afin de se renseigner précisément sur elle et la vie qu'elle menait.

Pourquoi avait-elle stupidement consenti à cette comédie insensée ? Si seulement elle pouvait remonter le temps et tout annuler...

Elle baissa les yeux sur l'écran du portable. *Le roi.*

Toutes les idées qui lui avaient traversé l'esprit mais qu'elle avait refoulées réapparurent.

Si Erica avait raccourci son prénom... Si ses errances désordonnées s'apparentaient plutôt à une fuite éperdue... S'il n'y avait qu'une explication plausible au fait qu'une princesse et une secrétaire puissent passer l'une pour l'autre, au lieu de recourir au subterfuge du sosie...

Si la réponse à ces questions confirmait ses suppositions,

le roi de Murin, avec lequel elle allait bientôt dîner, était plus que le monarque régnant sur cette île. Connu pour son immense fortune, ses amours clandestines avec les plus belles femmes du monde et son train de vie extravagant, il accueillait dans le paradis fiscal de son minuscule royaume les célébrités du monde entier.

Mais il était aussi très probablement son père.

5

Un peu plus d'une semaine plus tard, Natalie s'était suffisamment coulée dans le moule pour ne plus craindre d'être démasquée. Elle connaissait bien son rôle, désormais, ainsi que les lieux, et n'avait plus besoin d'invoquer d'étranges excuses lorsque, perdue dans le dédale des couloirs du château, elle devait demander à être accompagnée.

Son premier dîner avec le roi s'était déroulé sans incident. Quant à savoir s'il était ou non son père, elle n'avait pas avancé d'un pouce, ce qui l'avait amèrement déçue. Elle n'avait pas eu de révélation, pas d'illumination mystique dans un surgissement d'émotions irrépressibles, comme elle l'espérait un peu. On l'avait conduite à son siège, au bout d'une longue table, et elle avait attendu debout, sans oser s'asseoir.

Puis les portes s'étaient ouvertes pour l'entrée solennelle du roi Geoffrey de Murin. Même si Natalie ne l'avait pas reconnu d'après les portraits et les photos qu'elle avait vus, elle aurait immédiatement su qui il était. Il n'avait cependant pas la même présence que Rodolfo, songea-t-elle sans pouvoir s'empêcher de les comparer. D'abord, il n'était pas aussi imposant physiquement. Mais sa grande taille, ses vêtements à l'élégance raffinée et surtout la noblesse de son expression impérieuse ne permettaient pas de douter de son identité. Sa démarche altière impressionnait.

— Bonjour, avait-elle dit à son approche, un peu trop fort peut-être.

Le roi s'était immobilisé et Natalie s'était raidie, tétanisée.

Le moment crucial est arrivé… Il va non seulement s'apercevoir que tu n'es pas Valentina, mais reconnaître en toi la fille qu'il a perdue autrefois…

La voix du roi avait interrompu le cours de ses pensées.

— Comment te portes-tu ?

— Hum…

Prise d'un léger vertige, elle s'était gratté la gorge.

— Très bien, merci. Et vous ?

— J'espère que tu as l'esprit plus vif dans tes échanges avec le prince Rodolfo.

Puis Geoffrey avait incliné la tête pour l'autoriser à s'asseoir. Un haussement de sourcils avait suffi pour que le majordome commence à superviser le service.

— Oui, avait répondu Natalie.

Poussée par son démon intérieur, elle n'en était pas restée là.

— Néanmoins, ce n'est pas la qualité première qu'un futur roi exige de son épouse, j'imagine. Elle doit surtout être bien née et photogénique. L'esprit de repartie est moins indispensable.

— Tu as beaucoup d'esprit…

Les yeux du roi, légèrement en amande comme les siens et du même vert peu commun, semblaient refléter aussi le même tempérament, circonspect et réservé. Submergée par une vague de panique, elle avait eu envie de s'enfuir en courant.

— Malgré tout, je te déconseille de déployer ce genre d'humour avec le prince. Quelles que soient ses prises de risque inconsidérées dans le domaine sportif, il devra mettre son originalité de côté et s'assagir. Tôt ou tard il montera sur le trône de Tissely. Il aura alors besoin d'une reine digne et respectable à ses côtés, Valentina.

Natalie avait l'habitude des coups de colère et des mouvements d'humeur d'Achilles Casilieris. Il explosait et, l'instant d'après, c'était terminé. Geoffrey de Murin exerçait une pression plus subtile, mais ferme et impitoyable.

Peu lui importait. Elle n'occuperait pas indéfiniment la place de Valentina...

— Une reine n'est pas indispensable. Vous-même n'en avez pas à vos côtés... sire, avait-elle ajouté en croisant le regard courroucé du roi.

— Je n'apprécie pas ce genre de comportement à ma table, Valentina. Tu sais depuis longtemps ce qu'on attend de toi. Tu es promise depuis ton enfance au prince de Tissely. Je pensais alors avoir d'autres descendants pour hériter la couronne de Murin. En tout état de cause, nous sommes des gens de parole qui ne revenons pas en arrière. Si tes fiançailles te posent un problème, il faudra faire contre mauvaise fortune bon cœur ou entrer au couvent. C'est la seule alternative.

— Et vous, vous a-t-on donné le choix ?

Débordée par l'émotion, Natalie avait largement outrepassé les bornes de la bienséance. À ce moment-là, le roi Geoffrey aurait *dû* la reconnaître. Valentina ne se conduisait certainement jamais ainsi, et il savait forcément qu'il avait engendré des jumelles. Comment le doute ne s'était-il pas insinué en lui ?

Si le roi Geoffrey de Murin avait remarqué quelque chose, il n'en avait rien laissé paraître et était demeuré impassible.

— Nous sommes tous confrontés à des choix, avait-il répliqué d'un ton froid. Et chacune des décisions que prend un membre de la famille de Murin doit bénéficier au royaume. On t'a inculqué cette notion depuis ta plus tendre enfance. Je te suggère donc de te résigner à ton sort, avec plus d'élégance et de dignité que tu ne montres.

Il n'avait rien dit de plus.

Ensuite, il avait changé de sujet et mené la conversation à sa guise en maniant plusieurs langues, l'italien, le français et l'anglais. Heureusement, il monologuait plus ou moins et n'attendait pas de réponses détaillées. Mais Natalie avait eu très peur de se trahir.

Manifestement, le rôle de la princesse se cantonnait à écouter sans poser de questions.

De retour dans ses appartements ce premier soir, Natalie avait envoyé à un texto à Valentina.

J'ai un aveu à vous faire.

Bourrelée de remords, elle n'arrivait pas à dormir.

Valentina avait répondu au bout de quelques minutes.

Allez-y, cela fait toujours du bien de se confier. Vous pouvez tout me dire.

Natalie se demandait où elle était. Dans la chambre que M. Casilieris lui réservait dans son appartement ou dans le bureau du rez-de-chaussée ?

Rodolfo m'a embrassée.

Elle appuya sur la touche envoi et attendit.

Ce serait plutôt à lui d'avouer cela, non ? Sauf qu'il est loin d'imaginer la situation…

Natalie, qui détestait mentir, poursuivit.

En toute honnêteté, je n'ai pas opposé de résistance.

Assise dans le lit, le menton sur les genoux, elle guetta anxieusement la réponse de la princesse.

C'est plutôt normal, étant donné les circonstances ! Mais cela ne s'est jamais produit avec moi.

Natalie cligna plusieurs fois des paupières, comme pour refouler ce qu'elle ressentait. Elle n'avait pas du tout honte. Au contraire, une sensation agréable, très dangereuse aussi, était en train de s'épanouir en elle.

Je ne recommencerai jamais. Je le jure.

Vous pouvez faire ce que vous voulez avec Rodolfo. Vous avez ma bénédiction. Vraiment. Les centaines d'actrices et de mannequins qui sont tombées à ses pieds ont certainement de bonnes raisons.

Natalie ne voulait pas de la bénédiction de Valentina… Cela revenait à lui donner carte blanche et elle avait déjà bien trop de mal à résister ! Non, il fallait que la vraie princesse se fâche et crie au scandale. N'importe quoi pour l'empêcher de se comporter comme une idiote.

Au lieu de quoi, une semaine plus tard, Rodolfo la battit à son propre jeu. En tout cas, il releva le défi qu'elle lui avait lancé sans réfléchir aux conséquences.

Avec une habileté redoutable, il la court-circuita et s'adressa directement au roi Geoffrey. Ce faisant, il tempérait sa réputation de libertin et cultivait une image de fin diplomate qui correspondait davantage à l'allié politique dont Murin avait besoin.

Natalie devait cesser de sous-estimer le prince. Au risque de se retrouver dans un imbroglio infernal.

— Le prince Rodolfo souhaite communiquer sur votre couple à l'intention du grand public, déclara le roi au cours du troisième dîner protocolaire de la semaine. Avant le mariage.

Natalie se contenta de hocher la tête. Tout en observant ses traits, elle se demanda pourquoi, s'il était son père, elle ne ressentait rien. Ni lui non plus, d'ailleurs. Un sixième sens aurait dû les avertir de leur parenté. Les liens du sang parlaient forcément d'une manière ou d'une autre…

Fallait-il en déduire que sa ressemblance avec Valentina, et avec le roi lui-même, était fortuite ?

Cela semblait tellement improbable… Les deux jeunes femmes étaient interchangeables, au point de leurrer leur entourage le plus proche.

— Notre couple ? répéta-t-elle d'un air distrait.

— L'idée me plaît assez. Il est devenu si important de soigner sa communication, à notre époque… Il vaut mieux maîtriser l'image qu'on veut donner de soi.

Il n'intima pas directement à Natalie l'ordre de se plier à la volonté de Rodolfo, mais le message était clair.

Et c'est ainsi qu'elle s'envola pour Rome, afin d'assister avec son fiancé à un gala de bienfaisance très glamour. Rodolfo y voyait une excellente occasion de « booster leur profil » devant la presse internationale.

Malgré son peu d'entrain, Natalie reconnut qu'il était fort agréable de se laisser porter par les événements. Son armée de domestiques s'occupa de tout. Sa femme de chambre lui demanda simplement si elle avait des desiderata particuliers pour ses bagages, qui furent bouclés et expédiés en un tournemain. À bord du jet privé, on lui servit une salade raffinée, accompagnée d'une eau gazeuse infusée au concombre et citron vert. Elle se découvrit des goûts délicats qu'elle avait ignorés jusque-là.

— Votre chocolat, Altesse, annonça l'hôtesse à la fin du repas, en posant une coupelle d'argent sur la tablette.

Le rituel se répétait à la fin de chaque repas et elle savoura les deux carrés exquis avec une pensée spéciale pour Valentina.

On continua d'être aux petits soins pour elle à son arrivée à Rome. Elle était logée dans un palace de la place d'Espagne, tout en haut du magnifique escalier, avec une vue imprenable sur la ville historique. Il lui suffisait de sourire et tout le monde s'inclinait avec force courbettes. Tout était prévu, organisé. Elle n'avait strictement rien à faire.

Une fois ses affaires de toilette et sa garde-robe déballées et rangées, une équipe de cinq personnes s'occupa de la préparer pour la soirée. Manucure, coiffeuse, esthéticienne et maquilleuse s'empressèrent avant l'entrée en scène de l'habilleuse. À la fin, elle eut l'impression d'être métamorphosée en princesse de conte de fées, prête pour l'ouverture du bal.

Et pour son prince, chuchota sa petite voix intérieure, qu'elle fit taire sévèrement. Il n'y avait pas de place pour le rêve dans sa vie. Sa mère lui avait toujours raconté des histoires qui finissaient mal et Natalie s'était résignée depuis longtemps à une existence vouée au travail et à la discipline. Même si Valentina était sa sœur, cela n'avait plus guère d'importance, maintenant qu'elle était adulte. Elle ne croyait pas aux citrouilles qui se transformaient en carrosses, même si elle avait la sensation d'avoir atterri dans un conte de fées.

Ce soir, devant la glace, elle vit qu'elle était devenue quelqu'un d'autre. Une femme sophistiquée.

Et très belle, ajouta-t-elle avec une pointe d'admiration. *Objectivement.*

Des épingles serties de diamants retenaient ses cheveux relevés en chignon. Le bustier ajusté de sa robe gris perle rehaussait sa carnation délicate. À partir de la taille, la jupe se répandait en cascades soyeuses autour de ses jambes. Même perchée sur ses hauts talons, elle avait l'impression de flotter sur un nuage. Une somptueuse rivière de saphirs et de diamants pendait à son cou, avec une bague assortie, étincelante. Le vert de ses yeux brillait d'un éclat inaccoutumé.

Natalie ressemblait à une princesse. Pas simplement à la princesse Valentina, mais aux créatures magiques des récits merveilleux dont on lui avait interdit la lecture dans son enfance.

Elle remercia les domestiques d'un sourire, sans parler, de peur de trahir son émotion. Elle aurait été bien embarrassée d'en expliquer les raisons.

Elle avait tellement l'habitude de se tenir dans l'ombre de son employeur qu'elle redoutait le feu des projecteurs. Supporterait-elle d'être brusquement au centre de l'attention, avec tous les regards braqués sur elle ? Jusque-là, elle avait toujours évité ce genre de situations. Réussirait-elle à jouer le rôle de la princesse Valentina ? Serait-elle à la hauteur ?

Tout était si nouveau… C'était la première fois qu'elle se sentait libérée du poids des responsabilités. Non seulement elle ne se souciait de rien, pas même de sa consommation de sucre ou de la composition de repas équilibrés, mais elle n'avait plus à s'épuiser pour régler les problèmes des autres et leur simplifier la vie. Dans ce monde à l'envers, on le faisait pour elle.

Jusqu'alors, personne ne s'était occupé de Natalie Monette. Pas une seule fois. Il avait fallu qu'elle se transforme en princesse Valentina pour que cela se produise. Quel agréable et délicieux changement ! En même temps, son existence en était complètement bouleversée.

Ce n'est pas réel, se dit-elle sur le ton de la réprimande, pour s'interdire d'y croire. *C'est provisoire, stupide et insensé, ainsi que tu aurais dû en avoir conscience avant même de passer cette bague à ton doigt.*

Levant la main, Natalie contempla le bijou que le prince Rodolfo avait offert à une autre. Ce joyau scintillant ne lui appartenait pas. Elle vivait un bref intermède, illusoire et dénué de toute réalité. Elle n'avait aucune raison de s'apitoyer sur son sort. Il s'agissait juste maintenant de tirer son épingle du jeu sans semer trop de désordre dans la vie de la vraie princesse...

Mais tous ces sermons ne vinrent pas à bout de la petite lueur qui brillait malgré elle au fond de son cœur et qui croissait de minute en minute. Plus elle se regardait dans la glace, plus elle y croyait. Un frémissement la parcourut, puis elle se mit à trembler. Un terrible danger la menaçait, elle le sentait au plus profond d'elle-même. Comment sortir de cette situation inextricable ?

Car elle devait garder à l'esprit le caractère factice et éphémère de sa métamorphose.

— Votre Altesse...

La voix de la gouvernante, la plus âgée de ses domestiques, la ramena à l'instant présent.

— Son Altesse le prince Rodolfo est arrivé.

— Merci, murmura Natalie aussi sereinement que possible.

Quand on était vêtue et servie comme une princesse, il était bien difficile de garder la tête sur les épaules et de ne pas commencer à y croire un peu...

Quand elle rejoignit le prince Rodolfo dans le salon, cela devint presque impossible. En habit de soirée, il se tenait devant la porte-fenêtre ouverte, avec l'éclat du soleil couchant qui l'auréolait d'un halo d'or, et semblait absorbé par le chatoiement des couleurs sur les toits.

Il était aussi fascinant que l'extraordinaire panorama sur la Ville éternelle.

Natalie ne l'avait pas revu depuis le fâcheux incident du baiser. Pas seul, en tout cas. Une nouvelle fois, elle fut frappée par la différence entre les photos et l'homme qu'elle avait sous les yeux.

Même de dos, sa présence physique avait quelque chose de magnétique.

Natalie s'empourpra tandis qu'une vague de chaleur la submergeait, si intense que le sang battit violemment à ses tempes et entre ses cuisses... Comme une invitation qu'elle n'avait pourtant pas le droit d'offrir à cet homme, fût-il un vrai prince charmant. De toute façon, c'était un être imaginaire qui n'existait pas...

Percevant sans doute sa présence, Rodolfo se retourna, ce qui augmenta encore son trouble. Elle avait totalement sous-estimé la situation. Son agitation extrême, avec les violentes poussées d'adrénaline qui l'accompagnaient, ne s'expliquait pas uniquement par l'échange farfelu avec Valentina. Il ne fallait pas se leurrer. Le problème, c'était Rodolfo.

Ce soir, cela ne faisait plus aucun doute.

D'ailleurs, elle le savait très bien, même si elle essayait désespérément de se cacher la vérité : depuis qu'il l'avait embrassée, elle songeait à lui sans cesse.

Le goût de sa bouche, la sensation de ses bras forts et musclés qui l'enserraient... Parcourue de frissons, elle repoussa résolument les images qui se présentaient à son esprit. Sinon, elle serait à sa merci...

Mais, à en juger par son sourire sarcastique, il avait tout deviné.

— Princesse, murmura-t-il en inclinant la tête.

Les accents de sa belle voix grave résonnèrent dans toutes les fibres de son corps, jusqu'au bout des terminaisons nerveuses. Il n'aurait pas produit d'effet plus dévastateur si son souffle avait caressé sa peau nue.

— Apparemment, vous avez le souci de notre image publique, lança-t-elle avec plus de sévérité que nécessaire.

Alors que tout son être lui commandait de s'enfuir en

courant, elle s'avança et prit place dans un fauteuil, surtout pas sur le canapé où il aurait risqué de la rejoindre.

— Le roi Geoffrey — elle ne pouvait pas se résoudre à dire *mon père* — approuve et vous soutient. C'est la seule raison de ma présence à Rome.

— Bien sûr...

Il s'installa en face d'elle.

— Peu m'importe, de toute façon. L'important, c'est que vous soyez là.

— Que de romantisme et de délicatesse ! Je suis toute en émoi.

— Inutile de manier l'ironie, dit-il en souriant malgré tout. Ce que j'attends de vous n'est pas compliqué. Ayez l'air amoureuse devant les paparazzis, comme si vous nagiez dans le bonheur. Il faut que nous donnions le sentiment de nous marier par amour, et pas simplement pour unir nos deux couronnes.

Les couleurs du couchant n'en finissaient pas de rougeoyer derrière lui, le parant de mille feux, telle l'apparition d'un dieu païen surgi du fond des temps.

Elle s'efforça de chasser cette image stupide de son esprit, mais en vain. Il la fixait avidement, sans dissimuler le désir qui luisait dans son regard. Comment serait-elle restée insensible ? Elle avait du mal à respirer et à feindre l'indifférence.

— Personne ne croira jamais à pareille fable, lâcha-t-elle enfin lentement.

Elle croisa les mains sur ses genoux, ainsi qu'elle avait vu Valentina le faire sur les vidéos qu'elle avait visionnées avec attention. Elle avait tellement peur d'être démasquée qu'elle avait passé un temps fou à étudier les gestes de la princesse.

— Nos fiançailles n'ont jamais été annoncées officiellement.

Rodolfo balaya cet argument d'un geste.

— Justement, l'histoire n'en sera que plus merveilleuse ! Promis l'un à l'autre depuis toujours par la volonté de nos deux familles, nous nous préparions à accomplir notre devoir sans enthousiasme, lorsque Cupidon, sans crier gare, a décoché sa flèche. Du coup, nous avons découvert que nous étions faits l'un pour l'autre.

» Nous pouvons aussi concocter une autre version, sans mentionner l'alliance dynastique. Nous nous serions rencontrés par hasard et aurions gardé notre liaison secrète. À l'approche du mariage, nous avons décidé de révéler notre amour au grand jour... »

— Vous parlez comme un tabloïd.

— Merci.

Natalie le foudroya du regard.

— Vous ne prenez pas cela pour un compliment, j'espère ?

— J'ai fait tant de fois la une des magazines people que je pourrais rédiger les gros titres moi-même. C'est d'ailleurs ce que nous allons faire à partir de ce soir. Nous allons inventer un magnifique roman. *Le Prince play-boy et sa Muse*... Qu'en pensez-vous ?

— Passe encore pour une star de Hollywood, mais pour un futur roi c'est ridicule. Un profil distant et réservé siérait mieux à votre rang.

Elle s'interrompit avec un sourire dédaigneux.

— Quoique, dans votre cas, cela semble un objectif difficile à atteindre.

Le soleil avait fini par se coucher, baignant les lieux de sa lumière rose, crépusculaire, très douce. Par contraste, l'expression de Rodolfo parut soudain très réfléchie et calculatrice.

Natalie se sentit nerveuse. La décontraction du prince n'était qu'apparente. En réalité, tendu comme un arc et attentif au moindre détail, il se maîtrisait, mais risquait d'exploser à tout moment. Cette pensée n'était pas pour la tranquilliser...

Son sourire non plus.

— Nous serons entourés d'une foule de gens, ce soir. Tant que nous sommes seuls tous les deux, vous pourriez peut-être m'expliquer ce que j'ai fait pour mériter vos insultes ? Vous n'arrêtez pas, depuis notre dernière rencontre.

D'abord décontenancée, elle s'en voulut aussitôt de se laisser atteindre. Elle ne devait donner prise à aucune émotion. Car c'était la porte ouverte aux sentiments, à la séduction... Sa mère lui avait pourtant appris à se méfier des hommes et de leur charme. Comment n'avait-elle pas plus de plomb dans la tête ?

— Vous me trouvez injuste ? demanda-t-elle calmement, en s'obligeant à soutenir son regard.

— Ai-je été brutal ou méchant ? Vous ai-je manqué de respect ?

Il ne parlait pas fort, mais avec une intensité dans la voix qui emplit Natalie de honte. Son cœur se mit à cogner dans sa poitrine.

— Vous seul pouvez répondre, je pense, murmura-t-elle.

— À ma connaissance, je n'ai jamais délibérément fait du mal à quelqu'un. Mais vous savez peut-être des choses que j'ignore moi-même, princesse.

Le prince n'avait rien à envier au patron de Natalie dans l'art de remettre les gens à leur place. Elle se raidit, mais ne se déroba pas.

— Quand on s'exhibe trop, Altesse, tout le monde finit par connaître vos faiblesses.

— Les histoires que racontent les journaux n'ont rien à voir avec la vraie vie. Vous devriez en avoir conscience mieux que quiconque. Ne sommes-nous pas justement en train d'élaborer la version que nous voulons livrer aux journalistes ?

— Je ne suis pas experte en la matière. On parle rarement de moi dans les magazines, et jamais de façon scandaleuse, toujours en relation avec des événements mondains ou des soirées culturelles.

— Vous êtes un parangon de vertu, et beaucoup trop critique envers autrui.

— Ce n'est pas un crime de juger les autres, pour autant qu'on applique les mêmes critères à soi-même.

— Malheureusement, ce n'est pas souvent le cas. Le plus souvent, les gens ne cherchent pas plus loin que les apparences et condamnent sans appel.

— Comment justifiez-vous le comportement d'un homme qui fréquente d'autres femmes alors qu'il est fiancé, Altesse ? questionna-t-elle sèchement. Je ne vois pas ce qui pourrait l'excuser. C'est puéril, répugnant et peu honorable. Je doute qu'aucune femme sur la planète s'en accommode ou le considère avec bienveillance.

Rodolfo inclina la tête.

— D'accord. Pour ma défense, j'invoquerai simplement votre suprême indifférence. Jusqu'à la semaine dernière, vous prétendiez vous moquer de ce que je faisais. Nous en avions longuement débattu et cela ne vous gênait pas le moins du monde. Vous n'avez jamais émis une opinion contraire. Pas une seule fois.

D'après Valentina, cela n'aurait servi à rien, car il aurait continué à n'en faire qu'à sa tête. Natalie ne se souvenait plus très bien de ce qu'avait dit la princesse, seulement qu'elle n'était pas heureuse. Et elle aurait voulu changer cela.

— Vous avez raison, acquiesça-t-elle. C'est ma faute. Je me suis bercée d'illusions. J'ai eu tort de croire qu'une promesse de mariage vous engagerait. Pour vous, les paroles ne sont que du vent, et les vœux, même solennels, sont dénués de sens. J'aurai cela présent à l'esprit le jour de la cérémonie.

Il ne bougea pas. Pourtant, Natalie se sentit brusquement clouée au sol, prisonnière par la seule puissance de son regard sombre.

— Je vous ai embrassée, lui rappela-t-il.

Comme si elle avait pu oublier cet instant… Nuit après nuit, elle rêvait de ce baiser qui l'avait bouleversée…

— Pourquoi lutter contre votre désir ? reprit-il. Êtes-vous obligée de me donner le rôle du méchant ? Cela rend-il les choses plus faciles ?

Natalie pouvait à peine respirer. Son cœur battait à tout rompre dans sa poitrine, mais elle demeurait paralysée, incapable de s'arracher à l'étrange fascination qu'il exerçait sur elle. L'étincelle qui brillait dans ses yeux l'effrayait. Il avait l'air si sûr de lui et de ce qui allait se passer…

— Parce qu'il n'est pas nécessaire de m'insulter pour capter mon attention, princesse, continua Rodolfo, implacable. Vous l'avez déjà. Et, désormais, vous ne pourrez plus m'attaquer sur mon infidélité. Pour vous contenter, je me soumets à votre point de vue et je promets de ne plus toucher une autre femme. Cela vous satisfait-il ? Allons-nous enfin faire la paix ?

Avec cette promesse cavalière, Natalie eut l'impression d'être manipulée comme une marionnette. Un mélange de honte et de jubilation l'envahit, tel un plaisir coupable.

— Ne soyez pas ridicule, réussit-elle à dire.

— Vous ne faites que confirmer mes soupçons. Il y a autre chose qui vous dérange, dont vous ne parlez pas. Allez-vous m'expliquer ? Ou m'obliger à deviner ?

Elle voulait à tout prix éviter un contact physique. Car

alors elle ne répondrait plus de rien et serait capable de toutes les trahisons.

Quand elle se leva pour mettre le fauteuil entre elle et lui, Rodolfo l'observa avec une expression amusée, comme s'il lisait dans ses pensées.

Il avait l'air d'un prédateur jouant avec sa proie, et ne doutant pas un seul instant de l'issue de la confrontation.

Le pire, c'était que Natalie, malgré son affolement, ne s'en offusquait pas.

— Je mène une vie très rangée, commença-t-elle.

Elle ne composait plus vraiment son rôle. Les mots sortaient tout seuls. Elle n'avait même pas besoin de réfléchir.

— J'assume pleinement mes devoirs et mes responsabilités. Je m'acquitte de toutes mes obligations le plus dignement possible.

— C'est ce qui vous vaut l'estime et le respect des plus grandes maisons d'Europe. Je vous rends cet hommage.

— Je ne sais pas si vous vous moquez de moi, mais peu importe. Il ne s'agit pas de cela, mais des objectifs qu'on se fixe. J'essaye toujours de mettre de l'ordre là où c'est possible.

— Valentina...

Elle lui sut gré de prononcer ce prénom, qui lui rappela soudain qui elle était... et qui elle n'était pas. Cela lui permit de maîtriser le tourbillon qui l'emportait.

— Votre vie à vous est un chaos, poursuivit-elle. Apparemment, il en a toujours été ainsi. Donc, cela vous plaît forcément. Vous bravez la mort depuis que votre frère...

— Attention...

Il était furieux, autant qu'ébranlé par ses paroles. Mais, redressant le menton, elle préféra l'ignorer. Le chagrin ou l'émotion de ce don Juan ne l'affectait pas. Après tout, dans les histoires que lui racontait sa mère, il ne tenait jamais le rôle du héros. La perte de son frère, à quinze ans, expliquait peut-être le comportement de Rodolfo. Elle avait envie de comprendre et de l'analyser.

— Il est mort, Rodolfo. Vous avez survécu.

Il poussa un juron, mais elle ne s'arrêta pas là.

— Pourtant, pendant toute votre existence d'adulte vous avez tenté de changer cela et de disparaître, dans la fuite. Vous et moi n'avons absolument rien en commun.

Rodolfo se leva, le regard brillant de colère. Mais il parla d'une voix morne, comme s'il récitait une leçon apprise par cœur depuis longtemps.

— La mort de mon frère a été une terrible tragédie. Je n'ai jamais cherché à prendre sa place ni à m'identifier à lui. Je pratique les sports extrêmes par goût, c'est tout, pas par instinct de mort. Je ne suis pas suicidaire.

— Si vous vous tuez en sautant d'hélicoptère pour skier sur des pentes inaccessibles, ainsi que vous le faites chaque hiver, vous causerez un tort immense à votre pays qui sombrera dans le chaos, dit Natalie tranquillement. Je me situe aux antipodes de cet état d'esprit.

Elle s'attendait à un éclat de rage. Pour être tout à fait honnête, elle imaginait un baiser sauvage. N'avait-il pas réagi ainsi, la dernière fois qu'elle l'avait provoqué ?

Comme elle était sotte...

Rodolfo se contenta de tordre la bouche en un rictus méprisant.

— Vous avez peut-être tort, princesse. Un peu de chaos dans votre existence vous ferait le plus grand bien.

6

Le gala de bienfaisance se tenait dans une villa palladienne, magnifiquement restaurée à l'ancienne et illuminée pour l'occasion. Des célébrités du monde entier se pressaient sur le tapis rouge, prenant un instant la pose devant les photographes avec quelques mots choisis pour défendre la cause du jour. Les icônes de Hollywood se mêlaient aux acteurs du West End londonien et aux aristocrates des plus vieilles cours d'Europe.

Un large sourire aux lèvres, Rodolfo escorta son impertinente princesse, dont la langue bien pendue ne cessait décidément de le surprendre, à travers les rangs serrés des paparazzis. Le crépitement des appareils photo redoubla.

— Je vous l'avais dit, murmura-t-il en se penchant à son oreille.

Elle frissonna, puis se raidit aussitôt comme pour lui dissimuler sa réaction. Qui aurait cru que sa fiancée lointaine et réservée possédât une sensibilité aussi vive ? Il avait hâte de découvrir tous ses trésors cachés.

— Ils brûlent de nous imaginer follement amoureux et sont prêts à gober n'importe quelle histoire.

— Je ne suis pas aussi douée qu'eux, hélas...

En tout cas, l'expression triomphante de Rodolfo donnait parfaitement le change.

Ils passèrent devant une fontaine éclairée par des lumières multicolores avant de pénétrer à l'intérieur de la villa.

— Au bénéfice de qui est donné le gala ? questionna la princesse.

— Peu importe. Toutes les œuvres caritatives ont leur raison d'être. Au bout du compte, il n'est pas essentiel de savoir de quoi il s'agit.

— Pour vous peut-être. Les bénéficiaires apprécieront sûrement l'attention que vous leur portez…

À cet instant, Rodolfo se promit de la traîner dans tous les galas d'Europe. En plus, elle était éblouissante et il éprouvait une certaine fierté à l'avoir à son bras. Le blond vénitien de ses cheveux chatoyait à la lumière. Sa robe gris perle moulait sa silhouette à la perfection avant de retomber en cascade. Non seulement elle était très belle, mais en public, sous les projecteurs, elle ne pouvait pas se dérober et le repousser. Il aimait sentir la chaleur de son corps souple et délié, divinement proportionné, comme fait pour lui. Son parfum, sans doute français, lui plaisait aussi beaucoup.

Pour être honnête, rien ne lui déplaisait en elle, pas même son étrange pudeur. Ni sa façon de le provoquer constamment, comme personne d'autre n'avait encore osé le faire. Même son père, qui ne mentionnait jamais Felipe devant lui, manifestait sa déception avec beaucoup moins d'acuité et d'ironie. À part lui, nul ne se permettait de lui trouver des défauts et de s'en plaindre, encore moins d'analyser sa psychologie.

Tout le monde, à commencer par Rodolfo, savait pertinemment que le roi avait toujours préféré l'aîné et que son deuxième fils ne serait jamais à sa hauteur…

Curieusement, Rodolfo n'en voulait pas trop à Valentina. Il ne comprenait pas ce qui était arrivé à sa princesse effacée et respectueuse, celle qui se cachait derrière le protocole et les conventions, mais il préférait de beaucoup la nouvelle.

Les réactions intempestives de sa libido confirmaient son engouement.

Mais un écueil se dressa, que Rodolfo aurait peut-être dû prévoir.

— Vous n'avez pas encore annoncé que vous aviez changé d'avis sur la question de la fidélité, susurra Valentina en croisant plusieurs regards enamourés d'admiratrices.

Pour la première fois de sa vie d'adulte, Rodolfo éprouva un certain embarras devant son succès auprès du sexe féminin.

— Ce n'est pas le genre de déclaration qu'on fait à la légère, objecta-t-il le plus dignement possible.

Une véritable nuée de créatures hystériques commençait à l'entourer, sans le moindre égard pour la présence de Valentina.

— Effectivement, approuva cette dernière avec une ironie mordante. Ce sont plutôt les fiançailles qu'on officialise.

Rodolfo ne comprenait pas pourquoi il n'avait pas remarqué plus tôt l'insolence de la princesse. Comment ce trait de caractère lui avait-il échappé aussi longtemps ? Cela le médusait.

— Après vos prouesses de ces derniers mois, je suis assez désorientée.

Malgré lui, il glissa un regard amusé dans sa direction.

— Et pourtant je suis là, auprès de vous, affichant constance et dévouement.

— Ah oui ?

Ils arrivèrent enfin dans l'immense salle de bal où jouait l'orchestre, sous des lustres de cristal étincelants. Les personnalités les plus en vue d'Europe assistèrent à leur entrée. Pour une fois, aucun dignitaire de Murin ou Tissely ne les accompagnait.

Leur présence produisit exactement l'effet escompté par Rodolfo, c'est-à-dire une effervescence générale, déjà manifeste chez les paparazzis. Il avait hâte de découvrir les gros titres des journaux le lendemain.

LE PRINCE RISQUE-TOUT ET LA PRINCESSE BIEN SAGE SONT-ILS TOMBÉS AMOUREUX POUR DE VRAI ?

Dévorés de curiosités, les gens qui se pressaient au gala se posaient manifestement la même question.

Rodolfo réfléchit. Il pouvait construire leur histoire petit à petit en planifiant leurs apparitions en public. À condition toutefois que ses admiratrices ne continuent pas à l'assaillir en ignorant sa fiancée... Ou alors, il fallait conquérir Valentina ce soir, devant tout le monde, sans lui laisser le choix.

Il prit sa décision sans scrupule. Les circonstances l'y obligeaient.

— Dansons, dit-il en l'entraînant d'autorité vers la piste.

Sa princesse ne pourrait pas s'arracher à son étreinte sans provoquer un scandale.

Mais elle se figea avec un air de défi.

— Je ne danse pas, l'informa-t-elle froidement.

Il la lâcha mais s'approcha tout près, si bien qu'elle fut obligée de lever la tête vers lui, dans un geste intime.

— Vous êtes sûre ? demanda-t-il d'un ton nonchalant.

— Absolument.

D'autres couples valsaient déjà autour d'eux en faisant semblant de ne rien remarquer. Mais on ne tarderait pas à les pointer du doigt s'ils restaient trop longtemps immobiles. Étaient-ils en train de discuter ou de se disputer ?

Rodolfo, cependant, oublia les regards braqués sur eux pour observer l'étrange expression qui se peignait sur les traits de la princesse. Elle donnait l'impression d'être en proie à une peur panique.

— Dois-je vous rappeler que vous avez su danser presque avant de savoir marcher ? répliqua-t-il en s'efforçant à la désinvolture.

Il avait du mal à dissimuler le besoin intense, dévorant, qu'il avait brusquement de la toucher...

Il prit ses mains dans les siennes et faillit perdre son self-control. Comment ce simple contact pouvait-il l'affecter à ce point ? Quelle magie incroyable exerçait-elle sur lui ?

Au prix d'un effort surhumain, il se ressaisit.

— Une photo de vous, à la une de tous les journaux, a fait le tour du monde. Vous êtes tout petite et vous avez les pieds posés sur ceux du roi de Murin qui vous entraîne dans une valse virevoltante.

Aux prises avec une émotion bizarre, il garda néanmoins un visage impassible.

— Vous aviez six ans, je crois.

— Six ans..., répéta-t-elle, comme si la mémoire lui faisait défaut.

Puis elle cilla et le fixa résolument.

— Vous m'avez mal comprise. Je ne danse pas *avec vous*. Je n'ai pas envie.

— Cela me peine d'insister, mais vous vous méprenez.

Avec un sourire qui exaspéra la princesse, il prit délicatement une mèche de cheveux qu'il glissa derrière son oreille. Quelle délicieuse sensation... Il avait l'impression de toucher de la soie. Tous ces mois sans la voir avaient-ils eu pour effet d'aiguiser ses sens ? L'explication ne le satisfaisait qu'à moitié.

— Je ne vous demande pas votre avis et vous ne pouvez

pas refuser. Vous serez bien obligée de danser à notre mariage, et lors de bien d'autres occasions officielles par la suite. C'est inévitable, je le crains.

Elle commença à froncer les sourcils, puis se maîtrisa. Pour l'immense plaisir de Rodolfo, sa froide et distante princesse s'anima. Ses lèvres se mirent à trembler, très légèrement, mais avec la même envie qu'il sentait en lui, de plus en plus ardente.

Il eut la tentation d'envoyer au diable le protocole et les convenances pour l'embrasser.

— Je vous préviens, en hommage à cette photo mémorable, je marche sur les pieds de tous mes cavaliers, ironisa-t-elle. Préparez-vous.

Malgré son ton coupant, elle ne parvenait pas à dissimuler le frémissement de sa bouche.

— Il vous suffit de me suivre, princesse, déclara-t-il de sa voix grave. Tout se passera bien. Vous ne me marcherez même pas sur les pieds. Abandonnez-vous à moi, je m'occupe de tout.

La princesse Valentina se mit à trembler. De rage, d'agacement ou… de désir ? À cet instant, Rodolfo l'aurait volontiers jetée sur son épaule et enlevée pour la nuit. Il l'aurait même sauvagement embrassée devant tout le monde pour libérer enfin l'être mystérieux et fascinant qu'il découvrait peu à peu.

Choisissant une attitude beaucoup plus formelle, il s'inclina galamment avant de reculer d'un pas, la main tendue.

Elle écarquilla ses grands yeux verts qui brillaient d'un éclat inhabituel. Elle lui semblait encore plus belle qu'à l'accoutumée. Depuis qu'il avait goûté la saveur de sa bouche, il se surprenait de plus en plus souvent à fantasmer sur les trésors de sensualité qu'elle recelait.

Ce soir, c'était différent. Tout devenait réel et il savourerait lentement chaque instant que la réalité lui offrait.

Il exulta lorsqu'elle plaça sa main dans la sienne. Il ne se serait pas senti plus puissant si elle était tombée à genoux devant lui pour le déclarer vainqueur de la petite guerre obscure qu'ils se livraient.

Avançant d'un pas, il posa fermement sa paume gauche sur le bas de son dos, dénudé par le décolleté de sa jolie robe qui ruisselait comme la pluie sur sa frêle silhouette. Elle avait la peau brûlante. Quand une exclamation lui échappa, il éprouva l'envie, presque irrépressible, de l'étouffer avec sa bouche.

Néanmoins, il se refréna. Lui d'ordinaire si impulsif et emporté s'amusait de brider son ardeur.

— Posez la main sur mon épaule, dit-il avec une pointe de sarcasme. Auriez-vous oublié comment danser une simple valse, princesse ? Je suis ravi de constater à quel point je vous trouble.

Elle inspira profondément, comme pour rassembler son courage. Il n'avait pas la moindre idée de ce qu'elle allait faire. Elle pouvait aussi bien le planter là ou au contraire se serrer contre lui. Cette incertitude le choquait et l'excitait tout à la fois.

Elle était aussi imprévisible que ses plus folles aventures. Toute une vie ne suffirait pas à percer ses mystères. Assez étonnamment, il avait très tenté d'essayer. Pour la première fois depuis leurs fiançailles à l'automne dernier, il avait hâte d'arriver au mariage. Et à la nuit de noces. Et toutes les nuits qui suivraient, avec les innombrables découvertes charnelles que son corps magnifique lui promettait.

Oui, il était très impatient.

Au bout de ce qui sembla une éternité, Valentina obtempéra enfin.

— Merci, princesse.

Il replia les doigts sur les siens un peu plus fort que nécessaire et sourit lorsque, en réaction, elle agrippa son épaule.

— Cette mise en scène était parfaitement inutile. Vous ne vous en prendrez qu'à vous-même si les journaux en font toute une histoire.

— Je n'ai rien à me reprocher, répondit-elle d'un ton froid. J'assume mes actes en adulte responsable. Vous devriez essayer.

— Impossible. Je suis totalement irresponsable. Je passe mon temps à sauter en parachute pour braver la mort. Ou la provoquer, je ne me rappelle plus vos propos exacts.

Sans lui laisser le temps de répondre, il commença à se déplacer. Rétive, elle lui opposa une certaine raideur, qu'il ignora souverainement.

— Vous ne me ferez pas trébucher, princesse. On m'a inculqué une excellente éducation. Un homme accompli danse bien, est un bon fusil et défend ses positions sans élever la voix face aux attaques injustifiées de l'adversaire.

— Vous prenez très à cœur le dernier point.

— Je suis aussi excellent tireur, si vous voulez savoir.

— C'est bizarre, les tabloïds n'en parlent pas. À moins que vous ne vous exprimiez par sous-entendus ? Dans ce cas, il faut m'excuser, je ne comprends pas les allusions grivoises.

Il éclata de rire, et plusieurs têtes se tournèrent vers lui. Dans une ambiance aussi feutrée et protocolaire, la gaieté et la spontanéité n'étaient pas des plus courantes.

— Vous devez vous sentir mieux, si vous avez retrouvé votre mordant, princesse.

— Je ne me sentais pas mal. Juste un peu décontenancée d'être traînée de force sur la piste de danse par un sauvage.

— Vous avez le goût de l'exagération ! Songez plutôt à toutes les femmes qui vous jalousent.

— Vous vous jetez dans la valse comme dans les sports extrêmes, avec une insouciance absolue des gens qui sont autour. Les journaux ne mentent pas. Ils sont même au-dessous de la vérité, Altesse.

— Auriez-vous vécu dans un cocon ? Le confort et la richesse ont émoussé vos perceptions.

— Que cherchez-vous, Rodolfo ? demanda-t-elle en abandonnant soudain le ton de la plaisanterie.

Elle redevenait brusquement une étrangère, encore différente...

— Vous n'auriez jamais projeté ce mariage, si on vous avait laissé le choix, reprit-elle d'un ton grave. Je ne comprends pas pourquoi vous changez brusquement d'attitude en adoptant mon point de vue sur la fidélité. Nous nous sommes préparés tous les deux depuis longtemps à accomplir notre devoir. Qu'il en soit ainsi, mais que cela ne nous empêche pas de conserver une distance courtoise et respectueuse.

— Là-dessus, j'étais pleinement d'accord avec vous, répondit-il sur le même ton, avec un sérieux qui ne lui ressemblait pas. Jusqu'au jour où vous m'êtes apparue étrangement métamorphosée, dans le salon d'apparat, chez votre père. Au lieu de la jeune femme effacée que je connaissais, vous étiez devenue agressive, vindicative.

— J'aurais dû m'y attendre, ironisa-t-elle en le considérant d'un air narquois.

Au lieu de l'irriter, cela l'excita.

— Avec votre ego surdimensionné, vous déformez tout. Comme vous ne supportez pas les remises en question, vous vous sentez attaqué à la moindre critique.

— Faux ! s'écria-t-il en riant. Loin de me formaliser de

vos remarques, je les trouve fort plaisantes, au contraire. Vous m'amusez. Rassurez-vous, elles ne m'inspirent ni *gêne* ni *honte*. C'est tout autre chose que j'éprouve...

Elle s'empourpra violemment. Comment n'aurait-elle pas perçu le désir qui le taraudait, puisqu'elle le partageait ? Il s'en rendait compte à une multitude de petits signes qui ne trompaient pas.

En passant pour la troisième fois devant de grandes portes-fenêtres ouvertes sur une terrasse, Rodolfo la conduisit au-dehors, préférant la pénombre à la trop vive clarté de la salle de bal illuminée.

— Où m'emmenez-vous ? demanda-t-elle.

Les joues rouges et les yeux brillants, elle ne chercha même pas à se dégager de son étreinte. Le temps n'était plus aux remontrances ou aux sermons...

— Ne vous inquiétez pas. Rien ne saurait être plus raisonnable que quelques pas sur une terrasse, à la vue de centaines d'invités. À moins que vous n'ayez envie de vous égarer un peu ? Auriez-vous le goût du risque, finalement ?

— Certainement pas. Je n'ai pas besoin d'escalader les montagnes pour admirer leur beauté. Le danger ne m'est pas nécessaire.

— Il permet pourtant de se dépasser, de vivre pleinement !

— C'est du nihilisme, de risquer sa vie. En plus d'être égoïste.

— Peut-être.

Il serra un peu plus fort sa main.

— Cela fait aussi du bien, de penser à soi. Faites-vous plaisir, princesse, juste pour un soir. Quelle est la pire chose qui pourrait vous arriver ?

— Je frémis rien que d'y penser !

Rodolfo fit comme s'il n'avait pas entendu le tremblement de sa voix. Avec un sourire, il attrapa deux flûtes de champagne sur un plateau et conduisit sa princesse un peu plus loin, à l'écart, dans l'obscurité de la nuit.

7

Peut-être était-ce à cause de la musique. Ou du tourbillon de célébrités autour d'eux.

Plutôt à cause de Rodolfo, songea Natalie fugitivement. En tout cas, elle oublia tout.

Elle oublia qu'elle n'était pas vraiment une princesse, ou alors seulement par le plus pur des hasards, à la suite d'une rencontre improbable dans des toilettes d'aéroport.

Elle oublia que sa robe ne lui appartenait pas, que le bal dans cette somptueuse villa palladienne n'était pas donné en son honneur, que le tentateur qui la tirait par la main ne serait jamais à elle.

Il avait juste dansé avec elle. Ses souvenirs s'arrêtaient là.

Avant de se contempler ce soir dans la glace, Natalie n'avait jamais prêté une grande attention à son apparence physique. Elle n'avait même pas conscience de sa beauté. Mais, surtout, aucun homme ne l'avait traitée comme une vraie *femme*, réellement désirable. Ou alors il s'agissait d'un jeu de séduction artificiel qui ne la concernait pas directement, où elle servait seulement de faire-valoir à son employeur. C'était si peu gratifiant qu'elle avait fini par adopter une queue-de-cheval sévère et des lunettes. Elle se cantonnait à son rôle d'assistante revêche, responsable, minutieuse et aussi la première à être réprimandée en cas de problème.

Rodolfo la regardait et la traitait comme une jolie femme, non en fonction des services qu'elle pouvait rendre. Certes, il la prenait pour une autre et l'appelait par un prénom qui n'était pas le sien. Malgré tout, c'était bien elle qu'il dévorait des yeux, elle qui lui inspirait un désir flagrant. Elle se sentait incapable d'y résister…

Avant d'échanger sa place contre celle de Valentina, elle ne s'était jamais laissée aller à la spontanéité. Sans cette rencontre, elle n'aurait probablement pas donné sa démission, même si elle en avait par-dessus la tête. Et voilà qu'elle n'avait plus qu'une envie, lâcher prise, s'abandonner… La pression des doigts de Rodolfo, fermes et rassurants, l'y incitait en confiance. Elle suivit donc ce prince beaucoup plus charmant qu'elle ne voulait l'admettre, à l'écart, plus avant dans la nuit et l'obscurité, loin de la lumière.

Se tournant vers elle avec une gravité soudaine, il lui prit la main et la posa contre son torse. Le cœur battant, mais sans crainte, elle ne tenta pas de se dégager. Elle n'en avait nulle envie.

Au contraire, elle se pencha vers le refuge de son grand corps viril.

— Que se passe-t-il ? questionna-t-il d'une voix rauque, presque méconnaissable.

Natalie ouvrit la bouche pour répondre, mais aucun son n'en sortit. Elle s'était coulée dans le conte de fées d'une autre afin de jouer les justicières en reprenant le combat de sa mère. Mais ses désirs de vengeance s'évanouissaient d'une manière incompréhensible. Ce prince charmant qu'elle voulait fustiger lui avait jeté un sort. La bataille d'Erica ne la concernait plus…

Tant pis. Cela n'avait plus d'importance depuis que Rodolfo l'avait prise dans ses bras pour une valse qui lui avait dangereusement tourné la tête, peut-être pour le restant de ses jours.

À l'instigation d'Achilles Casilieris, elle avait suivi les cours de danse de salon du meilleur coach de Londres. Elle avait donc des points de comparaison. Rodolfo était sans pareil. Avec lui, elle avait l'impression de voler au-dessus du sol.

Elle se mit à trembler sous son regard et en oublia qui elle était et où elle se trouvait. Le vide se fit dans son esprit. Brusquement, plus rien n'exista, que Rodolfo, le prince risque-tout qui la captivait et l'ensorcelait. Au point qu'elle aurait consenti avec lui à n'importe quelle folie. Elle aurait même sauté en parachute au-dessus de hautes cimes enneigées.

Il posa les mains sur ses épaules nues et l'attira vers lui. Frémissante, elle songea qu'il fallait le repousser, lui rappeler les limites à ne pas dépasser. Mais cela n'avait déjà plus beaucoup de sens. Rejetant la tête en arrière tandis qu'il la pressait avidement contre lui, elle posa les poings fermés contre son torse. En manière de protestation, se dit-elle dans un vœu pieux.

Malgré elle, elle déplia les doigts un à un.

L'éclair qui s'alluma dans les yeux de Rodolfo l'enflamma.

— Vous êtes redoutable, princesse, murmura Rodolfo.

— Mais vous aimez le danger, non ?

— Oh oui... Infiniment.

Il se pencha pour l'embrasser.

Au début, sa bouche l'effleura à peine. Néanmoins, une décharge électrique traversa Natalie de part en part. Quand il recommença, elle gémit de frustration et se serra contre lui. Une tempête intérieure se déclenchait, impossible à endiguer. Elle se hissa sur la pointe des pieds pour réduire la distance qui les séparait et fut récompensée par un sourire conquérant, irrésistible.

Une déferlante l'emporta, littéralement, et une sensation de brûlure intense lui creusa le ventre. Incapable de s'en empêcher, Natalie laissa échapper un soupir sensuel.

Rodolfo se figea. Puis, se penchant un peu de côté, il l'embrassa pour de bon, avec ardeur. Et tout se précipita.

Il la subjugua, scellant sur ses lèvres une domination totale, comme si elle n'était pour lui qu'un simple sujet soumis à sa volonté toute-puissante. Il l'embrassait comme si elle était déjà sienne, de toute éternité, sans doute possible. Elle vibrait, éperdue, sous la pression implacable de sa bouche, et ses mains s'agrippèrent aux revers de sa veste pour le retenir.

S'arc-boutant de toutes ses forces, elle s'offrit davantage et cambra les reins tandis qu'il la soutenait de son bras. Leur respiration se fit haletante.

Mais, brusquement, il s'immobilisa en poussant un juron. Au prix d'un effort qui sembla douloureux, il s'écarta, et Natalie aperçut, à l'autre bout de la terrasse, un petit groupe d'invités sortis eux aussi prendre l'air.

Portant les doigts à ses lèvres meurtries, elle se mit à trembler.

— Pourquoi me regardes-tu ainsi ? demanda-t-il à mi-voix en scrutant son visage. Nous ne sommes plus au XIXe siècle ! Et je ne t'ai pas volé ta vertu avec un simple baiser !

Natalie ignorait l'expression qu'il lisait sur ses traits, mais elle se sentait... changée. Quant à Rodolfo, il contemplait avec un désir ardent la fiancée qu'il épouserait dans moins de deux mois.

Cependant, il y avait un problème. Natalie n'était pas

cette femme, même si le décor romantique brouillait les cartes et contribuait à semer la confusion.

Elle était perdue, corps et âme.

— Je ne sais pas comment je te regarde, répliqua-t-elle dans un murmure à peine audible.

Elle recula d'un pas. En voyant les deux verres posés sur la balustrade, elle fut tentée de les vider d'un trait, l'un après l'autre, pour anesthésier la douleur qui s'insinuait en elle.

Elle sursauta au son de la voix de Rodolfo.

— Tu me regardes comme si personne ne t'avait embrassée avant moi. Même si c'est très flatteur pour mon ego, nous sommes loin de la réalité. N'est-ce pas, Valentina ?

Ce prénom lui fit l'effet d'une claque. Elle serra les dents pour ne pas vaciller sur ses jambes. Comment pouvait-elle oublier si facilement qui elle était ?

Parce que tu as très envie de prendre la place de Valentina.

— Je ne suis pas celle que tu crois, bredouilla-t-elle alors, complètement désemparée.

Rodolfo éclata de rire.

— Bien sûr que si !

— Non, je t'assure.

— Le moment est mal choisi pour des interrogations philosophiques et existentielles, princesse. Personne ne correspond exactement à l'image qu'il donne aux autres. Regarde-moi, par exemple. Si tu interrogeais les gens qui sont ici, ils auraient tous une définition toute prête. Pourtant, ils se tromperaient. Je ne suis pas le don Juan et l'aventurier qu'on dépeint dans les tabloïds. Mon rêve le plus fou n'est pas de vaincre de nouveaux périls, mais simplement d'occuper la juste place qui me revient dans le royaume de mon père. C'est tout.

Cet aveu brutal, inattendu, plana un instant dans l'air.

Sans doute n'avait-il pas eu l'intention de se livrer ainsi… Mais il se ressaisit très vite.

— Aucun de nous ne colle tout à fait à son rôle.

— Serais-tu un incompris ? lança-t-elle, incrédule. Aurais-tu une vie intérieure dominée par le sens du devoir ?

— Ne prends pas tout au premier degré, princesse.

Une expression peinée se peignit sur ses traits, si fugace qu'elle eut l'impression d'avoir rêvé.

— Et n'imagine pas que tu es la seule à avoir une vie intérieure, ajouta-t-il.

— Ce n'est pas ce que je voulais dire.

Comment expliquer à Rodolfo que ses hésitations n'avaient rien de métaphysique ? L'aurait-il crue si elle avait avoué qu'elle n'était pas la princesse Valentina, mais s'appelait Natalie Monette ?

Rien n'était moins sûr. Elle-même aurait trouvé cette histoire invraisemblable si elle ne lui était pas arrivée en personne.

Non seulement elle usurpait le titre et l'identité d'une autre femme, mais elle semait le désordre dans sa vie…

— Que voulais-tu dire, alors ? lança Rodolfo.

Natalie garda le silence. La vérité s'imposait avec une force qui l'ébranlait. Le mensonge permanent devenait intolérable. Cela l'obligeait à endurer de longs et pénibles dîners avec le roi Geoffrey, dont elle scrutait et analysait les moindres paroles et expressions en se demandant s'il était ou non son père. Et ce que cela signifierait s'il l'était.

En même temps, elle avait peur de se dévoiler à Rodolfo en raison même du désir qu'il lui inspirait. Déchirée entre deux personnages, elle ne savait plus où elle en était. Une seule chose était claire : Rodolfo lui plaisait infiniment et elle avait envie de vivre le présent avec lui. L'avenir aussi…, songea-t-elle aussitôt avec effroi.

C'est le fiancé d'une autre femme.

Que faire ? Désemparée, incapable de prendre une décision, elle ne s'était jamais détestée autant qu'en ce moment.

— Je veux m'en aller, déclara-t-elle abruptement. Tout de suite.

Tant pis si elle manquait à toutes les règles de l'étiquette et de la politesse. Il fallait à tout prix s'éloigner de la tentation que représentait Rodolfo. Avant qu'il ne soit trop tard et qu'elle succombe irrémédiablement.

— Allons, princesse. Il ne sert à rien de fuir.

Quand il franchit la distance qui les séparait, elle n'eut pas assez de volonté pour reculer. Elle aurait dû, pourtant… Elle ne protesta pas non plus lorsqu'il posa une main sur sa joue.

— Que se passe-t-il ? Parle-moi.

Interdite, elle le contempla le cœur battant, avec une sorte de désespoir accablant. Il était si grand, si beau ! Elle avait encore le goût de son baiser sur la langue. Cette sensation la brisait.

— Il faut que je m'en aille, chuchota-t-elle, les poings serrés.

Elle aurait voulu le frapper, mais c'était encore un mensonge, une excuse pour le toucher.

Malgré sa honte, elle appuya sa joue contre la chaleur de sa paume.

Rodolfo se mit à parler, d'une voix douce et grave.

— Je n'ai jamais voulu suivre l'exemple de nos parents. Ils jouaient au couple heureux devant les photographes et dansaient merveilleusement dans les soirées. Mais, en privé, ce n'étaient que disputes et grincements de dents. Je m'étais promis de me marier pour les bonnes raisons. Ensuite, je me suis résigné à une union placée sous le signe d'une indifférence polie. Après tout, ce n'était pas si mal. Je croyais être en paix avec moi-même.

Incapable de prononcer un son, Natalie avait l'impression qu'on la serrait à la gorge.

La haute stature de Rodolfo lui bouchait complètement la vue. Le reste du monde n'existait plus. Il n'y avait qu'eux deux, et le mensonge qu'elle incarnait. Mais plus il la regardait, plus elle oubliait qu'elle n'était pas Valentina. Qu'il ne serait jamais à elle. Que ses confidences s'adressaient à une autre.

— Rodolfo..., murmura-t-elle d'une voix étranglée.

— J'aime entendre mon prénom dans ta bouche, princesse. J'aime aussi ces instants que nous partageons. Il n'y a aucune raison que le plaisir n'accompagne pas le devoir solennel imposé par nos deux pays. Cela égayera la monotonie et l'ennui de nos obligations officielles.

Comment Natalie n'aurait-elle pas eu envie de se perdre dans le nouveau baiser qu'il lui offrait ?

Pourtant, au dernier moment, dans un sursaut de lucidité, elle se refusa à lui.

— Je suis désolée.

Les yeux rivés au sol, de peur de céder au puissant magnétisme de son regard, elle se mit à bégayer lamentablement.

— Je... Je n'aurais pas dû... Je veux rentrer à mon hôtel.

— Pour quoi faire ? Changer encore de personnalité ?

Valentina bondit comme s'il l'avait giflée.

Interloqué, Rodolfo se sentait impuissant. Il ne pouvait rien faire tant qu'elle refusait de s'expliquer.

La princesse paraissait bouleversée et il ne comprenait pas pourquoi. Certes, ce mariage imposé pesait lourdement sur leurs épaules. Mais ne sentait-elle pas, comme lui, la merveilleuse alchimie qui les embrasait ? Cette grâce inattendue transformait le fardeau en bénédiction.

Elle avait pâli et un affolement incompréhensible se lisait au fond de ses yeux verts.

— Que veux-tu dire ? s'écria-t-elle d'un ton angoissé. Je n'ai qu'une personnalité. Avec plusieurs facettes, bien sûr, comme tout le monde.

En toute circonstance, Rodolfo se montrait calme et rassurant, en s'énervant le moins possible. Mais cette femme le faisait sortir de ses gonds.

— Tu ne te sens pas bien ? s'enquit-il un peu sèchement.

— Je te l'ai dit, j'ai besoin de partir d'ici.

Il la prit par le coude.

— Lâche-moi ! protesta-t-elle en rougissant.

— Non.

Elle se raidit.

— Comment cela, *non* ?

— Je n'ai pas l'intention de capituler. Même si nous devons y passer la nuit, je veux connaître la raison de tes sautes d'humeur déconcertantes. C'est presque comme si deux femmes coexistaient en toi...

Elle le foudroya du regard.

— Peut-être que tu ne m'attires pas, tout simplement.

— C'est ce que tu prétends. Tantôt tu te rebelles, tantôt tu fonds entre mes bras.

Elle devint encore plus écarlate.

— Cela me trouble autant que toi.

— Vraiment ?

Il se délectait de sa peau satinée sous ses doigts.

— Ne me touche pas ! Sinon, je crie !

Il se contenta d'un sourire insolent.

— Eh bien, qu'attends-tu ? demanda-t-il au bout d'un moment.

Elle tremblait comme une feuille.

— À quoi joues-tu, à la fin ? souffla-t-il d'un ton menaçant en se penchant à son oreille, si près qu'elle sursauta.

Malgré tout, elle ne se débattit pas. Il écouta sa respiration haletante, tandis que la tension montait, de plus en plus insupportable.

— Je ne joue pas.

— Quand je t'ai rencontrée, tu étais totalement différente, d'une froideur incroyable..., se rappela-t-il. Le dîner n'en finissait pas... Tu étais aussi figée qu'une statue, avec un sourire hypocrite. Quand je t'ai demandée en mariage, j'ai cru que tu allais refuser.

Avec un aplomb extraordinaire, elle parvint à le regarder droit dans les yeux.

— Je me souviens très bien de cette soirée. En fait, j'étais sous le charme, prétendit-elle. Tu me fascinais...

Avec une moue sceptique, il toucha distraitement la grosse bague qu'elle portait à son doigt et qui avait appartenu à sa grand-mère, et avant elle à toute la dynastie des reines de Tissely.

— Tu ne semblais même pas me voir quand je te parlais. J'avais l'impression d'être un fantôme.

Quelque chose d'à peine perceptible agita Valentina, une infime vibration qui la rendit à nouveau étonnamment vulnérable. Elle retira sa main comme si son contact la brûlait, et il sentit lui aussi une étrange décharge électrique.

— Il n'est pas facile de répondre à un homme qui vous demande en mariage tout en discourant sur son indépendance et sa volonté de continuer à vivre à sa guise. Estime-toi heureux que je me sois montrée aussi accommodante.

— Imagine ma surprise quand tu as brusquement changé de comportement ! Tout à coup, tu t'es mise à me regarder vraiment.

— Cela devrait te faire plaisir, Rodolfo. Toi qui as tellement besoin d'attirer l'attention ! Tu la réclames à chaque instant, que ce soit par tes frasques amoureuses ou tes exploits sportifs.

La tirade de Valentina lui rappelait un peu trop les sévères remontrances de son père, mais elle n'avait pas tort. Et elle avait le courage de le lui dire en face.

— Te voici redevenue l'autre Valentina, déclara-t-il doucement. Celle qui a l'audace de me reprocher tout haut ce que tout le monde pense tout bas. Qui es-tu ? Où est passée mon autre fiancée, timide et réservée ?

Un son qui ressemblait à un sanglot s'étrangla dans la gorge de la jeune femme. Relevant le menton, elle le fixa avec une expression de défi qui contredisait le trouble et l'embarras de l'instant d'avant. Une fois de plus, Rodolfo se retrouvait devant une énigme.

— Sois sans crainte, cette Valentina disparaîtra bientôt, lui assura-t-elle sur un ton étrange. Et même tout de suite. Je m'en vais.

Mais Rodolfo n'avait pas du tout l'intention de la laisser partir seule. Quand elle tourna les talons, il la suivit.

8

Rodolfo la rattrapa en quelques enjambées et posa une main ferme au creux de son dos pour la guider parmi la foule des invités. Natalie n'avait pas besoin de lui pour trouver la sortie et prendre un taxi. Mais, comme sur la terrasse, elle ne tenta pas de se dégager. Par égard pour la vraie princesse, il valait mieux éviter un scandale.

En réalité, il y avait une autre raison, moins avouable. Elle aimait ce contact.

Pourtant, elle aurait voulu détester le prince à cause de ce trouble qu'il provoquait en elle. Sauf qu'elle n'y parvenait pas. Cette légère pression qui accompagnait chacun de ses pas la ravissait.

Il appela son chauffeur sur son portable et ils remontèrent le tapis rouge en sens inverse, sous les exclamations des paparazzis. Pas un instant il ne se départit de son sourire, comme si leurs questions impertinentes et les éclairs de flashs ne l'importunaient pas le moins du monde.

Natalie, elle, avait envie de disparaître sous terre. Elle n'avait pas l'habitude d'être assaillie ainsi, pas directement en tout cas, une partie de son travail consistant à épargner à M. Casilieris les indiscrétions des journalistes. Néanmoins, il était impossible de se cacher. La princesse Valentina, qui avait grandi sous les feux des projecteurs, était accoutumée depuis son plus jeune âge à leur présence intempestive.

Puisqu'elle était dans la peau de Valentina, il fallait assumer la situation le plus naturellement possible. Natalie fit de son mieux. En arrivant devant la limousine noire qui les attendait, elle avait mal aux joues à force de sourire.

Rodolfo lui prit galamment le bras.

— Je n'ai pas besoin de ton aide, protesta-t-elle en s'engouffrant par la portière ouverte.

Il glissa un coup d'œil ironique dans sa direction quand elle se tassa sur la banquette, le plus loin possible. Pour la narguer, il s'étala en prenant beaucoup de place, ce qui l'obligea à ramener ses jupes autour de ses jambes.

— J'ai passé vingt-sept ans de ma vie à me débrouiller seule, reprit-elle avec colère. Ce n'est pas la peine de profiter de la moindre occasion pour me toucher.

Il se tourna à demi vers elle et l'étudia pendant un moment. Les lumières de la nuit romaine qui défilaient derrière la vitre l'auréolaient d'un léger halo.

— Comme si tu n'avais pas toujours eu quelqu'un pour te tendre la main quand tu montes en voiture ou que tu en descends..., répliqua-t-il en haussant les sourcils.

Quelle étourderie ! Natalie se maudit d'avoir commis une erreur aussi grossière. Tout cela pour avoir le dernier mot...

— N'interprète pas tout littéralement ! lança-t-elle d'un ton dédaigneux. Un futur roi devrait avoir plus de discernement sous peine de provoquer de fâcheux incidents diplomatiques !

— Je cherche des explications à ta conduite, Valentina. J'ai souvent l'impression étrange d'avoir une mystérieuse inconnue devant moi, comme si tu étais quelqu'un d'autre.

— Quelle drôle d'idée ! Tu n'as pas le sens de l'observation très développé, c'est tout. Tu n'as véritablement commencé à me voir qu'à partir du moment où j'ai piqué ta vanité. Tu ne supportes pas qu'une femme ose te défier et jouisse des mêmes libertés que toi.

Elle éclata d'un rire insultant qui lui valut un regard assassin.

— Réfléchis un peu, s'il te plaît, dit-il très calmement. À ton avis, comment réagira l'opinion publique si je continue à vagabonder une fois marié ?

— Cela n'étonnera personne, j'imagine.

— Effectivement. Mais si c'est toi qui transgresses ces liens sacrés ? poursuivit-il, imperturbable. Ce ne serait pas moi seulement que tu trahirais, mais le peuple tout entier. C'est cela que tu souhaites ? Après tous les efforts que tu as consacrés à te bâtir une réputation sans faille ?

Natalie rit de nouveau, mais sans savoir pourquoi. Sans doute pour se donner une contenance. Une angoisse sourde lui comprimait la poitrine. En dépit de son esprit critique et terre à terre, elle s'était un peu rêvée en Cendrillon, avec ce prince et ce bal. Leur baiser plein de fougue et de passion lui avait tourné la tête.

— Quelle importance ? s'écria-t-elle, d'une voix brisée qu'elle ne maîtrisait plus. Il n'y a pas vraiment de solution. Alors autant agir comme bon nous semble sans nous préoccuper des conséquences. Cela ne changera rien. Nous nous marierons, tu auras des descendants et nos deux royaumes seront unis pour toujours. N'est-ce pas l'essentiel ? Les détails n'ont guère d'intérêt, finalement.

— J'aurais moi-même avancé cet argument il y a un mois, objecta Rodolfo. Mais nous ne sommes plus les mêmes, princesse. Nous avons changé, tu dois en avoir conscience.

Rodolfo s'était mis à l'aise et avait déboutonné son col de chemise. Néanmoins, sous ses airs décontractés, Natalie percevait une intensité inquiétante, un danger latent qui attisait une flamme qu'elle aurait dû étouffer depuis longtemps.

Prenant une profonde inspiration, elle réussit à se maîtriser suffisamment pour ne pas trembler.

— Toi non plus, tu ne te sens pas très bien, dirait-on, lâcha-t-elle.

Le sourire énigmatique de Rodolfo ne la rassura pas.

Le reste du trajet se passa en silence, ce qui alourdit encore l'atmosphère. Toutes sortes d'images et de fantasmes s'insinuèrent dans l'esprit de Natalie. Que serait-il arrivé si on ne les avait pas dérangés sur la terrasse ? S'ils s'étaient enfoncés dans le parc plongé dans la nuit, à l'abri des regards ? Rodolfo aurait-il à nouveau glissé la main sous sa robe, comme le premier jour au château ? Jusqu'où ? Aurait-il remonté plus haut le long de sa cuisse, vers l'endroit qui palpitait follement, en ce moment même ?

— Merci de m'avoir accompagnée..., dit-elle comme ils arrivaient devant son hôtel.

Rodolfo la toisa avec un mélange d'étonnement et d'arrogance. On ne donnait pas ainsi congé à un prince destiné à gouverner, un futur roi...

Elle réprima le frisson qui courut le long de sa colonne vertébrale et accepta son escorte jusque dans le hall du palace, décoré dans de somptueux tons dorés et grenat. De magnifiques gerbes de fleurs trônaient sur des consoles, devant de grandes glaces.

Elle ralentit le pas. À quel moment allait-il lui dire au revoir ? Elle ne voulait pas faire un scandale devant les gens qui s'efforçaient tant bien que mal de cacher leur curiosité...

En fait, elle n'avait pas du tout envie de le quitter. Avant de rencontrer Rodolfo, Natalie ne se connaissait aucune faiblesse. Elle se croyait forte, inébranlable.

Cette Natalie-là paraissait très lointaine, presque irréelle...

Rodolfo salua d'un signe de tête son garde du corps et l'accompagna dans son ascenseur privé, où il entra sans demander son avis. Elle avait du mal à respirer dans l'espace restreint, avec cet homme immense juste devant elle. Elle avait les yeux à la hauteur de ses larges épaules et la chaleur de son corps tout proche s'immisçait dangereusement en elle. Elle se sentait écrasée, prisonnière d'une poigne puissante et invisible. Son pouls tambourinait si fort à ses tempes qu'elle suffoquait...

Il ne se passa rien. La porte s'ouvrit sur le grand salon de la suite royale. Rodolfo sortit le premier et ôta sa veste en entrant. Natalie le suivit parce qu'elle n'avait pas le choix.

Pouvait-elle redescendre et appeler le chef de sa sécurité sans se couvrir de ridicule ? Le personnel de l'hôtel et les clients qui risquaient de surprendre la conversation ne manqueraient pas de propager des rumeurs désastreuses.

Elle se retrouva donc seule avec le prince, et au bord de la panique.

Existait-il un antidote à son charme redoutable ? Elle le regarda se mouvoir dans la pièce de sa démarche souple de félin. Les lampes disséminées çà et là jetaient une lumière douce, créant une ambiance beaucoup trop intime.

Rodolfo régnait sur ce clair-obscur tel un dieu surgi de la plus haute antiquité, impressionnant de majesté.

La bouche sèche, l'angoisse au ventre, Natalie était aussi nerveuse que si elle avait passé une nuit blanche à préparer un important colloque. Cet homme qu'elle n'aurait jamais dû approcher, encore moins embrasser, lui faisait peur.

Que faire ?

À la vérité, elle n'en savait strictement rien et n'arrivait pas à prendre une décision. Sinon, elle serait allée tout droit se réfugier dans sa chambre, aurait fermé la porte à clé et appelé un domestique pour raccompagner Rodolfo.

Au lieu de quoi, elle attendit, immobile, comme si on lui avait jeté un sort. Elle ne pouvait pas plus bouger que redevenir Natalie d'un coup de baguette magique.

Rodolfo posa sa veste sur le dossier d'une chaise et se retourna lentement. Il n'y avait pas à se méprendre sur le désir intense qui brillait dans ses yeux. Affolée et prise de vertige, elle recula d'un pas.

— Rodolfo..., commença-t-elle d'un ton mesuré.

Il fallait à tout prix mettre un peu d'ordre dans la confusion qui l'envahissait.

— La situation est devenue très tendue entre nous... Je vais commander du café. Asseyons-nous et parlons.

— Il est beaucoup trop tard pour cela, *princesita*.

Il s'approcha à grandes enjambées. Tétanisée, incapable de faire le moindre mouvement, elle resta simplement debout sur ses jambes tremblantes, à guetter l'éclat inquiétant de son regard et le pli sévère de sa bouche.

Il était superflu de s'indigner. Ne désirait-elle pas cet instant de tout son être, depuis qu'elle avait franchi le seuil de ce salon d'apparat où il l'attendait, encore plus beau que sur les photos ? Au lieu de le gifler comme elle en avait envie, elle avait fini sur ses genoux, et s'était laissé embrasser...

Envahie par un remords coupable, elle ouvrit la bouche pour protester. Car il fallait *faire* quelque chose, au moins *dire* quelque chose. Pour l'empêcher de...

Elle recula. Mais il n'y avait nulle part où aller et il continuait d'avancer. Elle se retrouva acculée contre l'ascenseur, prise au piège. Rodolfo posa les mains sur la porte en métal, de chaque côté de sa tête, pour la retenir prisonnière.

Il était si grand... Il la dominait entièrement. Elle ne voyait plus que lui, comme si le reste du monde avait subitement disparu derrière sa stature de géant. Elle avait les yeux à la hauteur de son torse. En les levant, elle ne vit que son beau visage sculptural, et son regard de braise.

— Je pense…

— Tu penses trop.

À ces mots, il se pencha et captura sa bouche.

Natalie était perdue. Le goût de son baiser explosa en elle avec une sensation de brûlure intense. Il embrassait divinement, en seigneur et maître absolu, sans lui laisser la moindre marge de liberté.

Il le faisait sans hâte ni précipitation. Il l'apprivoisait avec une lenteur délicieusement érotique, comme s'ils avaient l'éternité devant eux.

De nouveau, Natalie oublia qui elle était et comment elle était censée se comporter. Sans réfléchir, elle agrippa sa chemise à deux mains et s'abandonna au feu qui la dévorait.

Un véritable maelström l'emporta, lui révélant sur elle-même des vérités qu'elle aurait préféré ignorer. Le sang aux joues, les lèvres brûlantes, elle sentit la pointe de ses seins se durcir et une chaleur torride envahir son bas-ventre.

Elle se lova contre lui.

Mais Rodolfo devint subitement moins pressant, et Natalie s'arracha au contact de sa bouche.

— S'il te plaît…, chuchota-t-elle.

Il recommença son supplice de Tantale, comme s'il était suprêmement indifférent et qu'elle était la seule à endurer la torture. Combien de temps cela allait-il durer ? C'était insupportable.

— S'il te plaît, quoi ? demanda-t-il d'une voix moqueuse qui la rendit furieuse.

— Je t'en prie…

Il effleura du bout des lèvres la ligne de sa mâchoire, puis déposa de minuscules baisers au creux de son cou.

Des frissons la secouèrent.

— Il faudra que tu me supplies, murmura-t-il.

Sa voix grave résonna en elle et elle chancela, les jambes flageolantes.

— Parce que je ne veux pas qu'il subsiste la moindre ambiguïté. Implore-moi, *princesita.*

Natalie n'obéirait pas. Sa mère l'avait élevée pour faire d'elle une femme forte et indépendante qui ne plierait pas devant les hommes et certainement pas devant un séducteur invétéré !

Mais son corps, mû par une volonté propre, fondait de désir. Elle en perdait l'esprit et n'aspirait qu'à une chose, sentir ses mains sur elle. Au moins cela. Pour le moment... Elle ne se reconnaissait plus.

— S'il te plaît, Rodolfo, touche-moi..., lâcha-t-elle d'une voix brisée.

Il déposa un baiser sur son épaule et tout se mit à tourner dans sa tête.

— Je te touche déjà.

— Avec tes mains, gémit-elle. Je t'en prie...

La situation aurait dû l'embarrasser, mais elle était au-delà de la honte.

Il rit doucement, et ce son lui fit l'effet d'une caresse, attisant encore sa fièvre et contrastant avec le froid du métal dans son dos. Son excitation monta encore d'un cran.

Alors seulement Rodolfo baissa les bras et prit son menton entre le pouce et l'index pour guider ses lèvres vers les siennes, qu'il écrasa presque brutalement. Elle se pendit à son cou pendant qu'il pillait sa bouche avec une fougue qui répondait enfin à ses attentes.

Elle espérait de toutes ses forces que son désir était réciproque...

De sa main libre, il commença à tirer sa jupe vers le

haut, très lentement, en prenant son temps. Son mollet se découvrit, puis son genou, et sa cuisse, de plus en plus haut. Et sa paume se posa sur sa chair, comme au palais, le premier jour.

Sauf que, cette fois-ci, elle ne se défendait pas.

Sans cesser de l'embrasser, il lui écarta doucement les jambes. Aussitôt, Natalie se sentit déchirée, en même temps que submergée par un torrent tumultueux, indomptable.

Lorsque les doigts de Rodolfo atteignirent la dentelle de sa petite culotte, il releva légèrement la tête et elle éprouva une douleur sourde, une sorte d'affreux abandon.

J'ai du mal à respirer, songea-t-elle en se raccrochant désespérément à une sensation connue. Pour le reste, tout était si nouveau qu'elle n'arrivait pas à décrire ce qui lui arrivait.

Rodolfo esquissa un sourire quand, insinuant sa main sous le satin, il rencontra le cœur palpitant de sa féminité.

Elle tressaillit et retint son souffle tandis qu'il dépliait les pétales de son sexe avec une délicatesse et un art consommés. Elle s'agrippa à son poignet, non pour le repousser, mais au contraire l'accompagner.

À un moment, sans l'avertir, il accéléra ses mouvements, de plus en plus vite, et elle poussa des cris de plaisir.

— Oui, princesse. Chante pour moi...

Natalie perdit la notion de tout. Le temps et l'espace s'abolirent, cependant que Rodolfo se penchait vers son cou, puis le bord de son soutien-gorge. Ses seins durs se tendaient sous le tissu et il saisit leurs pointes dressées, avidement. Comment devinait-il aussi bien son plaisir ? Comme s'il la connaissait de toute éternité...

Abandonnée, elle souleva les hanches pour suivre le rythme rapide, insistant, imposé par Rodolfo.

L'univers entier se résumait soudain à cet homme qui la menait toujours plus loin, vers une indicible félicité.

Une pure extase, jubilatoire et triomphante.

Natalie creusa les reins et vacilla pendant de longues minutes, secouée par des spasmes incoercibles.

Quand le monde s'arrêta de tourbillonner sous ses paupières closes, Rodolfo la souleva dans ses bras. Peut-être aurait-elle dû protester, mais elle n'en avait pas la force. Incapable de prononcer une parole, elle posa la tête sur son épaule et il la porta jusque sur le canapé.

Derrière les grandes baies vitrées, Rome brillait de tous ses feux, comme dans un rêve. Il la déposa très délicatement sur les coussins, tel un précieux fardeau, et une émotion douloureuse serra la gorge de Natalie.

Elle avait tellement envie que tout cela soit réel… Elle aurait voulu rester Valentina pour toujours. Car alors, ce qui se passait n'aurait pas eu la même importance dramatique. Elle aurait assumé les conséquences de ses actes. Elle aurait épousé Rodolfo elle-même…

Tu pourrais te perdre en lui, dit une voix intérieure, sèche et froide, qui ressemblait trop à celle de sa mère.

Elle eut soudain l'impression de recevoir un seau d'eau en pleine figure.

Et, quand il sera lassé, il te jettera comme un jouet devenu inutilisable. Cet homme ne fait pas attention aux autres. Il s'amuse avec eux, sans plus. Comment peux-tu être assez sotte pour imaginer autre chose ? Ne te laisse pas abuser par ses caresses…

— J'aurais dû faire cela depuis longtemps, déclara-t-il tout bas, comme s'il se parlait à lui-même.

Elle frissonna sous son regard incandescent.

— Cela aurait rendu la demande en mariage tellement plus agréable…

— Rodolfo...

Mais déjà il s'allongeait lui aussi, en s'appuyant sur les coudes pour mieux contempler son visage. Ce qui était en train de se produire était bien réel. Natalie ne pouvait plus faire comme si de rien n'était.

— Tu crois savoir qui je suis, mais c'est si loin de la vérité...

— Chut, *princesita*.

La volupté qui l'avait foudroyée se dissipait à peine que sa voix la fit chavirer de nouveau. Surtout lorsqu'il pressa ses paumes contre ses joues en plongeant les yeux dans les siens. Elle perdit pied.

— Je vais t'emmener vers d'autres sommets... Ensuite, je te dirai qui tu es vraiment. Moi, je le sais déjà, mais peut-être pas toi... Pas encore, en tout cas.

Il s'approcha tout près de ses lèvres.

— Tu es *mienne*.

Quand sa bouche captura sauvagement la sienne, les flammes du désir recommencèrent à la dévorer.

Cette fois-ci, Natalie n'eut pas besoin de le supplier. Il n'y avait plus aucune distance à combler. Ils étaient pressés l'un contre l'autre, dans une fébrilité avide qui ne laissait aucune place à des préliminaires délicats.

La soif qu'ils avaient l'un de l'autre résonnait en eux avec la violence d'un grondement de tonnerre.

Natalie ne sut même pas qui déshabilla qui et peu importait. Elle n'avait plus conscience que de la bouche de Rodolfo qui la comblait et la tourmentait en même temps. Son être s'embrasait au contact de ses mains. Il arracha son soutien-gorge pour embrasser ses seins jusqu'à ce qu'elle se torde de plaisir, tandis qu'elle déboutonnait sa chemise pour enfin sentir sous ses doigts son torse musclé, qu'elle avait envie de toucher depuis si longtemps... Il était tellement mieux en vrai que sur les photos, si viril, si parfait ! Et *réel*. À son tour, elle goûta le sel de sa peau, lui arrachant de petits gémissements qui la convainquirent qu'ils étaient tous les deux emportés par la même ivresse, la même magie fabuleuse.

Tout à coup, elle se demanda s'il était possible de survivre à tant de plaisir. Elle sortirait forcément changée de cette expérience incroyable. Se reconnaîtrait-elle quand l'ivresse serait retombée ? Elle n'eut pas le temps de se perdre dans ses réflexions car la bouche de Rodolfo reprit possession de la sienne.

Comme elle aimait le poids de ce corps qui l'écrasait... Elle succomba et s'enfonça davantage dans les coussins lorsqu'il souleva les flots de sa jupe. Cette fois-ci, il ne s'embarrassa pas de précautions et déchira carrément sa culotte en dentelle...

Il y avait quelque chose de si érotique dans ce geste qu'elle en eut le souffle coupé.

Puis il s'écarta, et Natalie le sentit prêt à entrer en elle. Il contempla longuement cet endroit où leurs deux corps se rejoignaient, puis fit glisser son regard jusqu'à ses seins gonflés.

Alors seulement, il posa les yeux sur son visage. Le cœur de Natalie battait si fort que c'en était assourdissant. Elle n'avait jamais vu Rodolfo aussi grave.

— Tu es prête, princesse ? demanda-t-il d'une voix rauque qui ressemblait pourtant à une caresse.

Natalie aurait voulu trouver une repartie mordante ou spirituelle. N'importe quoi pour briser l'intensité de l'instant et lui permettre de se ressaisir. Il fallait à tout prix prendre du recul, endiguer ces flots tumultueux qui menaçaient de la dévaster.

Mais elle ne pouvait même pas ouvrir la bouche. De toute façon, aucun mot ne se présentait à son esprit.

Son corps réagit de lui-même, indépendamment de son cerveau, comme s'il n'attendait que Rodolfo et n'existait que pour lui, depuis toujours. Ses hanches se soulevèrent à sa rencontre et, lentement, il la pénétra.

— Tu m'as ensorcelé...

— Oh ! mon Dieu..., chuchota Natalie, emportée par un tourbillon vertigineux.

— Altesse suffira, répliqua Rodolfo avec une pointe d'humour, avant de commencer à aller et venir en elle.

Quand il abandonna sa bouche pour prendre la pointe d'un sein entre ses lèvres, elle noua les jambes autour de sa taille, s'offrant à lui sans réserve ni retenue. Elle enfonça les ongles dans la chair de ses épaules et se mit à crier.

Puis, le rythme de ses va-et-vient s'accéléra. Il enfouit le visage au creux de son cou et l'y garda tout en poursuivant ses coups de butoir, de plus en plus forts, jusqu'à la précipiter dans une extase indicible qui la laissa anéantie.

Il atteignit la jouissance peu après, avec un cri qui bouleversa Natalie.

Jamais, de sa vie elle ne s'était sentie aussi proche d'un homme.

Malheureusement, il la prenait pour une autre.

S'il était besoin d'une preuve, le prénom qu'il venait de prononcer l'attestait.

9

Dès qu'elle le put, Valentina se mit debout.

Rodolfo ne put s'empêcher de sourire. Elle tremblait tellement sur ses jambes qu'elle dut se raccrocher au dossier d'une chaise.

Il en conçut une mâle satisfaction.

— Tu es aussi belle de dos que de face, lança-t-il malgré lui.

Il n'était pas dans ses habitudes de faire des compliments, mais ce n'était pas de la flatterie.

Après avoir rajusté sa robe, elle ôta les dernières épingles de son chignon à moitié défait et secoua sa chevelure opulente. Rodolfo n'avait qu'une envie, la reprendre dans ses bras et la déshabiller complètement. Mais ils avaient toute la nuit devant eux. Il apprendrait son corps par cœur, sans répit.

La perspective de la longue vie commune qui les attendait le comblait de joie et il ne s'était pas senti aussi léger depuis des années.

Depuis la mort de Felipe.

À la vérité, il ne souhaitait pas endosser les responsabilités qui auraient dû revenir à son frère. C'était *Felipe* qu'il voulait, sa personnalité irrévérencieuse, amusante et chaleureuse. Il avait disparu trop soudainement, et d'une manière absurde. Alité pour une mauvaise grippe, il avait été emporté en une semaine. Une part de Rodolfo ne s'y résoudrait jamais et demeurerait inconsolable jusqu'à la fin de ses jours.

Devenu l'unique prince héritier de Tissely, Rodolfo aurait dû en assumer la charge et porter la couronne. Son père, néanmoins, en avait décidé autrement. Tous les ans, il retardait la cérémonie de passation des pouvoirs et refusait d'abdiquer en sa faveur, ainsi que le protocole l'avait prévu. Chaque fois, Rodolfo ressentait cela comme un camouflet, public et délibéré.

En outre, le roi le confortait dans une certitude qui le tourmentait. Il ne serait jamais à la hauteur... Il avait peur d'échouer, de ne pas occuper dignement la place destinée à Felipe.

Il avait fini par se résigner. Un jour ou l'autre, son père mourrait sans lui avoir accordé la moindre chance de se former à son futur rôle. Cela le désespérait.

Rodolfo avait très peur de ce saut dans l'inconnu qui risquait de précipiter son pays dans le chaos. Ce n'était pas étranger à sa pratique des sports extrêmes. En plongeant avec les requins ou en sautant en parachute, il cherchait à s'aguerrir et à dompter ses réflexes pour rester calme et maître de lui en toute circonstance. Soupçonnant son père de vouloir le mettre en difficulté, il s'entraînait à vaincre courageusement tous les dangers.

Ces fiançailles aussi représentaient une sorte de test. Ferdinand IV lui avait probablement tendu un nouveau piège avec ce mariage arrangé. En continuant à mener sa vie tapageuse et dissolue, il avait failli s'y laisser prendre.

Mais tout était différent maintenant qu'il avait conquis Valentina. Leur union allait concrétiser son rêve le plus cher. Sans le vouloir, Rodolfo avait battu son vieux père cynique à son propre jeu.

Ce n'était pas tout. D'autres espoirs se libéraient en lui. Si, comme ce soir, il pouvait séduire sa trop sage et raisonnable princesse et transformer leur arrangement en mariage fougueux et passionné, alors il se sentait capable de tout. Il parviendrait même à convaincre son père de lui laisser le pouvoir et triompherait de tous les obstacles pour régner en souverain avisé.

Il n'avait pas éprouvé un tel optimisme depuis très, très longtemps.

Il tendit le bras et posa la main sur les hanches de Valentina, qui continuait à lui tourner le dos.

— Princesse...

— Arrête de m'appeler ainsi ! coupa-t-elle avec une sécheresse inattendue.

Elle se dégagea. Il fut si surpris qu'il ne réagit pas.

Valentina fit le tour de la table basse. Elle semblait profondément... blessée. Anéantie. Ce qui n'avait aucun sens. Ses beaux yeux verts s'étaient assombris et son menton tremblait sous le coup de l'émotion.

— Je ne peux pas croire que ce soit arrivé..., murmura-t-elle.

Rodolfo voulut se lever pour la rejoindre et la réconforter, mais quelque chose l'arrêta. Combien de fois devrait-il encore subir ces revirements inexplicables ? Elle le déstabilisait constamment, tout en l'attirant beaucoup plus que toutes les autres femmes qu'il avait connues. Pourquoi tant de mélodrame ? Il était de toute manière trop tard pour annuler leur mariage prévu de longue date. Les relations diplomatiques entre leurs deux pays n'y résisteraient pas.

Dès l'instant où Felipe était mort, Rodolfo, en plus de perdre tout à la fois son frère et son meilleur ami, avait compris que sa vie venait de changer irrévocablement. On décidait tout pour lui, sans le consulter. Sa voie était tracée d'avance. Il n'avait pas eu d'autre choix que de consentir à épouser la princesse Valentina.

La seule surprise provenait du désir qui était né en lui. En ce moment même, malgré ce qui venait de se passer, il avait envie d'elle avec une intensité qu'il n'avait encore jamais éprouvée.

Elle aurait très bien pu rester l'ombre pâle et distante qu'il avait rencontrée à l'occasion de leurs fiançailles. Vu de l'extérieur, cela n'aurait strictement rien changé sur le plan politique.

Qu'est-ce qui préoccupait autant Valentina ?

— Si tu fais allusion à la scène qui vient de se produire, dit-il en montrant les coussins du canapé, il n'y a pourtant rien d'étonnant. Ce serait arrivé tôt ou tard, avant ou après le mariage. Tu ne crois tout de même pas que les héritiers du trône naissent dans les choux ?

Elle ne parut pas l'entendre.

— Pourquoi ne m'as-tu pas laissée partir seule du gala ?

Il haussa les épaules avec une fausse désinvolture.

— Ta question n'a aucun sens. Tu crois vraiment que ma fiancée aurait pu s'en aller sans moi, alors que tous les regards sont fixés sur nous ? Notre histoire ne tiendrait plus debout.

— Je me moque de ton histoire.

— Ce n'est pas la mienne, mais la nôtre, Valentina. Il t'appartient autant qu'à moi de la rendre crédible.

Les sourcils froncés, elle continua, comme si elle réfléchissait à voix haute.

— Tu n'aurais jamais dû monter dans ma suite.

Il la considéra curieusement, pendant un long moment.

— Pourquoi, *princesita* ?

Elle enfouit son visage dans ses mains tremblantes. De nouveau, il faillit se lever, mais se ravisa. Il s'attendait au pire. Tant de catastrophes s'étaient déjà abattues sur lui, d'abord le départ de sa mère, puis la mort de son frère...

Pourtant, dans le cas présent, c'était ridicule. Rien ne pouvait contrecarrer ce mariage prévu depuis le berceau par les deux souverains et qui devait sceller pour toujours l'union des royaumes de Murin et de Tissely. Séparément, les deux États ne pesaient rien sur l'échiquier méditerranéen. Ensemble, ils allieraient leurs forces et s'imposeraient. Le contrat était signé depuis plusieurs mois. Valentina et lui n'avaient aucune chance d'échapper à un destin écrit d'avance.

Rodolfo en avait parfaitement conscience. N'avait-il pas paraphé avec soin chaque feuillet des documents officiels ? Alors d'où surgissait cette inquiétude sourde qui se transformait peu à peu en pressentiment ?

Sa princesse parfaite, qui s'était donnée à lui avec une passion dont il ressentait encore la brûlure, baissa les bras et chercha son regard.

Elle avait l'air si malheureuse qu'il sentit son cœur se serrer.

— La situation m'a échappé, déclara-t-elle. Tout est ma faute. Je le reconnais et j'assume.

Sa voix avait changé. Elle parlait d'un ton neutre, objectif.

— Je suis content d'être innocenté, pour une fois, ironisa Rodolfo.

Elle baissa les yeux d'une manière troublante, avant d'avouer :

— Je ne suis pas la princesse Valentina.

Il vit ses lèvres bouger, mais ne comprit pas un mot de ce qu'elles articulaient. C'était absurde.

— Je m'appelle Natalie.

— *Natalie*, répéta-t-il, hébété.

— J'ai rencontré la princesse... à Londres. Nous sommes

tombées en arrêt, complètement médusées, comme tu peux l'imaginer...

Elle leva la main pour donner du poids à ses propos invraisemblables.

— Nous nous sommes lancées dans cette aventure sur un coup de tête. Quoi de plus drôle, pour moi, que de jouer à la princesse ? Naturellement, personne ne devait être au courant.

— Pardon ?

Frappé de stupeur, Rodolfo était anesthésié.

— Et où est la vraie princesse de ce scénario grotesque ?

— Peut-être à Londres. Ou en Espagne.

— En train de jouer ton rôle, probablement.

Il hocha la tête comme si ce tissu d'inepties était plausible.

— Comment as-tu dit que tu t'appelais ?

— Natalie, répliqua-t-elle, mal à l'aise.

— Alors, si tu n'es pas la fille du vénérable roi Geoffrey, puis-je savoir ce que tu fais dans la vie ? Tu es sans doute comédienne ?

— Je suis assistante de direction, auprès d'un très puissant homme d'affaires.

— De mieux en mieux !

Rodolfo était sur le point de perdre son sang-froid. Il n'avait pas eu de crise de colère depuis longtemps, mais il bénéficiait certainement de circonstances atténuantes. Il secoua la tête avec un rire sarcastique.

— En tout cas, félicitations pour le numéro ! Même si tu n'es pas actrice de cinéma, tu mérites un oscar.

Elle cilla.

— Je ne prends pas cela pour un compliment.

— Ton stratagème était très ingénieux. Il t'a suffi de me traiter comme un être humain de chair et de sang, après tous ces mois où tu m'avais relégué au second plan... Tu as dû être ravie que je tombe aussi facilement dans le piège.

Il avait un goût amer dans la bouche. Mais la princesse ne semblait pas comprendre et le fixait d'un air hébété. Il s'étonnait lui-même d'avoir été berné. En y réfléchissant, il n'y avait pourtant rien d'extraordinaire à la métamorphose de Valentina. Son personnage public, rigide et réservé, n'était qu'une apparence. Le parangon de vertu que les journaux portaient aux nues n'existait pas.

S'il avait été plus lucide, il l'aurait percée à jour depuis longtemps. Que de mensonges pour fabriquer cette réputation de princesse parfaite...

— Quel piège ? demanda-t-elle en secouant la tête.

Avec son air triste et perdu, elle lui donnait encore envie de la réconforter. C'était un comble.

— En plus, tu as le culot de me raconter ces sornettes ridicules ! Tu penses vraiment que je vais croire une fable aussi extravagante ? Par un hasard extraordinaire, tu ressemblerais à l'une des femmes les plus riches et les plus célèbres du monde et personne ne s'en serait rendu compte ? Jusqu'à ce qu'une coïncidence tout aussi improbable te mette en sa présence. Je devrais croire que tu ne me connaissais pas le jour où je t'ai revue au palais, à ton retour de Londres ?

— C'est pourtant vrai, murmura-t-elle, les lèvres tremblantes.

— C'est un tissu de mensonges.

Il se leva.

— Je ne sais pas ce qui m'offense le plus : que tu te donnes la peine d'inventer une histoire aussi puérile, ou que tu t'imagines une seule seconde que je puisse gober ça !

— Tu avais pourtant repéré que j'avais deux personnalités,

qu'il y avait deux femmes en moi. La voici, l'explication. Valentina et moi sommes jumelles.

Elle se redressa pour insister sur ce mot qu'elle n'avait encore jamais prononcé tout haut.

— Sœurs jumelles.

Rodolfo lutta pour garder son calme, en dépit des idées effroyables qui lui traversaient l'esprit. Il aurait dû se méfier, au lieu de céder béatement à l'optimisme. Il était voué à l'échec. Rien ne marchait jamais. Oh ! il pouvait se lancer dans toutes sortes d'aventures plus dangereuses les unes que les autres et en sortir sain et sauf. Mais, dans sa vraie vie de prince de Tissely, il ne connaissait que des désastres.

Il avait eu tort d'espérer.

— *Des sœurs jumelles*, répéta-t-il en tâchant de ne pas s'énerver. Mais secrètes alors, pour donner du piment à cet extravagant mélodrame. Et comment une chose pareille a-t-elle pu arriver ? La reine Frederica aurait disparu dans la nature avec un bébé volé ?

— Personne ne sait où elle est allée. Encore moins avec qui.

— Il s'agit d'affaires d'État, pas de ragots ! fulmina-t-il.

Il déplia ses poings fermés et les enfonça dans ses poches.

— La reine était très instable mentalement, c'est de notoriété publique. On ne l'aurait jamais laissée partir avec un enfant, qui plus est une héritière directe du roi.

Valentina fronça les sourcils.

— *Instable mentalement* ? Que veux-tu dire ?

— Ne fais pas semblant de ne pas comprendre, maugréa-t-il avec un mélange de colère et de frustration. Tu sais comme moi qu'elle n'a pas été assassinée. Les rumeurs qui ont circulé à son sujet sur Internet sont tout aussi dénuées de fondement que les théories conspirationnistes. Donc, pour que ton histoire tienne debout, il faudrait que le roi ait accepté de confier la garde d'une de ses deux héritières à une femme incapable de remplir ses devoirs de reine. Ou, à tout le moins, qu'il n'ait pas remué ciel et terre afin de récupérer son enfant si elle s'était enfuie avec lui.

— Je n'avais pas pensé à tout cela. J'étais bien trop angoissée par mes relations avec ce roi qui se comportait comme mon père. Ce qu'il est sans doute...

— Cela suffit, ordonna-t-il, excédé. Si tu continues, je vais m'interroger sur ta santé mentale.

Il eut un rire grinçant.

— C'est peut-être le dénouement que tu as prévu ? Telle mère, telle fille. Si tu ne peux pas te soustraire à ce mariage, une dépression nerveuse te permettrait d'y échapper.

Elle pâlit.

— Pas du tout. Je m'efforce d'être honnête avec toi. C'est tout.

Il s'approcha résolument, les mâchoires serrées.

— Ai-je vraiment mérité cela, Valentina ?

Maintenant que l'effet du choc se dissipait, la trahison le frappait de plein fouet, d'autant plus insupportable qu'il s'était bercé d'illusions.

— As-tu besoin de recourir à de telles extrémités pour te libérer de moi ?

Il s'arrêta juste devant elle. Même en ce moment, malgré la colère et la déception, il avait envie de la serrer dans ses bras et de l'embrasser. Blême, les yeux brillants, elle l'apitoyait. Quoi qu'elle dise ou fasse, il la croirait...

Finalement, son père avait peut-être raison. Son jugement ne valait rien...

Il la dominait de toute sa hauteur et elle dut lever la tête pour le regarder.

— La vérité est beaucoup plus triste, princesse. Il n'y a pas d'échappatoire. Tu ne peux pas te réfugier dans une vie imaginaire. Tu es condamnée à assumer tes responsabilités de reine auprès de moi, et tu régneras non pas sur un seul pays, mais sur deux. Il est impossible d'échanger ta place avec une jumelle imaginaire. Ce serait bien pratique, je te l'accorde, mais c'est du domaine du rêve. Tu devras te marier avec moi et me supporter jusqu'à la fin de tes jours.

— Rodolfo.

Elle avait du mal à réprimer les sanglots qui montaient.

— Même si cela paraît complètement fou, tu dois m'écouter...

— Non !

— Rodolfo...

Maintenant, même son nom, dans sa bouche, ressemblait à une insulte. Il n'en pouvait plus.

Il lui imposa silence de la seule manière possible : en l'embrassant.

Il refoula les sombres pensées qui l'avaient assailli et se tourna délibérément du côté du rêve et de l'espoir. Comme si elle était réellement la femme qu'il avait imaginée, éblouissante et radieuse. Il voulait coûte que coûte savourer encore ses baisers, oublier la fourberie insensée dont il était victime. Il l'étreignit avec l'énergie du désespoir, pour se débarrasser de tous ses chagrins, de la honte et de la colère du roi son père à la mort de son fils préféré, de ce goût d'échec qu'il avait constamment dans la bouche. Il l'embrassa autant pour s'imposer pénitence que pour la punir.

Il finit par la repousser de crainte de la posséder de nouveau, à même le sol. Elle avait le souffle court et des larmes coulaient sur ses joues.

— Je voulais simplement que tu saches qui je suis, chuchota-t-elle dans un hoquet.

C'en était trop. Il la prit par les épaules et la força à le regarder droit dans les yeux.

— Je suis Rodolfo de Tissely, rugit-il. Le prince de rechange, celui qui vivait dans l'ombre de son frère aîné mais qui n'aurait jamais dû régner. Et puis, un jour, je suis malheureusement devenu le seul et unique héritier. Mais j'ai toujours été de la mauvaise graine. Je suis indigne de mon destin.

— Ce n'est pas vrai.

— Rien ne me réussit jamais. Personne ne m'a jamais aimé en retour, ou alors seulement du vivant de mon frère, quand nous étions deux. Ma mère a disparu dans une contrée sauvage en Bavière en simulant la maladie. Felipe est mort d'une septicémie dans un château, soigné par les meilleurs médecins...

Elle chuchota son nom comme si elle l'aimait et cela lui fit encore plus mal que tout le reste. Parce qu'il avait tellement envie d'y croire qu'il en était risible.

— Alors je ne vais pas me désoler pour une princesse qui doit de toute façon me détester comme les autres, reprit-il.

Dire qu'il s'était imaginé qu'elle allait le sauver, lui, la couronne dont il ne voulait pas et l'avenir auquel il n'était pas préparé !

— Tout cela n'a aucune importance. Tu as eu tort de gaspiller ton énergie pour rien. Au bout du compte, tout se terminera comme prévu. Sauf que je sais maintenant combien tu peux être sournoise et malhonnête. Mais c'est fini, princesse. Je ne me laisserai plus ridiculiser.

— Tu ne comprends pas, répondit-elle en pleurant. Je voulais y croire, Rodolfo. Sincèrement.

Au lieu de la lâcher, il la serra plus fort, comme si une partie de lui-même voulait préserver l'illusion.

— Il faut me croire, Rodolfo. Je n'ai jamais eu l'intention d'aller aussi loin.

— De toute manière, c'est purement sexuel et sans grand intérêt.

Il se remémora le prénom d'emprunt qu'elle s'était donné dans son histoire abracadabrante.

— Ne t'inquiète pas, *Natalie*. Je te prodiguerai du plaisir quand il s'agira de faire des enfants. Je suis au moins doué pour cela, à défaut d'autre chose. Mes anciennes maîtresses ne me démentiront pas.

À ces mots, il tourna les talons et se dirigea vers l'ascenseur. Il avait besoin de s'éclaircir les idées, de se cacher quelque part pour oublier son dégoût de lui-même.

— Ne t'en va pas comme cela !

Mais il était déjà dans l'ascenseur.

Il jeta un coup d'œil par-dessus son épaule. Elle avait l'air perdue, désemparée.

Il finirait par se remettre. Il suffisait d'un peu de temps. Bientôt, elle n'aurait pas plus de pouvoir sur lui qu'elle n'en avait quand ils s'étaient rencontrés. Son expression désolée ne réussirait plus à l'attendrir. *Bientôt*. Il fallait juste attendre assez longtemps.

— Non, cela ne peut pas être autrement, dit-il d'une voix brisée. Il vaut mieux te résigner.

Pétrifiée, Natalie demeura longtemps immobile, clouée au sol, incapable de bouger. Les larmes ruisselaient sur ses joues et elle serrait les mains tellement fort qu'elle en avait mal aux doigts.

Finalement, elle traversa le salon en chancelant, jusqu'à sa chambre. Aveugle au luxe qui l'entourait, elle était obsédée par le désastre absolu de cette soirée, et le mépris irrévocable de Rodolfo.

Quelqu'un lui avait fait couler un bain. Elle s'essuya les yeux, mais les larmes recommencèrent à couler de plus belle. Elle qui ne pleurait jamais en temps ordinaire ne pouvait plus s'arrêter.

Elle enleva sa robe, attacha ses cheveux en chignon au sommet de son crâne et entra dans l'eau chaude et parfumée, reconnaissante envers la femme de chambre qui avait eu cette attention. Puis elle ferma les paupières. Mais les images de la soirée défilèrent sans répit dans sa tête. Le bal. Le baiser sur la terrasse de la villa palladienne. Et le déchaînement fou de la passion en rentrant à l'hôtel… Les caresses expertes de Rodolfo, son sourire de conquérant qui s'était brusquement évanoui quand elle était passée aux aveux. Puis son expression fermée, angoissée, lorsqu'il était parti…

C'était tout ce qui restait du rêve merveilleux qui les avait emportés.

Quoi qu'il advienne par la suite, Natalie ne se pardonnerait jamais d'avoir tout gâché. Pourquoi avait-elle commis la bêtise de croire à un conte de fées impossible ? Elle n'avait réussi qu'à blesser Rodolfo, sans parler d'elle-même.

Elle revécut inlassablement chaque instant de cette nuit fatale, encore et encore. L'eau était froide quand elle se décida à sortir. Son corps n'avait pas oublié les sensations que Rodolfo lui avait procurées.

Tant pis pour toi, dit une petite voix sèche qui ressemblait à celle de sa mère. *Cela t'apprendra à jouer avec le feu.*

Elle s'enveloppa dans un peignoir moelleux et se brossa vigoureusement les cheveux, qu'elle noua ensuite en une tresse épaisse sur le côté.

Elle regagna sa chambre, où on avait déjà enlevé sa robe

et déposé une chemise de nuit en soie. Mais ce n'était pas la soie qu'elle avait envie de sentir sur sa peau, juste les mains de Rodolfo.

Elle aurait donné n'importe quoi pour remonter le temps et s'empêcher de faire cette confession stupide. Il aurait fallu accepter d'être appelée par un prénom qui n'était pas le sien. Toutes sortes de fantasmes l'assaillirent. Comment la nuit aurait-elle fini si elle n'avait rien dit ?

Elle n'aurait jamais dû lui permettre de la toucher. Elle n'avait pas le droit d'usurper la place de Valentina. Il aurait fallu garder ses distances, dès le début.

Car, en dépit de ce que son cœur éprouvait, Rodolfo ne serait jamais à elle. La bague qu'elle portait à son doigt ne lui appartenait pas et il importait peu que Valentina lui ait donné carte blanche. Natalie ne voulait pas lui voler son fiancé. Pendant toute son enfance, elle avait vu sa mère passer d'un homme à un autre. Natalie s'était juré de ne pas devenir ce genre de femme. Elle s'était pourtant mise dans une situation similaire, en toute connaissance de cause.

Elle avait honte.

Natalie contempla le décor fastueux qui l'entourait, le grand lit à baldaquin, les tapis persans, les lourdes tentures damassées… Au-dehors, Rome s'étendait, majestueuse. Elle s'était piquée au jeu et prise pour une princesse…

Elle baissa les yeux sur son corps revêtu de soie légère. Elle avait des ongles de pieds et de mains parfaits et la peau douce. Ses cheveux n'avaient jamais été aussi brillants. On prenait soin d'elle jusque dans les moindres détails. On la traitait comme une princesse. Littéralement.

Mais elle n'était pas à sa place dans cette existence qu'elle avait empruntée par jeu, pour relever un défi. Physiquement, elle donnait le change. Mais il ne s'agissait pas d'elle. *Rien ne lui appartenait.*

— Je suis Natalie Monette, murmura-t-elle. Je ne porte pas de vernis à ongles. Je ne mange pas de salades diététiques. Je me nourris n'importe comment et je bois des litres de café.

Elle grimpa sur le lit. L'ordinateur portable et le téléphone de Valentina étaient posés sur la table de nuit, rechargés. On s'occupait de tout.

Il était grand temps de rentrer à la maison, de se réveiller de ce rêve pour reprendre le fil de son existence et de sa carrière professionnelle. Avant qu'il ne soit trop tard.

Elle n'était pas faite pour vivre en pleine lumière, mais dans l'ombre.

Elle tapa son numéro. Tout rentrerait vite dans l'ordre lorsqu'elle aurait retrouvé son environnement. Son travail auprès de M. Casilieris recommencerait à l'accaparer. Elle n'aurait plus le loisir de se lamenter à cause d'un prince qu'elle ne reverrait jamais. Bientôt, cet épisode ne serait plus qu'un lointain souvenir sans plus d'importance que les contes de son enfance.

Il ne fallait pas prêter attention à la douleur qui lui comprimait la poitrine, l'empêchant de respirer.

Oui, il était grand temps de retourner à sa place.

— Je suis Natalie Monette, répéta-t-elle dans un chuchotement, pendant que le téléphone sonnait. Je ne suis pas princesse. Je ne l'ai jamais été et je ne le serai jamais.

Mais Valentina ne décrocha pas.

Pas cette nuit-là.

Ni au cours des semaines qui suivirent.

10

Rodolfo était perplexe.

Il n'avait pas revu Valentina depuis Rome. Il l'avait simplement contactée par l'intermédiaire de son secrétaire particulier, pour lui dire qu'ils avaient atteint leurs objectifs et qu'ils n'auraient plus besoin de se mettre en scène devant les paparazzis. Avant même de voir les photos dans les journaux.

La plus remarquable les montrait en train de danser la valse. Rodolfo la contemplait d'un air éperdu, ce qui le mettait en rage à la lumière de ce qui s'était passé ensuite. Mais l'expression de la princesse le sidérait.

Elle le regardait avec une adoration sans bornes. Comme si elle était réellement et follement amoureuse.

Alors qu'elle se moquait de lui.

C'est la première femme que tu aies jamais perdue, songea-t-il, amer.

Il se tenait dans un grand salon de réception, devant le bureau de son père au palais de Tissely, mais ses pensées étaient ailleurs, à Murin, où sa fiancée continuait de vivre sa vie comme si de rien n'était, comme si elle n'avait pas révélé au grand jour un esprit malade et déséquilibré.

Elle non plus ne s'était pas manifestée, ces dernières semaines.

Mais la fureur de Rodolfo ne s'était pas calmée.

Des sœurs jumelles… L'idée était absurde, même si elle n'avait pas été la fille d'un des hommes les plus célèbres et les plus surveillés du monde. Les journalistes se pressaient nuit et jour autour du château de Murin, et il en était ainsi depuis toujours.

— Ridicule, maugréa-t-il.

Bizarrement, en dépit de ses déclarations insensées, il avait envie de la croire. Cela le rendait fou. Incapable de retourner à son existence habituelle, il passait son temps à se lamenter et s'apitoyer sur lui-même. Elle lui manquait trop.

Il ne voyait pas de remède.

Derrière lui, les portes s'ouvrirent et un huissier le conduisit devant son père. Ferdinand arborait un air soucieux qui ne présageait rien de bon. Debout derrière son bureau, il lui indiqua un siège et, pour une fois, Rodolfo ne s'y vautra pas comme un vieil adolescent juste pour le plaisir de l'irriter. Les nerfs à vif à cause de la princesse, il avait beaucoup changé ces temps derniers. Il avait envie de relations apaisées, plus sereines.

Ferdinand fronça sévèrement les sourcils. Il ne manquait pas une occasion d'admonester son fils, avec un plaisir évident.

— J'espère que tu te comporteras convenablement le jour de ton mariage…

Rodolfo se conduisait pourtant de façon exemplaire, ces temps-ci. On ne pouvait rien lui reprocher. Malgré son intention de se jeter à corps perdu dans la débauche pour oublier sa princesse, il avait perdu tout intérêt pour ce genre de débordements. Et pas par souci de fidélité…

— Le monde entier aura les yeux rivés sur toi.

— Ce n'est pas nouveau, répliqua Rodolfo très calmement.

Il avait décidé de rester courtois. Ce n'était pas la peine d'informer son père à l'avance qu'il n'épouserait pas une femme qui s'était ouvertement moquée de lui. Ferdinand le découvrirait en même temps que tout le monde le jour de la cérémonie, qu'il avait tout simplement décidé de boycotter sans préavis.

— C'est d'ailleurs notre principal point de discorde depuis des années, ajouta-t-il.

— Cette fois-ci, c'est différent, poursuivit son père, imperturbable. Ton mariage avec la princesse de Murin sera l'une des cérémonies les plus regardées dans le monde entier. Ta conduite doit être digne d'un prince de Tissely. En es-tu capable, Rodolfo ?

Tandis qu'il foudroyait son fils du regard, celui-ci sentit quelque chose craquer en lui, avec une violence inouïe.

« Il est mort, Rodolfo. Vous avez survécu. »

Il se remémora les mots de la princesse, avant le désastre. N'avait-il pas tenté de suivre son frère dans la mort, pendant toutes ces années ? Il prétendait prendre des risques pour se sentir vivant, mais c'était un mensonge. En réalité, il se punissait lui-même. Il se jetait au-devant du danger parce qu'il était désespéré.

Jusqu'à maintenant.

— Je ne suis pas simplement *un* prince de Tissely, objecta-t-il, maître de lui comme avant un saut en parachute ou à l'élastique.

Sauf que le calme ne précédait pas une décharge d'adrénaline, mais la proclamation de la vérité. Enfin.

— Je suis le seul et unique prince de Tissely.

— Je sais très bien qui tu es, bougonna le vieux souverain.

— Vraiment ? J'ai parfois la fâcheuse impression que vous me négligez.

— Je suis ton père et ton roi, tonna Ferdinand.

Mais Rodolfo en avait plus qu'assez d'être continuellement remis à sa place. Désormais, il revendiquerait les honneurs qui lui étaient dus.

Il avait tant bien que mal continué à exister, à survivre, oui... Il n'était coupable de rien, ou alors seulement de ne pas être Felipe.

— Je suis votre fils, reprit-il d'une voix ferme. Le seul qu'il vous reste et votre unique héritier. Vous aurez beau vous accrocher à votre trône et essayer de vous convaincre de mon indignité, rien n'y fera. Vous ne rendrez pas Felipe à la vie.

— Comment oses-tu ! s'écria son père avec un mélange de rage et d'indignation.

Mais Rodolfo ne supportait plus ce mausolée sacré que Ferdinand avait construit en souvenir de Felipe. Il était fatigué des batailles incessantes auxquelles ils se livraient tous les deux avec agressivité et amertume parce qu'ils n'avaient pas surmonté la douleur du deuil. Il ne voulait pas continuer à vivre ainsi.

Il voulait retrouver la légèreté et la plénitude qu'il avait ressenties avec Valentina. Même si ce n'était qu'une illusion, il s'était senti *vivant*. Pas en représentation.

Il avait quelque chose à dire, quelque chose qu'il aurait dû dire depuis très longtemps.

— Je suis tout ce qu'il vous reste, et vous êtes vieux maintenant.

Il se leva et se dressa de toute sa hauteur.

— Que cela vous plaise ou non, c'est moi qui suis là. Votre fils aîné est mort il y a plus de vingt ans. Vous seul pouvez décider si vous voulez gâcher le reste de votre existence en faisant comme si vous nous aviez perdus tous les deux.

Ferdinand, qui n'était pas démonstratif, demeura de marbre. Mais Rodolfo ne se laissa pas impressionner. Il en avait terminé avec les mensonges et les provocations. Il ne payerait plus pour des fautes qu'il n'avait pas commises.

Il inclina la tête et se dirigea vers la porte. Il avait déjà la main sur la poignée quand un filet de voix s'éleva derrière lui, dans un sanglot.

— C'est juste qu'il me manque...

Rodolfo ne se retourna pas. Cela aurait été trop embarrassant pour tous les deux.

— Je sais, papa.

Il ne l'avait pas appelé ainsi depuis qu'il était tout petit... Mais cela sonnait juste.

— À moi aussi, il me manque.

Au cours de la première semaine qui suivit son éprouvant voyage à Rome, Natalie appela Valentina un nombre incalculable de fois. Quelquefois elle tombait sur la boîte vocale, d'autres fois la sonnerie retentissait dans le vide. Mais la princesse ne répondait jamais.

En attendant, Natalie continua de jouer son rôle.

Elle assista à des galas de charité, prit le thé avec des dames de la haute société, visita des hôpitaux remplis d'enfants malades. Elle avait appris à dire « quelques mots » élégamment choisis, par-ci par-là, toujours bienveillants. Elle dîna plusieurs fois avec le roi Geoffrey, qui profitait de ces repas pour parfaire l'éducation de Valentina et la préparer à ses fonctions de reine. Il fallut aussi participer aux préparatifs du mariage royal, dont la date se rapprochait à grands pas.

À défaut de parler à Valentina, elle lui envoya un texto à l'issue d'un après-midi passé à choisir le menu.

Chaque fois que vous ignorez mes appels téléphoniques, je suis obligée de prendre une décision qui ne vous conviendra pas forcément. Pour VOTRE mariage. J'espère que vous aimez le gibier. Il y en aura à profusion.

La princesse ne répondit pas.

Natalie était donc obligée de poursuivre la comédie. Elle aurait pu aller voir Valentina à Londres, mais la perspective d'éveiller la curiosité des journalistes l'en dissuada. Son histoire d'amour faisait encore la couverture des magazines. En sonnant à la porte d'Achilles Casilieris, elle risquait d'ajouter à la confusion et de compromettre son retour à la vie normale.

En attendant, tout se passait comme Rodolfo l'avait prévu. Le public adorait leur histoire et la presse people publiait régulièrement des photos. Non sans honte, Natalie se surprenait à dévorer les articles qui parlaient de Rodolfo, toujours sous un jour avantageux. On le décrivait comme un play-boy bon vivant, plein de joie de vivre, qui apportait de la gaieté dans l'existence un peu terne de sa fiancée. D'autres fois, on mettait plutôt l'accent sur son tempérament volage, qu'elle avait Dieu merci réussi à dompter grâce à sa gentillesse et sa bonté naturelles. De toute façon, les lecteurs gobaient tout.

Pendant ce temps-là, Natalie se sentait horriblement triste et seule. Les souvenirs de l'escapade romaine la hantaient, nuit et jour. Et le désir physique la tenaillait si intensément qu'elle en avait des insomnies. Hélas, c'est tout ce qui lui resterait de Rodolfo.

Natalie était terrorisée à l'idée d'avoir détruit le mariage de Valentina, en même temps que son avenir et son destin. Elle craignait que Rodolfo ne vienne pas à la cérémonie. Ce serait une catastrophe.

Elle aurait irrémédiablement gâché la vie de Valentina.

Qui n'était peut-être même pas sa sœur jumelle. Ainsi que l'avait fait remarquer Rodolfo, la probabilité était nulle.

« La reine Frederica aurait disparu dans la nature avec un bébé volé ? »

Son exclamation incrédule, teintée de mépris, résonnait encore dans son esprit. En effet, cela paraissait invraisemblable.

Un après-midi, elle s'enferma dans la chambre de Valentina et composa le numéro de sa mère.

Elles n'étaient pas proches et ne l'avaient jamais été. Natalie le regrettait parfois, même si, le plus souvent, elle pensait que cela valait mieux ainsi. Elles avaient tout de même des relations courtoises et dînaient de temps en temps ensemble, lorsqu'elles se trouvaient dans la même ville. Natalie ne savait pas du tout comment Erica allait réagir...

— Maman, j'ai une grave question à te poser.

— Es-tu obligée d'être aussi guindée ? soupira sa mère. Tu manques vraiment de simplicité.

— Je veux la vérité, poursuivit Natalie. Sans faux-fuyants ni vagues leçons de morale.

Sa mère se tut, ce qui était tout à fait inhabituel et mit Natalie mal à l'aise. Mais qu'avait-elle à perdre ? D'ailleurs, elle connaissait déjà la réponse. Elle faisait juste semblant de ne pas y croire.

— Est-ce que ton vrai nom est Frederica de Burgh ? Et aurais-tu par hasard été mariée au roi Geoffrey de Murin ?

Assise dans un fauteuil, un ordinateur portable sur les genoux, elle contemplait une des rares photos de celle qui avait autrefois été la reine de Murin, une femme triste et pâle, aux cheveux cuivrés et aux yeux verts. Erica Monette était brune, toujours bronzée, le sourire aux lèvres, et avait les yeux marron. Mais n'importe qui pouvait se teindre les cheveux et porter des lentilles de contact pour ne pas être reconnu.

— Pourquoi me demandes-tu une chose pareille ?

Elle ne répondait pas, mais ne niait pas non plus. Et elle paraissait... suffoquée.

Natalie se gratta la gorge.

— Je suis au palais royal de Murin, en ce moment même.

— Eh bien...

Erica reprit son souffle avant de poursuivre.

— Il est trop tard pour te conseiller de ne pas fouiller dans le passé, j'imagine. Cela n'en vaut pourtant pas la peine.

— J'attends tes explications, chuchota Natalie.

Elle se contenait car elle avait peur de se mettre à hurler.

— Explique-moi comment tu as pu quitter la cour du roi en emportant un de ses enfants ?

— Je lui avais dit que tu étais morte.

Le ton froid et détaché de sa mère fut comme une gifle en pleine figure. Incapable d'articuler un son, elle resta paralysée, le téléphone collé à l'oreille, pendant qu'Erica continuait son récit invraisemblable.

— Ma femme de chambre t'a cachée jusqu'à mon départ de Murin. Ton père croyait qu'un des deux bébés était mort-né et nous n'avions pas annoncé publiquement que j'attendais des jumelles. La mère de Geoffrey s'y était opposée, pour je ne sais quelle raison. Il n'a donc pas eu à informer la presse que nous avions perdu une de nos deux filles. De toute façon, il refusait de montrer la moindre faiblesse. Même s'il n'était pas directement en cause et qu'il s'agissait de moi.

Mille et une interrogations se pressèrent dans l'esprit de Natalie, accompagnées d'une foule d'émotions. Mais elle ne pouvait pas s'abandonner maintenant à la violence de l'ouragan qui menaçait de l'emporter. Elle assistait le soir même à un gala où elle devait prononcer un discours important. Elle était encore obligée de sauver les apparences. Sinon, ce qui restait de la vie de Valentina risquait d'imploser.

Elle posa une seule question.

— Pourquoi ?

Erica poussa un profond soupir, et Natalie se rendit compte qu'elle ne savait pas vraiment qui était sa mère. Elle ne le saurait sans doute jamais tout à fait...

— J'avais besoin de sentir que quelque chose m'appartenait. Pendant un temps, tu as été toute à moi. Ensuite tu as grandi...

Natalie passa une main tremblante sur son visage.

— Tu n'as jamais eu peur que je découvre la vérité ?

— Je ne voyais pas comment, répondit Erica au bout d'un moment. Tu étais une enfant très studieuse, toujours plongée dans les livres. Tu ne t'intéressais pas aux célébrités ni aux ragots de la presse à sensation. Je n'imaginais évidemment pas que tu rencontrerais un jour par hasard un membre de la famille royale de Murin.

— C'est pourtant ce qui s'est passé. Dans les toilettes d'un petit aéroport de Londres. Quel choc...

— Oh ! Natalie...

Un instant, elle crut que sa mère allait lui demander pardon. Mais non. Elle n'y songea probablement même pas.

Il n'y avait plus grand-chose à ajouter. Ou, plutôt, Natalie était trop bouleversée pour parler et il ne fallait pas compter sur Erica pour aller plus loin.

Après avoir raccroché, Natalie resta recroquevillée dans son fauteuil, les yeux dans le vide, pendant une éternité. Elle essayait vainement de rassembler les pièces du puzzle et revenait toujours au point de départ. Sa mère avait une personnalité énigmatique et ne changerait jamais. Elle ne serait jamais la femme que Natalie aurait voulu qu'elle soit. Hélas, elle n'avait jamais eu la fibre maternelle.

Natalie était une vraie princesse et avait parfaitement le droit d'habiter dans le même palais que sa sœur jumelle. Elle venait d'en avoir confirmation.

Mais Rodolfo n'est toujours pas à toi et ne t'appartiendra jamais… Même s'il cesse un jour de te détester. Et, s'il décide de venir à la cérémonie, ce ne sera pas pour t'épouser, toi.

Elle inspira profondément et reprit le téléphone pour envoyer un nouveau texto à Valentina.

Nous sommes bel et bien sœurs jumelles. Tu t'en doutais, n'est-ce pas ? Moi, j'étais dans le déni. J'ai posé la question à notre mère. Je te raconterai tout quand nous nous reverrons.

Elle se massa les tempes pour tenter de dissiper la migraine qui l'affectait de plus en plus souvent. Puis elle rajouta quelques lignes.

Je me demande quand… Car tu as apparemment disparu de la surface de la Terre. Je sais d'expérience combien il est difficile de retrouver la trace d'Achilles Casilieris quand il a décidé de rester incognito. Mais, si tu ne réapparais pas très vite, je vais épouser ton mari et je n'ai pas l'intention de continuer à être toi jusqu'à la fin de mes jours. Je t'ai donné mon accord pour six semaines. Le délai arrive bientôt à échéance.

Elle attendit de longs moments en espérant un signe. Elle se sentait seule, perdue dans une situation folle et inextricable.

Attention à toi, ou tu risques de rester pour toujours Natalie Monette. Personne n'a envie de cela.

Mais rien ne vint.

Natalie fit donc la seule chose qu'elle pouvait faire. Elle se leva pour chasser la sensation d'épuisement qui l'accablait depuis plus d'une semaine.

Puis elle rentra de nouveau dans le personnage de Valentina.

11

Quelques heures à peine avant son mariage, Rodolfo arpentait le château de Murin à la recherche de sa fiancée. Il avait des choses à lui dire en personne, face à face.

Il suivit un domestique, en soudoya un autre et trouva finalement l'aile des appartements de la princesse. Saluant d'un signe de tête les gardes médusés, il pénétra d'autorité dans un vaste hall, traversa le bureau et la bibliothèque, une salle à manger, un boudoir, et poussa la porte de la chambre.

Assise au bout de son grand lit à baldaquin, Valentina semblait l'attendre.

Elle n'avait pas revêtu sa robe de mariage et portait un simple jean, avec un T-shirt et des ballerines. Elle avait enroulé une écharpe couleur abricot autour de son cou et relevé ses cheveux en un vague chignon retenu par des lunettes de soleil au-dessus du front.

Rodolfo la fixa d'un air interdit.

Elle était habillée pour flâner à une terrasse de café ou se promener en bord de mer…

— Qu'est-ce que c'est que cette tenue ?

Il y avait quelque chose de profondément énervant dans sa posture détachée, indifférente. Elle était redevenue comme avant. Sans doute à cause de lui. Il l'avait rejetée si violemment qu'elle s'était retranchée le plus loin possible à l'intérieur d'elle-même.

Mais Rodolfo n'allait pas s'apitoyer, ni sur elle ni sur lui. Le temps était révolu où il en rabattait sur ses ambitions. Il avait dissipé les ombres du passé et vivait dorénavant pleinement. Après leur conversation à Tissely, son père l'avait nommé chef de cabinet. Il avait appelé cela un cadeau de mariage, mais c'était un nouveau départ. Si Rodolfo avait réussi à assainir ses relations difficiles avec son père, il ne voyait pas pourquoi Valentina lui résisterait.

— Je suis désolé, princesse.

Il fallait bien commencer quelque part. Il n'avait encore jamais prononcé ces mots devant quelqu'un, mais avec Valentina il ne lui en coûtait aucun effort. C'était sincère.

— Je suis venu te présenter des excuses.

Elle sursauta en détournant les yeux et ne réagit pas immédiatement.

— Comment ?

— Je te demande pardon.

Trop de problèmes l'avaient accaparé trop longtemps. Felipe. Son père. Jusqu'à sa mère qui avait refusé de rompre sa solitude pour assister au mariage de son fils. Elle s'était montrée inébranlable.

Il avança d'un pas.

— J'ai passé la plus grande partie de ma vie rongé par la colère parce que j'étais incapable de remplacer mon frère. J'en oubliais d'être moi. Heureusement, tu as tout changé. Tu m'as tenu tête. Tu m'as lancé des défis. Grâce à toi, j'ai eu envie de devenir meilleur.

Il entendit du bruit derrière lui. Les femmes de chambre commençaient sans doute les préparatifs. Mais Valentina continua à le regarder, avec un sourire calme et serein, un peu surréaliste.

— Continue, murmura-t-elle.

Il fit un autre pas en avant.

— Dans mon esprit, tu étais parfaite. Si je parvenais à te conquérir, je me sentais capable de régler tous mes problèmes, obliger mon père à me respecter, assainir ma réputation... En un mot, devenir le prince que je voulais être, même si je n'étais pas mon frère.

Il secoua la tête.

— Ensuite, à la première contrariété, je me suis découragé et mis en colère. Car, si tu n'étais pas parfaite, comment aurais-tu pu me sauver ?

Il avait enfin tout démêlé. Après tout, qui était-il pour juger les autres ? Il n'en avait pas le droit. Il avait passé sa vie à faire comme s'il était normal de braver la mort pour s'amuser. En réalité, il attendait qu'une femme l'aide à y voir clair, lui apporte la paix tant désirée.

Comment n'aurait-il pas été anéanti, fou de rage, en découvrant que cette femme l'avait délibérément trompé ?

— Je n'ai plus besoin que tu me sauves, ajouta-t-il. C'est déjà fait. Je veux que tu te maries avec moi.

À nouveau, il eut conscience d'une certaine agitation, dans son dos. Comme elle ne réagissait toujours pas, il se força à continuer.

— Je veux t'aimer et profiter avec toi des plaisirs de l'existence. Je me moque de mes obligations contractuelles et cela ne m'intéresse pas d'avoir un *héritier*. J'ai envie de faire des bébés avec toi, de découvrir ce que l'avenir nous réserve à tous deux, en toute honnêteté et simplicité.

Elle croisa tranquillement les mains sur les genoux.

— Je suis très émue par tes paroles, dit-elle d'une voix pourtant dénuée d'émotion.

Sa froideur le blessa, mais il l'avait largement mérité.

De toute façon, quoi qu'elle dise, il était déterminé à la conquérir. Rien ne l'arrêterait.

— Tu me prends pour une folle, non ?

On touchait au cœur du problème. Il n'écartait pas cette éventualité, mais il était prêt à courir le risque. Tout valait mieux que le mariage convenu de ses parents, avec les sourires de façade et les silences lourds, amers, qui alternaient avec les remarques acerbes.

Après tant d'années gâchées à regretter de ne pas être mort à la place de Felipe, il voulait *vivre*. Pleinement.

— J'ai envie de te faire confiance, déclara-t-il. Si vraiment il y a deux Valentina en toi, je suis prêt à l'accepter. J'essayerai, en tout cas.

Comme elle gardait le silence, il s'efforça de ne pas céder à la colère et considéra son jean d'un air perplexe.

— J'arrive trop tard ? Tu ne veux plus te marier ? Les invités sont déjà là. Tu cherches à provoquer un scandale ?

— J'avais décidé de rompre, en effet, répliqua-t-elle avec une insolence rare.

Avait-il bien entendu ? Non seulement elle lui brisait le cœur sans sourciller, mais elle allait créer un incident diplomatique irréparable entre leurs deux royaumes.

À ce moment-là, Valentina hocha la tête vers l'autre bout de la pièce.

— La bonne nouvelle, c'est qu'*elle* a l'intention de rester.

Il comprit avant même de se retourner. Mais ce qu'il vit le sidéra.

Sa princesse se tenait sur le seuil, habillée d'une somptueuse robe blanche. Une tiare de diamants retenait un long voile de dentelle. Elle était si belle que sa gorge se serra. Ses yeux verts, humides de larmes, brillaient d'un éclat extraordinaire. Il jeta un coup d'œil derrière lui pour s'assurer qu'il ne perdait pas la tête. Mais la deuxième Valentina était toujours là.

Dès qu'il était entré, il avait su que quelque chose n'allait pas. Sa princesse à lui l'illuminait, l'inondait de joie.

Et elle était là, devant lui, avec ce regard éperdu qui lui donnait la sensation de pouvoir voler dans le ciel bleu d'azur.

— Depuis quand es-tu là ?

— Depuis le début, chuchota-t-elle.

Il poussa un soupir de soulagement. Finalement, il s'était tout de même adressé à elle.

— Natalie…

Elle lui adressa ce sourire éblouissant qu'il aimait tant.

— Oui, c'est moi. Mais je serais devenue Valentina, pour toi. J'ai essayé.

La vraie Valentina dit quelque chose, mais Rodolfo ne l'écoutait plus. Il s'approcha de *sa princesse* pour lui prendre les mains. Aussitôt, le feu du désir se ranima. Il revivait.

Sans hésiter, il s'agenouilla devant elle.

— Épouse-moi, Natalie, implora-t-il en tremblant. Épouse-moi parce que tu le veux, et non parce que nos pères ont décidé il y a trente ans qu'un prince de Tissely épouserait une princesse de Murin. Épouse-moi parce que nous sommes tombés amoureux. Quand tu ne faisais pas semblant d'être Valentina et que je ne me conduisais pas comme un idiot.

Elle posa une paume sur sa joue, légère comme une bénédiction.

— Nous sommes sincèrement tombés amoureux, insista-t-elle. Quand tu m'as dit que j'étais à toi, tu le pensais vraiment.

Avec son voile blanc qui retombait en cascade autour de son visage, elle avait l'air d'un ange.

— Avant toi, personne n'a jamais eu de mots tendres

pour moi, poursuivit-elle. Ma mère aurait voulu m'empêcher de grandir. Je n'avais que mon travail, rien d'autre.

— Je veux vivre, déclara-t-il avec la solennité d'un vœu sacré. Avec toi, Natalie.

— Je t'aime.

Elle se pencha et il se releva en même temps. Enfin leurs bouches se joignirent pour un baiser.

Celle de Natalie avait la saveur de l'amour et de la liberté. Rodolfo eut l'impression de basculer avec elle dans l'immensité du ciel bleu. Ils n'avaient pas de parachute, mais cela n'avait pas d'importance. Ils continueraient à voler, pour l'éternité.

Une toux discrète les rappela à la réalité.

Il s'écarta en remarquant avec satisfaction les joues écarlates de Natalie et la lueur ardente de ses yeux verts. Bientôt il la coucherait dans un grand lit pour apprendre par cœur chaque centimètre de sa peau délectable. Il l'autoriserait à faire la même chose quand il serait rassasié — dans quelques années peut-être.

Au-dehors, les cloches se mirent à sonner à la volée.

— C'est le moment d'y aller, dit-il en serrant sa main dans la sienne.

Il se raidit anxieusement quand Natalie secoua la tête.

— C'est mon plus cher désir de me marier avec toi, dit-elle avec une expression farouche. N'en doute pas un seul instant. Mais je ne peux pas. Pas comme cela.

— Que veux-tu dire ? Qu'est-ce qui nous en empêcherait ? Je ne me suis pas senti aussi bien depuis plus de vingt ans. Je n'ai pas une minute à perdre.

— Rodolfo, écoute-moi. Depuis le jour de ta naissance, tu n'as pris aucune décision seul, même du vivant de ton frère. Ta vie était tracée d'avance. Ma mère a sans doute fait des choix discutables, mais j'ai très vite été responsable du cours de mon existence. J'ai vécu comme je l'entendais, en trouvant par moi-même ce qui me rendait heureuse. C'est ce que tu devrais faire. Je ne voudrais pas être un obstacle entre toi et la vie que tu mérites.

— Mais tu m'aimes, lui rappela-t-il en la prenant par le cou. Pourquoi aurais-tu des scrupules ?

— Elle est enceinte, claironna Valentina derrière eux.

Stupéfait, son regard alla de l'une à l'autre, puis se posa sur le ventre de Natalie, comme pour chercher confirmation. Mais il était beaucoup trop tôt, c'était ridicule. Cela ne pouvait pas se voir, pas encore. Il savait exactement combien de jours s'étaient écoulés depuis leur nuit à Rome. Il n'avait pas cessé de penser à elle.

Un orgueil triomphant, possessif et viril, s'empara de lui.

— Pas de chance, *princesita*, murmura-t-il. Tu es condamnée à m'épouser.

— C'est justement ce que je ne veux pas, protesta-t-elle. Te priver de ta liberté.

— Eh bien, moi, je le veux, conclut-il avec un sourire qui le transfigurait.

Il avait attendu l'amour si longtemps... Et maintenant la vie lui apportait bien davantage encore : une famille.

Puis, pour éviter qu'un autre rebondissement inattendu ne se dresse en travers de sa route, il appela l'huissier d'une voix forte.

— Dites au roi Geoffrey de venir tout de suite.

Tout se précipita.

Dès son arrivée, le roi Geoffrey se figea sur le seuil, frappé de stupeur à la vue de Natalie et Valentina assises côte à côte, qui l'attendaient.

Valentina se leva la première et se lança dans les

explications pendant que Natalie observait son père d'un air inquiet. Habituée au tempérament imprévisible d'Erica, elle craignait une crise de fureur, en tout cas une scène épouvantable...

Mais le roi de Murin, visiblement très ému, émit un son étouffé et s'approcha de ses deux filles pour les serrer dans ses bras.

— Je croyais que tu étais morte, chuchota-t-il à l'oreille de Natalie. Elle m'avait dit que tu étais morte.

Pendant un long moment, on n'entendit plus que les cloches au-dehors tandis qu'ils restaient tous les trois enlacés.

— Je m'oublie, dit enfin Geoffrey en s'écartant pour essuyer ses joues humides. Il y a un mariage au programme.

— Le mien, acquiesça Rodolfo.

Le roi considéra songeusement l'homme qui allait devenir son gendre pendant que Natalie retenait son souffle.

— Ce mariage vous échoit en effet en tant que prince héritier de la couronne.

Rodolfo inclina la tête.

— Je dois épouser une princesse de Murin. Mais le contrat ne stipule pas laquelle.

— Ah bon ? s'écria Valentina.

— C'est exact, dit le roi en même temps.

— Mais on ne parle que de Valentina sur les faire-part, objecta Natalie en rougissant.

— Les faire-part..., répéta Rodolfo, consterné.

— Peu importe, déclara Geoffrey avec autorité. En tant que souverain de Murin, je peux parfaitement décider de donner l'une ou l'autre de mes filles en mariage et c'est ce que je vais faire. Viens avec moi, Valentina.

— Où cela, père ?

— Maintenant que j'ai deux filles, elles seront toutes les

deux reines. Natalie régnera avec son mari sur Tissely et toi sur Murin. Tu as encore beaucoup de choses à apprendre.

Valentina suivit docilement son père, laissant enfin le couple en tête à tête.

Les émotions et les révélations de la journée rattrapèrent Natalie, dont la tête semblait prête à exploser. Les jambes flageolantes, elle se laissa tomber sur une chaise.

— Valentina est arrivée au milieu de la nuit, expliqua-t-elle tandis que Rodolfo s'accroupissait devant elle.

— Elle n'en fera pas une habitude, j'espère. Sinon cela risque de mal se passer entre nous. Je préviendrai la garde royale.

Il posa les mains sur les cuisses de Natalie et remonta lentement vers son ventre. La chaleur de ses paumes s'insinua en elle à travers le tissu de sa robe.

— Tu me l'aurais dit ?

— Bien sûr.

— Tu voulais pourtant me rendre ma liberté, comme si j'étais un personnage d'un roman de Kerouac.

— J'avais fixé une date limite, avoua-t-elle malicieusement. Dans neuf mois. J'ai essayé de me comporter avec noblesse.

Il plongea les yeux dans les siens.

— Épouse-moi.

Elle chuchota son nom comme une prière.

— Il faut bien réfléchir avant.

— Pourquoi ?

— Je n'avais pas l'intention de tomber enceinte. Je ne t'ai pas tendu un piège.

Il secoua la tête tendrement.

— C'est toi qui es tombée dans un piège. Il s'agit d'un mariage arrangé...

— Je n'ai même pas eu de nausées, reprit-elle, sautant

du coq à l'âne. Seulement des migraines. Et j'étais très fatiguée. C'est Valentina qui y a pensé la première. J'ai compté les jours, trouvé un test et...

— C'est cela qui demande réflexion ? Ce serait plutôt une chance pour toi d'épouser le père de ton enfant. Tu vois, je suis très conventionnel, finalement.

Elle sourit à son prince risque-tout.

— Et très traditionnel ! Tu es prêt à t'assagir suffisamment pour devenir père de famille ?

— Oui.

Malgré la douce chaleur qui se diffusait en elle, Natalie insista.

— Tu me connais à peine. Et, pendant les quelques jours où nous nous sommes côtoyés, tu m'as prise pour une autre, et ensuite pour une folle.

— C'est vrai. Nous aurons toute la vie pour en parler.

— Pourquoi es-tu si pressé de te marier ?

Il éclata d'un rire joyeux, communicatif, et se releva, avec toute l'élégance qui seyait à son rang.

— Nous sommes habillés pour l'occasion, non ? Ce serait dommage de ne pas en profiter. Tu as une si belle robe !

Elle le contempla amoureusement. Elle ne doutait pas de l'aimer jusqu'au dernier jour de son existence.

Après tant d'errances, elle avait enfin trouvé sa place.

— Natalie.

Ce prénom, dans la bouche de Rodolfo, était comme un cadeau.

— Les cloches sonnent. La cathédrale est pleine. Ton père nous a donné sa bénédiction et ta sœur jumelle aussi, contre toute attente. Pour couronner le tout, tu es enceinte de mon enfant. J'ai bien l'intention de vous garder auprès de moi, toi et notre bébé.

Elle inspira lentement, plusieurs fois. De toute façon, sa décision était déjà prise.

— J'ai risqué la mort plusieurs fois, princesse, confia Rodolfo. Imagine ce dont je suis capable maintenant que j'ai décidé de vivre.

— Tu es capable de tout, je le sais. Tu es probablement le seul à ne pas croire en toi, Rodolfo.

— Cela peut changer, déclara-t-il avec calme. Mais, la seule chose qui m'importe vraiment, c'est que tu croies en moi.

Des larmes de joie brillèrent dans les yeux verts de Natalie quand il lui tendit la main, avec le même défi dans le regard qu'il avait eu à Rome pour l'entraîner sur la piste de danse.

Natalie était la personne la moins spontanée du monde. Mais Rodolfo balayait tous ses doutes et ses hésitations. Elle avait l'impression d'être née dans le seul et unique but de l'aimer et d'être aimée de lui.

Et cela pouvait commencer tout de suite.

— Viens. Allons nous marier, mon amour. Les problèmes se résoudront d'eux-mêmes puisque nous nous aimons. Nous ferons d'autres bébés tout en régnant sur mon pays. Je t'aime, Natalie. Tu ne regretteras jamais de m'avoir dit oui, je te le promets.

— Je saurai te rappeler cette promesse, répliqua-t-elle d'une voix étranglée par l'émotion.

À ces mots, glissant une main dans la sienne, elle se laissa entraîner dans le tourbillon du bonheur.

OLIVIA GATES

Une princesse à conquérir

Traduction française de
MARIE MOREAU

DIADÈME

HARLEQUIN

Titre original :
CONVENIENTLY HIS PRINCESS

Ce roman a déjà été publié en 2014

© 2013, Olivia Gates.
© 2014, 2023, HarperCollins France pour la traduction française.

1

— Tu veux que j'épouse Kanza la Terreur ?

Aram Nazaryan se rendit compte qu'il avait haussé le ton malgré lui. Mais comment aurait-il pu réagir avec calme ? Ce n'était pas la première fois que Shaheen Aal Shalaan avait une idée surprenante, mais aujourd'hui Aram ne trouvait pas un seul mot parmi les quatre langues qu'il connaissait pour décrire la nouvelle requête de son beau-frère.

Était-ce le bonheur conjugal dans lequel il baignait depuis trois ans qui lui avait fait perdre l'esprit ? Il est vrai que la grande histoire d'amour qu'il vivait avec Johara, la petite sœur d'Aram, avait de quoi le rendre heureux. Leur union était un miracle. Ils formaient un couple merveilleux et étaient de formidables parents. Mais pourquoi diable voulaient-ils absolument lui faire suivre leur exemple ? Il était libre de mener l'existence qui lui convenait ! La pitié qu'il inspirait à Shaheen, qui n'hésitait pas à lui parler de sa « non-vie », le rendait furieux.

Comment avait-il pu croire que son beau-frère n'était venu aujourd'hui à son bureau que pour lui rendre une simple visite de courtoisie ? Après un quart d'heure de conversation, voilà qu'il lui faisait déjà subir un scandaleux chantage affectif.

Il avait commencé par lui demander de revenir à Zohayd

en prétendant qu'Aram serait là-bas chez lui. Mais Zohayd était la patrie de Shaheen et non la sienne, et Aram n'avait pas hésité à le lui faire remarquer, en ajoutant qu'il n'avait aucune intention d'y retourner.

Toutefois, son beau-frère ne s'était pas avoué vaincu. Manifestement décidé à lui prouver qu'il aurait un rôle essentiel à jouer à Zohayd, il lui avait tout simplement offert son poste. Celui de ministre de l'Économie !

Persuadé qu'il plaisantait, Aram s'était esclaffé. Comment aurait-il pu être sérieux alors que seul un membre de la famille royale de Zohayd était en droit d'assumer ce rôle ? Aram était de nationalité française, arménienne et américaine. Ce qui ne faisait en aucun cas de lui un citoyen de Zohayd.

Seulement, Shaheen n'était pas doté d'un grand sens de l'humour. Et il l'avait confirmé en gardant une expression grave. Mais il connaissait les règles mieux que quiconque et, s'il avait suggéré qu'Aram devienne ministre de l'Économie, c'est qu'il avait une idée à l'esprit. Il savait parfaitement comment Aram pouvait devenir membre de la famille royale. En épousant une princesse de Zohayd, tout simplement. Et justement il avait un nom à lui suggérer !

Comment diable avait-il pu imaginer que Kanza était la femme idéale pour lui ?

— Shaheen, je crois que le bonheur conjugal t'a fait perdre la raison. Il n'est pas question que je me marie avec cette terreur.

— Je ne comprends pas pourquoi tu t'obstines à l'appeler comme ça, protesta Shaheen sur un ton calme et neutre. La Kanza que je connais est tout sauf une terreur.

— Elle doit posséder plusieurs personnalités. En tout cas, celle que j'ai eu l'effroi de rencontrer, Kanza Aal Ajmaan, issue de la branche maternelle de ta famille, mérite ce surnom et bien d'autres.

Cette fois, Shaheen le regarda avec méfiance, comme s'il s'adressait à un fou.

— Kanza est une femme absolument charmante.

— Charmante ? s'exclama Aram avec ironie. Tu ne sais pas ce que tu dis. Et de toute façon c'est une gamine.

— Tu divagues, Aram. Elle aura bientôt trente ans.

— Trente ans ? C'est impossible. La dernière fois que je l'ai vue, elle était à peine majeure.

— Oui. Et c'était il y a plus de dix ans.

Était-il possible que tant de temps se soit écoulé ? Aram avait du mal à y croire. Pourtant, Shaheen avait raison. Leur dernière rencontre avait bien eu lieu avant qu'il ne quitte Zohayd.

— Peu importe, conclut-il avec un geste de la main. Ça ne change rien, nous avons toujours onze ou douze ans d'écart.

— Je te rappelle que j'ai huit ans de plus que Johara et que personne n'y pense jamais. Votre différence d'âge a pu te sembler importante à l'époque où Kanza sortait tout juste de l'adolescence, mais aujourd'hui tu l'oublierais vite.

— C'est peut-être ce que tu penses, mais… Oh ! non ! s'écria-t-il en riant. Il n'est pas question que j'entre avec toi dans ce débat. Comme si épouser Kanza était une option envisageable pour moi ! Non, non et non. Je te dis que c'est une vraie terreur.

— Et moi, je te dis que tu te trompes.

— Tu veux que nous entrions dans les détails ? D'accord. La Kanza que je connais était une créature froide et menaçante, dont le seul regard pouvait réduire n'importe qui au silence. Quand elle posait les yeux sur moi, j'avais l'impression d'être transpercé par une lame tranchante.

— Eh bien, dit Shaheen, amusé. Si tu t'en souviens avec autant de précision après toutes ces années, c'est qu'elle a dû te faire forte impression.

— Oui, l'impression la plus négative possible ! C'est déjà consternant que tu oses me suggérer un mariage de convenance. Mais avec cette femme ? Voilà qui est encore pire !

— Tu exagères...

— Pas du tout, cette fille est vraiment folle. Tu sais que je l'ai déjà vue avec des cheveux violets, le corps peint intégralement en vert et des lentilles de contact roses ? Une autre fois, elle s'est déguisée en lapin albinos. Elle avait les cheveux tout blancs et les yeux rouges. Lors de notre dernière rencontre, ses cheveux étaient bleus et elle s'était maquillée comme un zombie. Elle m'a donné la chair de poule.

Shaheen lui adressa un sourire patient, comme s'il essayait de raisonner un enfant.

— Mis à part la couleur de ses yeux et de son maquillage, qu'est-ce que tu as à lui reprocher au juste ?

— La façon qu'elle avait de chuchoter mon nom. On aurait dit qu'elle me jetait un sort. Elle me donnait l'impression d'abriter un lutin maléfique à l'intérieur de son corps menu.

Enfouissant les mains dans les poches, Shaheen prit un air suffisant.

— On dirait qu'elle représente exactement ce dont tu as besoin. Qui mieux qu'elle saurait te tirer de la torpeur dans laquelle tu te complais depuis près de vingt ans ?

— Arrête un peu avec ta condescendance, Shaheen, répondit Aram. C'est ma sagesse d'adulte que tu confonds avec de la torpeur.

— Si seulement tu avais raison ! Mais tu es figé. Johara est d'accord avec moi. Et tes parents aussi. D'ailleurs, ils se sentent responsables, ils s'en veulent de t'avoir obligé à rester avec ton père à Zohayd au détriment de ta propre vie.

— Personne ne m'a obligé à faire quoi que ce soit. J'ai décidé de rester avec mon père parce qu'il n'aurait pas supporté la solitude après sa rupture avec ma mère.

— Et, lorsqu'ils se sont finalement retrouvés, tu avais déjà sacrifié tes envies et tes ambitions. Tu avais renoncé à tes projets pour soutenir ta famille, et tu n'as jamais réussi à te remettre sur la voie qui te correspondait. Enfermé dans ta solitude, tu te contentes maintenant de nous regarder vivre.

Aram lui lança un regard noir. Les retrouvailles entre ses parents l'avaient comblé de bonheur, et il était fou de joie de voir comme sa sœur était épanouie depuis son mariage avec Shaheen. Mais, en dépit de toute l'affection qu'il avait pour ses proches, il ne supportait plus de les entendre lui expliquer à quel point il était seul. Leur sollicitude l'étouffait, l'irritait.

— J'ai choisi ma voie, déclara-t-il avec assurance. Personne n'a à se sentir coupable de quoi que ce soit vis-à-vis de moi. Ma solitude me convient parfaitement. Alors cesse de te tourmenter pour ça et laisse-moi vivre comme je l'entends.

— Je le ferai, mais avant ça je voudrais que tu considères sérieusement mon idée au lieu de l'écarter aussi hâtivement.

— Il n'y a absolument rien à considérer.

— Je t'assure que tu te fais de fausses idées sur Kanza. Comment peux-tu la juger sans même la connaître ?

— Si elle est toujours célibataire à vingt-huit ans, j'imagine que c'est qu'aucun homme n'a été assez fou pour s'approcher d'elle. Tu sais comme moi que d'ordinaire les femmes de Zohayd n'attendent pas aussi longtemps pour se marier.

— Aram, tu es odieux. Moi qui te prenais pour un

homme progressiste, voilà que tu parles comme le pire des conservateurs et des machistes.

— Tu sais parfaitement que je n'adhère pas à ces idées rétrogrades. Je te parle des coutumes de Zohayd. Kanza est une princesse, et si aucun homme n'a encore voulu l'épouser cela prouve que l'image que j'ai d'elle est toujours d'actualité. Elle est considérée comme inapte aux rapports humains.

— On pourrait dire exactement la même chose de toi.

Avec un soupir d'exaspération, Aram leva les mains et les posa fermement sur les épaules de son ami.

— Shaheen, écoute-moi bien parce que je ne me répéterai pas. Je ne me marierai jamais. Ni pour devenir citoyen de Zohayd et ministre de l'Économie, ni pour une autre raison. Si tu as vraiment besoin de mon aide, je me tiens à ta disposition.

Manifestement, Shaheen s'était attendu à cette réaction et avait préparé sa réponse.

— Il faudra que tu sois là-bas à plein temps. Que tu t'installes à Zohayd.

— J'ai mes propres affaires ici, lui rappela Aram.

— Et tu les as si bien organisées que tu pourras sans problème déléguer la direction à tes hommes de confiance. Tu n'auras qu'à superviser tes activités à distance, cela n'empêchera en rien ton succès. C'est justement ta capacité à choisir les bonnes personnes et à les former à la perfection qui fait de toi l'homme dont j'ai besoin à Zohayd.

— Comment peux-tu me demander de consacrer tout mon temps à ce poste de ministre alors que tu ne l'as pas fait toi-même ?

— Mon père me seconde depuis son abdication. Mais il souhaite maintenant se retirer complètement de la vie publique. Et même avec son aide je suis sans arrêt tiraillé entre ma famille, mes affaires et le ministère. Johara et moi allons avoir un deuxième enfant, et je vais devoir être encore plus présent chez moi. Surtout qu'elle est de plus en plus investie dans des projets humanitaires auxquels je participe aussi. Il m'est tout simplement impossible de rester ministre.

— Alors tu me demandes de sacrifier ma propre vie pour faciliter la tienne ?

— Tu n'auras rien à sacrifier. Ton entreprise continuera à avancer, tu seras le meilleur ministre de l'Économie possible, et tu fonderas une famille. Ça, je sais que tu en rêves depuis toujours.

Sur ce point, Shaheen avait raison. À seize ans, déjà, Aram avait prévu qu'il se marierait à dix-huit ans et aurait six enfants auxquels il transmettrait des valeurs, et surtout des racines.

Mais voilà qu'à quarante ans il n'avait ni enfants ni racines.

Comment les années avaient-elles pu passer aussi vite sans qu'il soit capable de réaliser les projets qui lui avaient tellement tenu à cœur ?

Hélas, il connaissait la réponse.

— Il se trouve que je n'étais pas fait pour ce dont je rêvais, Shaheen. J'ai compris depuis longtemps que je ne me marierais pas et que je n'aurais pas d'enfants. Cela peut te paraître inimaginable, surtout depuis que tu vis dans le bonheur avec ta famille, mais tout le monde ne peut pas avoir ce que vous partagez, Johara et toi. Vous représentez une minorité de privilégiés. Ce n'est pas mon cas et, crois-moi, je suis en paix avec cette idée.

Cette fois, ce fut son beau-frère qui le prit par les épaules.

— J'étais persuadé de la même chose avant que Johara ne me retrouve. Et maintenant regarde-moi.

Aram se garda bien de le lui dire, mais c'était justement le mariage de sa sœur avec Shaheen qui avait mis un terme à ses derniers espoirs. Il savait que la passion, la confiance et la complicité qui les unissaient représentaient ce dont il avait toujours rêvé, et que, s'il ne pouvait pas avoir tout cela, il préférait rester célibataire.

Combien de couples pouvaient prétendre partager un lien aussi fort ?

— Aram, reprit Shaheen en réponse à son silence, je ne te demande pas de te marier demain. Je voudrais seulement que tu envisages cette possibilité.

— C'est inutile. Je suis très bien tout seul.

Il voulut se détourner pour couper court à cette conversation, mais son ami le retint.

— Qu'est-ce qu'il y a encore ? demanda-t-il avec lassitude.

Shaheen le dévisagea avec inquiétude.

— Tu as une mine terrible.

Était-ce la quarantaine qui le mettait dans cet état ? Il n'aurait su le dire, mais c'était vrai, il se sentait moins en forme que jamais.

— Merci, Shaheen, dit-il avec ironie. Tu trouves toujours les bons mots pour réconforter tes amis.

— Je te dis les choses comme elles sont. Tu es en train de t'enfoncer. Et, si tu me trouves brutal, souviens-toi de ce qu'a dit Amjad la dernière fois qu'il t'a vu.

Amjad, le roi de Zohayd. Le frère aîné de Shaheen. L'homme qui n'avait jamais peur de dire ce qu'il pensait.

— Oui, merci, je me souviens parfaitement de la comparaison qu'il a faite. J'avais une tête de vampire, selon lui. Et tu fais bien de m'en reparler, car cela me fait une raison de plus de m'opposer à ton idée si géniale. Je serais obligé d'avoir affaire à lui si je devenais ministre de l'Économie, et c'est bien la dernière chose au monde que je souhaite.

— C'est avec moi que tu travailleras, pas avec lui.

— Ni avec toi ni avec lui. Laisse tomber.

Mais Shaheen n'avait apparemment pas l'intention de s'avouer vaincu.

— À propos de Kanza..., dit-il.

C'est alors qu'il se souvint qui elle était. Comment n'y avait-il pas pensé plus tôt ?

— Oui, et de ses sœurs ! s'exclama-t-il, interrompant son beau-frère. Parce que ce n'est pas la première fois que tu essaies de me trouver la femme idéale. Tu avais déjà essayé de me convaincre que Maysoon, la demi-sœur de Kanza, était faite pour moi !

— J'espérais que tu l'avais oubliée, répondit Shaheen avec un sourire narquois. Mais c'était sans doute trop optimiste de ma part. C'est vrai que Maysoon était un peu, disons... imprévisible.

— Un peu ? répéta Aram, manquant de s'étrangler. Elle était complètement folle. C'est un miracle que je m'en sois sorti en un seul morceau.

Du reste, c'était à cause d'elle qu'il avait dû quitter Zohayd et abandonner son père. Par sa faute, il avait été obligé de renoncer à son rêve de faire de ce pays sa patrie.

— Mais Kanza est son opposé, déclara Shaheen.

— Tu as raison sur ce point. Si Maysoon était une superbe harpie, Kanza, elle, n'avait absolument rien d'attirant, même au premier abord.

— Tu te trompes sur Kanza. Si elle n'a pas une allure aussi sophistiquée que les autres femmes de sa famille, c'est seulement par humilité, et ça ne la rend que plus attachante à mes yeux. Ce n'est peut-être pas une qualité à laquelle tu prêtes attention, mais cela contribue à faire d'elle l'épouse qu'il te faut.

— Ah oui ? fit Aram avec sarcasme.

— Oui. C'est une femme stable et constante, bien différente des créatures superficielles et capricieuses que tu as pris l'habitude de fréquenter.

— Tes arguments ne font que desservir ton propos, Shaheen. Si j'étais prêt à tout pour atteindre mes objectifs, y compris à me marier, ce qui n'est pas le cas de toute façon, je refuserais de me servir d'une personne aussi honnête et droite que celle que tu décris.

— Qui te demande de te servir d'elle ? Même si tu as un caractère presque aussi impossible qu'Amjad, tu restes l'un des célibataires les plus convoités du monde. Kanza serait sûrement très heureuse de devenir ta femme.

Il avait peut-être raison. Néanmoins...

— Non, Shaheen. Inutile d'insister, c'est ma réponse définitive.

Son beau-frère eut enfin l'air de céder. Pour l'instant. Car, à en croire son regard, il ne manquerait pas de revenir à la charge une prochaine fois.

— Maintenant, Shaheen, rentre chez toi, le pria Aram en l'attirant vers la porte de son bureau. Et n'oublie pas d'embrasser Johara et Gharam de ma part.

— Promets-moi tout de même d'y réfléchir, comme tu le ferais pour une proposition commerciale, insista-t-il encore. Après cela seulement, tu pourras prendre une décision.

— C'est tout réfléchi, Shaheen.

Avant de s'en aller, son beau-frère lui adressa un dernier sourire qui en disait long sur ses intentions.

Certain de le revoir bientôt, Aram referma la porte de son bureau et fit quelques pas dans la pièce pour se laisser tomber sur le canapé. Cette nuit encore, il allait dormir ici. À quoi bon aller ailleurs ? De toute façon, il n'était nulle part chez lui.

Comme il s'étirait pour essayer de se détendre, il ne

put s'empêcher de repenser à la conversation qu'il venait d'avoir avec Shaheen. Il aurait dû tout de suite le renvoyer en lui opposant un refus catégorique.

Mais la tentation avait été plus forte que lui. Et à présent il ne parvenait plus à chasser de son esprit les idées de son beau-frère. Seule l'envie de passer du temps avec sa famille l'avait attiré à Zohayd ces dernières années. Il aimait voir ses proches aussi souvent que possible, seulement, chacun avait ses propres préoccupations, et les siennes se trouvaient aux États-Unis. Là où il menait sa vie professionnelle.

Depuis longtemps, il n'envisageait plus son avenir à Zohayd. Mais comment aurait-il pu ignorer la proposition que venait de lui faire Shaheen ? À l'époque où il vivait là-bas, il n'avait cessé de réfléchir à l'économie du pays. Il n'en avait jamais parlé à son beau-frère, et pourtant celui-ci semblait avoir lu dans ses pensées.

Shaheen lui offrait la possibilité de mettre ses idées en pratique. De réaliser son rêve en lui confiant ce ministère.

Mais, hélas, ce n'était pas tout. Il voulait aussi qu'il se marie pour devenir citoyen de Zohayd. Or s'il y avait bien une chose qui ne faisait pas partie des projets d'Aram, c'était le mariage ! Était-ce le prix à payer pour commencer une nouvelle vie professionnelle ?

Après tout, ce n'était pas comme s'il espérait encore rencontrer la femme de sa vie. Il savait qu'il n'était pas fait pour l'amour, alors devait-il considérer ce mariage arrangé comme la solution idéale pour lui ?

Kanza faisait partie de la famille royale, mais elle n'était pas issue de la branche directe des souverains. Sa fortune était loin d'être aussi élevée que celle qu'avait constituée Aram au fil des ans. S'il avait de la chance, elle ne chercherait qu'à profiter de son argent et le laisserait tranquille, tout en lui permettant d'accéder au statut auquel il aspirait.

En se levant, il se trouva face au grand miroir fixé au mur et ne put s'empêcher de grimacer. Aussi incroyable que cela pût paraître, Shaheen l'avait amené à imaginer l'impossible.

Oui, l'avenir que lui avait laissé entrevoir son beau-frère ne resterait qu'un rêve. Jamais Aram ne retournerait vivre à Zohayd, le seul pays où il s'était autrefois senti chez lui. Jamais il ne vivrait au milieu de sa famille ni ne deviendrait ministre de l'Économie.

Et, surtout, jamais il ne se marierait.

Deux semaines s'étaient écoulées depuis la visite de Shaheen, et miraculeusement il n'avait pas encore reparlé à Aram de leur conversation. Il ne lui avait téléphoné qu'une seule fois en quinze jours, pour l'inviter à la soirée que Johara et lui organisaient le soir même dans leur appartement de New York.

Il avait décliné l'invitation, voilà pourquoi il roulait maintenant vers l'hôtel dans lequel il avait élu résidence. C'est alors que son téléphone sonna.

— Aram, entendit-il dans son oreillette.

Il reconnut tout de suite la voix de Johara.

— Dis-moi que tu n'es pas en train de dormir ou de travailler, dit-elle sur un ton suppliant.

Avait-elle l'intention d'insister pour qu'il les rejoigne ? Dire non à sa sœur représentait un véritable supplice pour lui, depuis toujours. Et elle le savait parfaitement.

Allait-elle profiter du pouvoir qu'elle avait sur lui pour le faire céder ? Cela ne lui ressemblait pas, mais ce coup de téléphone avait de quoi l'angoisser.

Quoi qu'il en soit, il refusait de se rendre à cette soirée. Assister au spectacle de l'épanouissement et du bonheur conjugal de Johara et Shaheen était tout simplement au-dessus de ses forces.

— Je suis en train de rentrer à l'hôtel, répondit-il. Alors, tout est prêt pour la réception ?

— Oui, oui, tout est prêt, dit-elle sur un ton empressé. Mais... Tu es déjà arrivé ? Si oui, ne te dérange pas. Je me débrouillerai autrement.

— Que se passe-t-il ? lui demanda-t-il, intrigué.

Elle laissa échapper un soupir contrit.

— L'un de mes invités m'avait confié un dossier très important pour me le faire lire et nous devions en parler ce soir. Hélas, je l'ai oublié dans mon bureau, au siège de l'entreprise de Shaheen, et il est trop tard maintenant pour que j'y retourne. Alors je me demandais si tu pourrais aller le chercher et me l'apporter ici...

Elle hésita avant de continuer.

— Je suis vraiment désolée de t'ennuyer avec ça. Et je te promets de ne pas essayer de te convaincre de rester chez nous pour la soirée. Mais à qui d'autre pourrais-je divulguer le code secret de mon armoire ? Tu es le seul en qui j'aie suffisamment confiance.

— Tu sais que je suis toujours disponible pour toi. N'importe quand et pour n'importe quoi.

— Sauf pour venir à notre soirée, c'est ça ? demanda-t-elle pour le provoquer.

Il commença à lui réciter le prétexte qu'il avait donné à Shaheen, mais elle l'interrompit.

— Shaheen m'a dit que tu avais besoin d'une bonne nuit de sommeil, et je comprends très bien. De toute façon, il y aura beaucoup de monde. Je n'aurais pas pu profiter de toi.

En entendant ses paroles, il retint un soupir de soulagement. Il se réjouissait de passer voir sa sœur et son beau-frère, mais il n'aurait pas supporté une soirée entière à leurs côtés. Heureusement, sa visite serait brève.

— Alors, dis-moi ce que je dois aller chercher.

Vingt minutes plus tard, arrivé au dernier étage de l'immeuble de Shaheen, Aram arpentait le couloir en direction du bureau de Johara.

Lorsqu'il arriva à l'entrée de l'espace qu'occupait son entreprise, il eut la surprise de trouver la porte de l'accueil ouverte. Et, lorsqu'il eut dépassé la réception, il constata avec encore plus d'étonnement que l'accès direct à son bureau était tout aussi libre.

Comment avait-elle pu oublier de fermer en partant ? Peut-être s'était-elle précipitée de peur d'être en retard pour tout préparer chez elle... Mais une telle négligence ne lui ressemblait pas.

À cet instant, un fracas le fit sursauter. Il y avait quelqu'un dans son bureau et, à en juger par les bruits qu'il percevait, cette personne était en train d'ouvrir tous les tiroirs pour trouver quelque chose.

Un voleur avait-il réussi à s'introduire ici ?

Impossible. Le système de sécurité de l'immeuble était infranchissable.

L'une des assistantes de Johara était peut-être entrée pour chercher le document qu'elle lui avait demandé ? Mais elle lui avait dit clairement qu'il était le seul à qui elle pouvait donner accès à ses dossiers.

Et si c'était un autre employé de l'immeuble, en quête de papiers confidentiels concernant sa sœur et Shaheen ?

Il ne pouvait pas appeler les vigiles sans en savoir plus. Avant d'agir, il devait découvrir qui se trouvait à l'intérieur.

À pas de loup, il s'approcha de la porte. Sans doute

prenait-il des précautions inutiles, car la personne qui fouillait dans les affaires de Johara faisait autant de bruit qu'un bulldozer.

Il pencha la tête et se prépara mentalement à la confrontation qui s'annonçait. Mais, en voyant qui se tenait à quelques pas de lui, il se figea, stupéfait.

C'était une femme. Jeune, mince, aux gestes nerveux. Ses longs cheveux bruns formaient une splendide crinière ondulée, qui dansait au rythme de ses mouvements précipités. Ouvrant les placards, les tiroirs, elle ne semblait pas craindre le moins du monde d'être surprise ici.

Machinalement, Aram entra dans la pièce.

— Si vous me disiez ce que vous cherchez ? lança-t-il sans préambule.

La jeune femme bondit de peur, et il ne put s'empêcher de sourire. Pour la première fois depuis bien longtemps, il avait même envie de rire, tant cette scène lui paraissait cocasse.

— Je peux peut-être vous aider ? ajouta-t-il spontanément.

C'est alors qu'elle se tourna vers lui, dévoilant son expression de surprise. Mais, dès qu'elle le vit, son regard de feu changea, et un sourire se dessina sur ses lèvres.

— J'aurais dû me douter que je prenais des risques en venant rôder par ici, dit-elle de sa voix rauque. Alors, que fait le Pirate dans les bureaux de sa sœur à une heure aussi tardive ?

2

Aram regarda la femme qui se tenait devant lui. Malgré sa silhouette menue, elle avait l'air forte et dotée d'un caractère bien trempé.

De toute évidence, elle savait qui il était. Elle l'avait appelé « le Pirate », ce surnom ridicule et caricatural que lui avaient attribué la presse à scandale, ses rivaux dans les affaires ainsi que les femmes qui lui en voulaient de les avoir repoussées.

Un silence s'installa. Manifestement, la jeune femme attendait une réponse de sa part.

— Si je suis le Pirate, à qui puis-je bien avoir affaire ? La Tornade ? L'Ouragan ? Ils n'auraient pas fait plus de dégâts dans cette pièce. À moins que ce ne soit la Cambrioleuse ? Mais une cambrioleuse bien peu discrète dans ce cas.

Penchant légèrement la tête, elle le regarda avec un air à la fois surpris et… vexé.

— Alors vous comptez rester planté là pour bloquer la sortie, ou vous allez m'aider à voler ce que je suis venue chercher ?

Pour une raison mystérieuse, il sentit un frisson le traverser. Sa façon de s'adresser à lui le troublait étrangement.

— Je crois qu'avant d'offrir ma complicité j'ai le droit de savoir avec qui je vais être arrêté par les autorités, non ?

dit-il, la défiant à son tour. À moins que vous ayez prévu de disparaître dans la nuit avec votre butin en me laissant seul face à la police ?

Fixant son regard sur lui, elle resta un instant immobile. Puis elle secoua la tête et se passa nonchalamment la main dans les cheveux.

— Oui, bien sûr, dit-elle avec un sourire. Je me souviens, maintenant. Désolée. Je crois que la surprise de vous voir ici m'a fait perdre la mémoire pendant quelques secondes.

Que voulait-elle dire ? songea-t-il avec stupeur. Ses paroles n'avaient décidément aucun sens ! Était-ce à cause de son état dépressif qu'il ne comprenait plus rien ? Peut-être avait-il fini par perdre toute capacité de compréhension.

Mais dans ce cas pourquoi était-ce justement ce soir, après des mois de chute de libre, qu'il touchait le fond du gouffre ? Alors même qu'il venait de rencontrer la seule personne capable de le tirer de son apathie, au moins pour un instant ? En une poignée de secondes, cette rencontre inattendue lui avait procuré des sensations qu'il n'avait pas éprouvées depuis une éternité. Comme s'il venait de se réveiller d'un long sommeil.

— Pardon ? dit-il pour l'encourager à s'expliquer.

Elle prit un air excédé.

— J'avais oublié comment vous aviez gagné ce surnom, mais ça m'est revenu.

— Ah ? fit-il, de plus en plus interloqué. Eh bien, je serais ravi d'entendre votre analyse à ce sujet. En tant que voleuse, vous êtes sûrement bien placée pour m'aider à améliorer mes performances.

— Vous invoquez le code d'honneur censé unir les malfaiteurs ? Pourquoi pas. Je suis toujours prête à venir en aide à mes confrères, déclara-t-elle avec un sourire ironique. Alors voyons voir. Vous devez votre surnom à votre réputation d'homme d'affaires intraitable. De chef d'entreprise ayant tendance à traiter ses congénères comme des êtres dépourvus de sensibilité et à se servir d'eux pour atteindre ses objectifs. À cela, j'ajoute que vous réservez un traitement encore plus dégradant à ceux qui ont le malheur de vous rencontrer, de vous fréquenter dans le cadre privé, et que vous effacez tout simplement de votre mémoire. En conclusion, si vous avez un conseil à me demander pour devenir encore plus cruel, sachez que je n'en ai aucun. Vous avez déjà atteint, je crois, votre maximum en la matière.

Le portrait terrifiant qu'elle venait de faire de lui était exactement celui qu'aurait pu dresser l'un de ses concurrents commerciaux ou l'une des femmes avec qui il avait gardé ses distances par tous les moyens.

À force de déformer et d'exagérer le moindre de ses faits et gestes, les journaux n'avaient pas tardé à lui forger cette réputation d'homme impitoyable. Et à vrai dire il n'avait jamais essayé de se défendre en rétablissant la vérité. Au contraire, il avait laissé la rumeur se répandre, profitant du pouvoir qu'elle lui conférait. Elle le rendait intimidant, et surtout lui permettait de se tenir à l'écart du monde. Les gens n'avaient aucune envie de venir vers lui, et c'était très bien ainsi.

Toutefois, elle avait vu juste sur un point. Il ne laissait pas les souvenirs d'événements mondains encombrer sa mémoire. C'était vrai qu'il oubliait bien vite la plupart des gens qu'il rencontrait, seuls ceux qui attiraient son attention pour une raison ou pour une autre marquaient son esprit pour longtemps.

Mais... N'avait-elle pas eu cette réaction mordante quand il lui avait demandé qui elle était ? Il lui semblait tout à coup comprendre son sous-entendu. Elle lui reprochait de ne pas l'avoir reconnue alors qu'ils s'étaient déjà rencontrés.

Il ne pouvait pas y croire. Comment aurait-il oublié ce regard de feu, cette voix à la fois provocante et infiniment sensuelle ?

C'était impossible. S'il avait échangé ne fût-ce que quelques mots avec elle, non seulement il s'en serait souvenu, mais il ne s'en serait pas tiré indemne. Son franc-parler l'aurait à la fois surpris et dérouté, exactement comme il venait de le faire.

Jamais il n'aurait cru prendre autant de plaisir à se faire ainsi attaquer de front.

La flatterie des gens, et en particulier des femmes, l'avait-elle rendu malade à ce point ? Il avait pourtant toujours su que ce n'était pas à lui que ces compliments s'adressaient. À l'époque où il avait vécu à Zohayd, c'était son physique d'étranger, mais surtout sa proximité avec la famille royale qui avaient plu aux femmes. Puis il avait commencé à gagner beaucoup d'argent, faisant fortune au fil des années, ce qui ne manquait pas de fasciner la société.

Si bien que jamais personne ne s'était adressé à lui comme cette jeune femme venait de le faire. Du reste, il n'aurait sans doute pas eu la même réaction si quelqu'un d'autre lui avait parlé sur un ton aussi cinglant !

Mais, aussi étonnant que cela pût paraître, il était si fasciné par sa mystérieuse interlocutrice qu'il était prêt à la provoquer pour entendre de nouvelles attaques de sa part.

— Eh bien, merci pour ce commentaire avisé, qui n'a pas manqué d'atteindre mon cœur de pierre.

— Parce que vous avez un cœur ? Je ne pensais pas que les gens de votre espèce étaient équipés d'organes aussi superflus.

Il ne put s'empêcher de sourire.

— J'ai bien quelque chose par ici, répondit-il en portant la main à sa poitrine.

— Qui a une fonction purement physiologique, c'est ça ? Qui vous encombre plus qu'autre chose, ajouta-t-elle avec un rire moqueur. Je me demande bien pourquoi vous ne vous en êtes pas encore débarrassé.

Attiré par une force indescriptible, il avança vers elle. Elle avait beau le fusiller du regard, il ne pouvait s'empêcher de s'approcher d'elle pour découvrir enfin le détail de ses traits et de sa silhouette.

Finalement, il ne s'arrêta que lorsqu'il fut à un mètre d'elle. Elle avait beau être petite, elle lui donnait l'impression de faire jeu égal avec lui. D'avoir la même force et la même assurance.

— Ne vous inquiétez pas, dit-il pour répondre à sa dernière interrogation. Je n'ai pas besoin d'une opération. Mon cœur a suffisamment rétréci pour ne pas me gêner. Mais merci pour cette judicieuse suggestion. C'est intéressant d'entendre une autorité impitoyable me confirmer que je suis très bien engagé sur la mauvaise voie.

Il s'apprêta à recevoir une nouvelle réplique implacable de sa part. Mais, au lieu de revenir à la charge, elle resta silencieuse, les yeux fixés sur lui. Puis, après quelques secondes, elle se détourna et reprit sa recherche en ignorant sa présence. Comme si elle essayait de l'effacer de son esprit.

De toute évidence, elle n'était pas venue pour agir en cachette de Johara. C'était par jeu qu'elle s'était laissé accuser de vol, mais en réalité elle avait dû être chargée de trouver un document dans ce bureau.

Tout comme lui.

Mais alors... Elle était proche de Johara, elle aussi. Et cette tempête faite femme...

Il se figea, le cœur battant la chamade.

C'était elle.

Kanza. Kanza Aal Ajmaan.

Immobile, il continua à l'observer tandis qu'elle vidait les tiroirs de Johara et déposait leur contenu sur son bureau pour fouiller parmi les piles de documents.

Comment diable aurait-il pu la reconnaître ?

Il s'efforça de la revoir telle qu'elle avait été dix ans plus tôt. Mais seule l'image caricaturale qu'il avait décrite à Shaheen lui revenait à la mémoire, celle de cette adolescente qui n'avait eu de cesse de se défigurer avec des coiffures et des déguisements inimaginables.

Si c'était bien elle, et il n'en doutait plus, elle paraissait incroyablement jeune. Hormis cela, tout ce qu'il retrouvait d'elle après dix ans était ce tempérament de feu et la force qu'elle dégageait. La ressemblance n'allait pas plus loin.

Il ne restait pas une trace de son maquillage gothique ni de ses lentilles de contact. Elle semblait avoir adopté la philosophie opposée en portant des vêtements noirs aussi sobres que possible avec de simples baskets blanches, et en bannissant le moindre accessoire de mode.

Elle ne ressemblait en rien à ses demi-sœurs, qui avaient toujours l'air d'avoir passé la moitié de la journée à se préparer tant elles tenaient à mettre en avant leur féminité. Kanza, au contraire, ne semblait pas tenir à se faire remarquer et à attirer l'attention d'un homme. Du moins, c'est ce qu'il avait cru…

Mais en l'observant attentivement il remarqua la finesse de ses traits, la ligne sensuelle de ses lèvres, la texture soyeuse de ses longs cheveux et surtout ses yeux… immenses et d'un noir intense ! Il se sentait soulagé qu'elle les ait détournés de lui à cet instant, tant ils l'avaient décontenancé. Elle lui avait donné l'impression de lire au fond de lui avec une telle facilité ! Elle lui paraissait tout à coup à la fois unique et intéressante. Et même... fascinante.

Mais, maintenant qu'elle lui accordait un peu de répit, il pouvait se poser la question qui valait : pourquoi se trouvaient-ils tous les deux dans ce bureau aujourd'hui, à cette heure-ci ?

Shaheen lui avait parlé d'elle deux semaines plus tôt, et comme par hasard il tombait sur elle dans ce bureau, alors qu'il n'avait pas croisé son chemin depuis dix ans !

Ce n'était pas une coïncidence, il en était certain. Johara avait organisé cette rencontre. Et, à en juger par la vigueur avec laquelle Kanza menait ses recherches, elle était tout aussi victime que lui de ce coup monté !

Évidemment, Shaheen avait parlé de cela avec sa femme. Ils partageaient tout, y compris leurs conspirations.

Kanza avait-elle compris qu'elle était tombée dans un piège à l'instant où elle l'avait vu entrer dans ce bureau ? Cela eût expliqué sa réaction pour le moins cinglante. Si elle savait ce que Johara et Shaheen avaient à l'esprit, elle avait parfaitement exprimé sa désapprobation.

Et cela la rendait encore plus intéressante à ses yeux. Shaheen lui-même lui avait fait remarquer qu'il représentait un très bon parti aux yeux des femmes, et le fait de recevoir une opposition aussi farouche l'intriguait. Cela signifiait qu'elle n'était pas du tout séduite par son statut social et sa fortune. D'ordinaire, même sa mauvaise réputation représentait un attrait, car nombre de femmes se lançaient le défi d'être la première à l'apprivoiser.

Mais en se montrant aussi insensible à ses atouts, aussi hostile à l'idée de devenir sa femme, Kanza éveillait sa curiosité.

Évidemment, il n'était pas non plus d'accord avec le projet insensé de Johara et Shaheen. Loin de là ! Mais il était pour le moins curieux de découvrir pourquoi ils avaient imaginé que cette étonnante jeune femme était faite pour lui.

À cet instant, elle se redressa brusquement et lui lança un regard exaspéré.

— Inutile de rester là à prendre la pose, lança-t-elle. Vous savez sans doute faire des choses plus efficaces qu'afficher votre beauté, non ? Quoi ? ajouta-t-elle en réponse à sa mine étonnée. Le terme de beauté ne vous convient pas ?

Il allait lui répondre, mais elle l'interrompit d'un geste d'agacement. Puis, attrapant une nouvelle pile de documents pour la poser devant lui, elle lui décrivit le dossier qu'il fallait trouver. Celui que lui avait précisément demandé Johara au téléphone.

— Oui, reprit-elle en continuant à chercher, sans même lever les yeux vers lui. Ce mot a quelque chose de neutre qui ne doit pas vous satisfaire. Vous êtes en droit d'exiger des termes plus tranchés, plus puissants, pour vous décrire.

— Non, ce n'est pas quelque chose que j'exige, protesta-t-il.

— Pourquoi ? Vous êtes aussi connu pour votre *halawah* que pour votre réussite professionnelle.

À Zohayd, ce terme désignait justement la beauté.

— D'où vous viennent donc tous ces préjugés sur moi ? demanda-t-il en la regardant fixement.

Elle leva finalement les yeux vers lui et poussa un soupir rageur.

— C'est ce que disaient les femmes de Zohayd sur vous. Elles soutenaient même que votre *halawah* ne faisait que grandir au fil des années.

Il lui adressa un regard stupéfait.

— Allons, dit-elle, railleuse. Vous êtes tout à fait conscient de votre physique.

Jamais on ne lui avait adressé de compliments sur un ton aussi tranchant.

— Personne ne m'avait encore accusé d'être beau, répliqua-t-il avec ironie.

— C'est écœurant, lâcha-t-elle avec dédain.

— Écœurant ? répéta-t-il, indécis.

— Oui, vraiment. Vous devez faire tellement d'efforts pour prendre soin de vous et vous maintenir à un tel niveau ! C'est un excès qui devrait être puni par la loi.

— J'ai du mal à croire à ce que je viens d'entendre ! répliqua-t-il. Mes proches me répètent chaque jour à quel point je me laisse aller.

— Vos proches ? Parce que vous en avez ? Eh bien, je les plains.

— Je ne manquerai pas de leur transmettre votre message de compassion, rétorqua-t-il en riant.

— Je le ferai moi-même pour Johara. La pauvre, non seulement vous êtes son seul frère, mais en plus elle est obligée de vous voir souvent dès qu'elle est à New York. Je comprends qu'elle ne soit pas très en forme en ce moment.

Ses paroles lui firent l'effet d'une révélation.

Bien sûr, c'était elle !

L'associée dont Johara lui avait tant parlé sans jamais mentionner son prénom, celle qui avait si bien développé l'entreprise de décoration qu'elle lui avait confiée, n'était autre que Kanza ! Cela lui paraissait évident tout à coup.

Était-ce pour éviter de lui faire part de ses intentions que Johara lui avait caché l'identité de sa collaboratrice ? Sans doute avait-elle craint de le rendre méfiant. S'il avait su qu'il s'agissait de Kanza, il aurait pris soin de ne pas la croiser, et sa sœur l'avait facilement deviné. Ce qui signifiait qu'elle le connaissait bien mieux que Shaheen. En lui exposant sa brillante idée sans aucun détour, son beau-frère n'avait réussi qu'à le terroriser ! Mais Johara avait eu la finesse de le raisonner. Shaheen n'avait plus abordé le sujet ces quinze derniers jours, laissant à sa femme le soin d'orchestrer cette rencontre sans qu'Aram se doute de rien.

Et elle avait réussi.

De toute évidence, Kanza avait été piégée tout comme lui, et il brûlait de lui révéler la machination de Johara et Shaheen. Compte tenu de son tempérament, sa réaction serait sans doute spectaculaire !

Il allait lui révéler la vérité, mais il se figea tout à coup. Et si ses paroles la mettaient mal à l'aise ? Il n'avait aucune envie qu'elle change de comportement sous l'effet d'une quelconque gêne. Il craignait autant de la voir s'adoucir que de subir une opposition nette et tranchante face à l'idée d'un mariage.

Il voulait seulement poursuivre le duel qu'ils menaient depuis quelques minutes. Sa spontanéité était si stimulante…

— Croyez-moi, déclara-t-il finalement. Tous ceux que je croise me disent que je n'ai jamais eu l'air aussi mal. Et j'ai la même impression chaque fois que je me regarde dans la glace.

— Arrêtez un peu avec votre fausse modestie. Il n'y a rien de plus agaçant.

Curieusement, sa remarque le crispa. Elle aurait dû le laisser indifférent, mais pour une raison mystérieuse il avait besoin qu'elle le croie.

— Je vous assure que je suis sincère, dit-il. Je ne me sens pas en forme et je ne cesse d'aller de plus en plus mal depuis plus d'un an.

Elle se figea et le scruta durant quelques secondes. Dans ses yeux, il crut lire une certaine… compassion.

Mais il n'eut pas le temps de s'en assurer. Déjà, elle le fusillait de nouveau du regard.

— Vous voulez dire que vous étiez mieux avant ? Ce devrait être interdit.

Une fois de plus, son compliment lâché comme une insulte le fit sourire. Il n'avait pas été aussi intrigué par quelqu'un depuis si longtemps !

— Je dois dire que je n'attache pas une grande importance à mon apparence. Mais, quelles que soient les flatteries que j'aie pu entendre, jamais aucune ne m'a paru aussi originale.

Elle fit une grimace de dégoût.

— Vous plaisantez, j'espère ! Vous croyez vraiment que j'étais en train de vous flatter ?

— Je suis désolé que ça vous déplaise, mais oui, c'est ce que vous venez de faire. Alors que depuis des mois je ne vois qu'un reflet misérable dans le miroir.

Elle inspira, comme pour s'apprêter à lui lancer une nouvelle pique. Puis elle referma la bouche et l'examina pendant un moment.

— Oui, je vois ce que vous voulez dire, répondit-elle finalement. C'est vrai que vous avez un air un peu décomposé. Mais… Cela donne l'impression que vous êtes humain, ce qui change de la perfection froide que vous arboriez autrefois. Vous voyez, même la décrépitude vous va bien. Quand je vous disais que c'était écœurant.

Renonçant à chercher parmi les dossiers de Johara, il reposa la pile de documents qu'il avait dans les mains et se tourna vers Kanza.

— D'accord, lança-t-il en croisant les bras. J'ai compris. Vous me méprisez. Mais allez-vous enfin me dire ce que j'ai fait pour mériter ça, Kanza ?

À l'instant où il prononça son prénom, il vit une lueur

passer dans ses yeux. Mais elle ne tarda pas à afficher de nouveau son expression de colère et de dédain mêlés.

— Vite, donnez au pauvre Pirate épuisé une barre énergétique ! s'écria-t-elle. Il a dû faire tellement d'efforts pour me reconnaître ! Et même après ça il a besoin de savoir. Vous croyez qu'il devrait y avoir prescription pour votre comportement passé, c'est ça ?

— Je pourrais savoir de quoi nous parlons ?

— C'est vrai, vous avez dû faire ça si souvent que vous ne savez même pas à quoi je fais allusion.

— Vous savez, vos attaques me plaisent. Je devrais même dire qu'elles me font du bien. Mais là, vraiment, vous mettez ma curiosité à rude épreuve. Alors, si vous me disiez enfin ce qui me vaut une telle rancœur ?

— Alors vous avez vraiment oublié, si je comprends bien. Eh bien, ne comptez pas sur moi pour vous aider à retrouver la mémoire. Débrouillez-vous.

— Je suis certain de ne rien avoir fait contre vous personnellement. Alors… Ne me dites pas que c'est à cause de Maysoon ! s'exclama-t-il brusquement.

— Donc il s'en souvient, lâcha-t-elle avec cynisme. D'une manière qui ne fait qu'ajouter à l'insulte d'autrefois. Vous battez vraiment tous les records, n'est-ce pas, Aram Nazaryan ?

Sans lui laisser le temps de répondre, elle se détourna en poussant un soupir rageur. Au moins, maintenant, il connaissait l'origine de son animosité. Même si sa réaction était excessive à ses yeux. Ses fiançailles avec sa demi-sœur avaient duré si peu de temps ! Et surtout cette histoire remontait à des années.

Seulement, loin de s'apaiser avec le temps, la colère de Kanza contre lui n'avait fait que croître, apparemment.

— Ce dossier n'est pas ici, dit-elle finalement en refermant violemment un tiroir.

Elle se figea et leva les yeux vers lui.

— Mais vous, au fait, qu'est-ce que vous faites là ?

Enfin, elle venait de se rendre compte de l'étrangeté de cette situation. Mais il n'avait plus du tout envie de lui dire la vérité.

— J'espérais trouver Johara, prétendit-il.

— Vous ne savez pas que Shaheen et elle donnent une réception ce soir ?

— Ah ? Non.

À en croire sa réaction, il avait un véritable talent d'acteur.

— Alors, ça aussi, vous l'avez oublié ? Décidément, vous n'accordez d'importance à rien.

Il se rapprocha doucement d'elle.

— Pourquoi croyez-vous que c'est moi qui ai oublié, et non qu'ils ont omis de m'inviter ?

— Parce que je les connais.

Lorsqu'il fut tout près d'elle, il baissa les yeux pour la regarder fixement.

— Et moi, vous me connaissez suffisamment pour penser que j'aie pu jeter leur carton d'invitation à la poubelle sans même le regarder ?

— Oui. Vous devez faire ça tous les jours. Je suis sûre que vous faites aussi peu attention à votre sœur qu'au reste du monde.

— C'est pourquoi je suis venu lui rendre visite ce soir, rétorqua-t-il.

— Vous aviez sûrement quelque chose à lui demander.

— C'est incroyable ! dit-il en riant. Vous êtes vraiment prête à m'accuser de tout.

— Vous me facilitez la tâche.

Il avait encore du mal à comprendre pourquoi il la

laissait lui parler de cette façon… et pourquoi leur joute verbale lui procurait autant de plaisir.

— Vous devez vraiment beaucoup tenir à Maysoon pour m'en vouloir autant.

Son regard se fit encore plus méprisant.

— Je vous considérerais de la même façon si vous aviez agi ainsi avec une étrangère, ou même avec mon ennemie.

— Si je comprends bien, vos sentiments personnels n'affectent en rien vos valeurs morales. C'est admirable. Mais qu'est-ce que vous me reprochez exactement ?

— Oh ! vous êtes très fort, lança-t-elle avec une ironie irrésistible. En quelques mots, vous transformez des faits que vous avez commis en un jugement de valeur de ma part. Mais ça ne marchera pas avec moi. Trouvez autre chose.

Un silence suivit sa repartie cinglante, au cours duquel il se plut à contempler son expression de plus en plus hostile.

— Alors vous n'allez même pas réciter les charges qui pèsent contre moi et me lire mes droits ? dit-il, taquin.

— Non, déclara-t-elle en sortant son téléphone portable. J'ai déjà prononcé votre peine il y a bien longtemps.

— Après dix ans, vous ne m'accordez pas une liberté conditionnelle ?

— Impossible. Vous avez été condamné à perpétuité.

Il n'avait pas autant souri depuis si longtemps qu'il commençait à avoir mal aux zygomatiques.

— Vous êtes un petit être malveillant.

— Et vous êtes un odieux colosse.

Cette fois, il laissa échapper un rire grave. Comment parvenait-elle à le faire jubiler avec ses remarques acerbes ?

— Alors nous en avons fini avec votre mission de recherche ? Ou plutôt votre opération de destruction ? demanda-t-il en regardant le désordre qui les entourait.

— Rien que pour ce que vous venez de dire, dit-elle

en composant un numéro, vous allez vous-même ranger chaque dossier à sa place.

— Je pense que même Johara n'y arriverait pas, avec le chaos que vous avez provoqué.

Elle lui lança un dernier regard noir avant de se détourner pour parler au téléphone.

— Salut, Jo. Écoute, je ne trouve rien qui ressemble au dossier que tu m'as demandé, et je t'assure que j'ai cherché partout.

— *Nous* avons cherché partout ! protesta Aram en élevant la voix pour que Johara l'entende.

Comme Kanza lui lançait un nouveau regard asassin, il lui adressa un immense sourire. Sa sœur l'avait entendu, il en était certain, mais de toute évidence elle s'était gardée de le faire savoir à Kanza. Elle devait se douter que le moindre commentaire ou la moindre question mettrait son associée encore plus en colère.

Décidément, Johara avait subtilement préparé son rôle d'entremetteuse !

— Comment ça, ce n'est pas grave ? dit Kanza. Si, c'est grave. Tu as besoin de ce dossier, et s'il est ici je vais le trouver. Mais il faudrait que tu m'en donnes une description plus précise. Je l'ai peut-être sous les yeux.

En voyant que Kanza se taisait pour écouter la réponse de Johara, Aram imagina les mensonges qu'elle était en train de lui raconter. À présent, il était convaincu que ce dossier n'avait jamais existé.

— Je n'en reviens pas ! s'exclama finalement Kanza en raccrochant. Est-ce que toutes les femmes enceintes sont aussi bizarres ?

— Nous avons seulement perdu du temps. Personne n'est blessé, c'est déjà ça.

— Nous ? répéta-t-elle sèchement. Il n'y a pas de

« nous ». Je vous signale que j'étais là avant vous, j'ai donc passé beaucoup plus de temps ici. Et, quand vous dites que personne n'est blessé, vous sous-estimez les effets que votre présence a sur moi. Au moins, je vais pouvoir sortir d'ici et mettre fin à cette torture.

— Vous n'allez même pas essayer de ranger un peu avant de partir ?

— Johara m'a demandé de tout laisser tel quel pour les rejoindre tout de suite à la fête.

Elle était donc invitée. Évidemment. Mais comment aurait-il pu le deviner en la regardant ? Elle semblait plus apprêtée pour aller faire des courses au supermarché que pour se rendre à une soirée.

Pourtant, elle semblait bel et bien décidée à se rendre à la réception. Voilà donc quel avait été le premier plan de Shaheen et Johara : les inviter tous les deux afin qu'ils se retrouvent chez eux. Mais, comme Aram avait décliné, Johara avait dû élaborer un autre stratagème en inventant ce dossier soi-disant oublié au bureau.

S'approchant du canapé, Kanza y prit une veste rouge et un grand sac posés dessus et s'apprêta à sortir. Mais, comme elle ne daignait même pas lui adresser un regard, il se précipita machinalement pour lui barrer la route.

Elle sursauta et fit un bond en arrière. Dans ses profonds yeux noirs, il vit alors pour la première fois une pointe de fragilité, comme s'il avait enfin réussi, par surprise, à lire ce qu'elle cachait derrière ce masque de dureté.

Mais cela n'avait duré qu'une fraction de seconde. Déjà, elle affichait de nouveau un air exaspéré. Alors, pour la première fois, il eut envie d'essayer ce qu'il avait souvent vu faire par d'autres.

— Et si nous faisions la route ensemble ? Si vous voulez, je peux vous emmener chez Johara et Shaheen.

— Parce que vous pensez que je suis venue ici comment ? À pied ?

— Un petit lutin tel que vous a pu se contenter d'apparaître dans ce bureau.

— Alors je pourrais aussi bien disparaître, riposta-t-elle dans un froncement de sourcils.

— Je vous propose d'économiser vos pouvoirs magiques.

— Ce rôle de gentleman ne vous va pas du tout. Quant à moi, je n'ai rien d'une jeune fille sans défense en attente d'un prince charmant pour la délivrer. Et, si vous vous comportez comme ça pour faire plaisir à Johara, je vous assure que c'est inutile. Alors arrêtez.

— Pourquoi me prêtez-vous de telles arrière-pensées ? Je suis beaucoup plus simple que vous ne le pensez. J'ai décidé de me rendre à cette soirée et, puisque vous y allez aussi, je vous invite à profiter de ma voiture.

— Non, merci. J'ai la mienne.

Sur ces mots, elle fit un pas de côté pour l'éviter et sortit.

Après quelques secondes, il la suivit et la rattrapa dans le couloir. Les yeux rivés sur l'écran de son téléphone portable, elle s'obstinait à l'ignorer. Elle n'eut toujours pas la moindre réaction lorsqu'il monta avec elle dans l'ascenseur et l'accompagna dans le parking souterrain.

Ce ne fut qu'en voyant qu'il la suivait qu'elle leva enfin les yeux vers lui.

— Quoi ?

— Eh bien, je vous escorte jusqu'à votre voiture, répondit-il avec un sourire innocent.

Avec un soupir, elle se détourna et avança vers une voiture aussi rouge que la veste qu'elle portait. Puis elle s'installa au volant et démarra brusquement, faisant crisser ses pneus sur le sol.

Il n'en fallait pas davantage pour qu'il ressente une décharge d'adrénaline.

Elle avait réussi ce qu'aucune femme n'avait fait avant elle. Elle l'avait repoussé.

Quelle meilleure motivation ? Kanza avait éveillé sa curiosité, et surtout sa réaction avait tout d'un défi qu'il était impatient de relever.

Il ne lui restait plus qu'à partir à sa poursuite.

3

Kanza dut résister à l'envie d'appuyer de toutes ses forces sur l'accélérateur. Ce pirate était en train de la suivre !

Ce pirate si grand, si charismatique, si… magnifique.

Mais pourquoi ? songea-t-elle en regardant une fois de plus dans son rétroviseur.

Il conservait une certaine distance avec elle, se gardant de tout excès de vitesse. Mais il était bien là, et son attitude la rendait de plus en plus nerveuse.

Bien sûr, elle savait qu'il ne la suivait que pour s'amuser. Pour la provoquer. Pour lui montrer que personne n'avait le droit de se mettre en travers de son chemin. Cet homme avait l'habitude de faire ce qu'il voulait et, de toute évidence, il était décidé à lui prouver qu'il était plus fort qu'elle.

Tout à coup, elle eut envie de freiner pour s'arrêter au milieu de la route et le forcer à en faire autant. Après cela, elle descendrait de voiture et irait ouvrir sa portière pour le prendre par le col, le traîner dehors et…

Et quoi ?

Lui confisquer ses clés et son téléphone portable et le laisser seul en pleine rue ? Ou se jeter contre son corps de rêve ?

Non elle divaguait. De toute façon, tout ce qu'elle entreprendrait ne servirait qu'à le faire jubiler. Il avait réagi ainsi pendant tout le temps qu'ils avaient passé ensemble dans le bureau de Johara. Elle avait tout fait pour le blesser, mais au lieu de cela toutes ses attaques n'avaient fait que le stimuler et provoquer son hilarité.

La mâchoire serrée, elle résolut de poursuivre sa route jusque chez ses amis, non sans continuer à regarder nerveusement dans son rétroviseur.

Vingt minutes plus tard, après avoir garé sa voiture, elle prit une profonde inspiration avant de sortir. Aram était arrivé lui aussi, et en le voyant à quelques mètres d'elle dans le parking elle sentit qu'elle avait besoin de tout son courage pour l'affronter de nouveau.

Une chose était sûre, elle n'allait certainement pas lui faire le plaisir de le provoquer.

Arrivée devant l'ascenseur, elle se figea soudain. Aram l'avait tant décontenancée qu'elle avait oublié dans le coffre son cadeau pour Johara et Shaheen ainsi que la collection de petits chevaux qu'elle avait choisie pour Gharam.

Elle fit volte-face et retourna vers sa voiture d'un pas furieux. Lorsqu'elle croisa Aram, elle l'ignora ostensiblement, non sans se rendre compte qu'il la regardait avec insistance. Espérant qu'elle parvenait à masquer sa gêne, elle prit les paquets dans son coffre avant de le refermer violemment.

C'est alors que, baissant la tête, elle vit ses pieds. Elle avait oublié de changer de chaussures et portait toujours ses baskets blanches ! Comment diable cet homme faisait-il pour lui faire perdre l'esprit ?

Elle eut soudain l'envie folle de se déchausser pour lui lancer ses baskets à la figure, lui qui se tenait devant l'ascenseur, l'attendant patiemment.

En tout cas, elle ne pouvait pas rester comme ça. Certaine

d'être comme d'habitude la moins habillée de leurs invitées, elle se devait au moins de changer de chaussures.

S'efforçant de respirer calmement, elle rouvrit son coffre et prit appui sur sa voiture pour enfiler ses chaussures noires à petits talons.

Deux minutes plus tard, elle était de retour devant l'ascenseur, les bras chargés de paquets. Elle avait imaginé qu'Aram lui offrirait son aide pour porter ses cadeaux, mais il n'en fit rien. Il ne monta même pas dans l'ascenseur avec elle. Au lieu de cela, il demeura immobile tandis que les portes coulissantes se refermaient entre eux.

Elle avait eu beau faire mine de consulter son téléphone pour se donner une contenance, elle savait qu'il ne l'avait pas quittée des yeux pendant tout ce temps. Et qu'il n'avait pas cessé de sourire.

Profitant des quelques secondes de répit qu'il lui accordait, elle afficha un grand sourire au moment de sonner chez ses amis. Johara vint lui ouvrir, et en lisant la déception sur son visage elle eut du mal à deviner ce qui se passait. C'était pourtant bien elle qui lui avait demandé de renoncer à trouver le dossier pour venir les rejoindre !

Mais lorsque son amie sourit à son tour et la remercia chaleureusement pour ses cadeaux, elle comprit qu'elle avait dû se faire des idées. Johara était d'humeur charmante, comme toujours, et elle se hâta de la faire entrer.

Quelques instants plus tard, la sonnette de la porte d'entrée retentit. C'était lui, à n'en pas douter.

Tandis que Johara allait ouvrir, Kanza sentit son cœur battre plus fort. Que lui arrivait-il ? Elle n'allait tout de même pas se laisser piéger par le petit jeu d'Aram !

Sous l'effet de sa colère intérieure, elle sentit qu'elle manifestait une gaieté exagérée avec Shaheen et Gharam. Mais bientôt ils la quittèrent tous les deux pour aller accueillir le nouvel arrivant. Elle dut se retenir pour ne pas s'exclamer qu'Aram n'était venu que pour la provoquer. Comment ses amis pouvaient-ils croire qu'il était là pour eux, alors qu'il n'avait que faire des autres ? Cet homme ne s'intéressait qu'à lui-même !

En tout cas, elle n'allait certainement pas aller fêter son arrivée avec eux. Elle aimait encore mieux se diriger vers les autres invités et prendre part à leurs conversations.

Pendant l'heure qui suivit, elle sentit le regard d'Aram sans cesse fixé sur elle. Néanmoins, à aucun moment il ne chercha à venir à sa rencontre, si bien qu'elle sentit sa nervosité se dissiper peu à peu.

Elle fut tout de même soulagée d'avoir un prétexte pour s'éloigner du monde lorsque Johara lui demanda d'aller ranger le cadeau qu'elle avait fait à Gharam. Cette petite fille de deux ans et demi était un véritable tourbillon, et sa détermination n'avait d'égale que sa beauté. Tout le monde affirmait qu'elle tenait ses qualités de son oncle maternel.

Kanza allait retourner auprès de Johara, lorsqu'une voix profonde la fit frissonner malgré elle.

— Je demande la révision de mon procès.

Elle ne se tourna pas vers lui. Elle n'en avait pas la force. Elle se sentait comme paralysée.

Comme elle ne bougeait pas, il vint se placer face à elle, mais toujours en gardant ses distances comme il l'avait fait depuis leur départ du bureau de Johara. On eût dit un prédateur à l'affût, attendant le bon moment pour dévorer sa proie.

Et une fois de plus elle resta figée, les yeux rivés sur lui, fascinée par sa beauté. Qui aurait pu rester insensible à son charisme hors du commun ? Plus rien ne semblait exister quand il apparaissait.

Elle se rappelait encore leur première rencontre. Ce

jour-là, déjà, il l'avait subjuguée, et chaque fois qu'elle l'avait revu son allure et son regard mystérieux lui avaient paru encore plus envoûtants.

Sa beauté exceptionnelle était du reste tout ce qu'il avait en commun avec Johara. Même physiquement, ils ne se ressemblaient pas. Elle avait les cheveux blonds et la peau claire, tandis qu'il était brun et mat. En revanche, c'était lui qui avait hérité des yeux bleus de leur mère française, alors que Johara avait le regard noir de leur père américano-arménien.

Mais une simple description ne pouvait pas rendre justice à Aram. C'était son attitude qui faisait son charme. Chacun de ses regards, de ses sourires, de ses gestes contribuait à le rendre encore plus beau. Quant à sa voix... À la fois assurée et sensuelle, elle ne faisait qu'ajouter à son charisme et à son allure hors du commun.

Et voilà que cet homme se tenait debout devant elle, les mains dans les poches, plus viril et plus irrésistible que jamais.

— J'affirme que j'ai été poursuivi et accusé injustement.

Respirant profondément, elle attendit quelques secondes pour lui répondre. Elle craignait tant que sa voix ne trahisse son trouble...

— Je crois au contraire que vous avez obtenu ce que vous vouliez malgré un comportement inacceptable.

— Si vous faites allusion à mon succès dans les affaires, je ne vois pas en quoi il est en lien avec ce dont vous m'avez accusé.

— C'est la nature même de votre personnalité qui vous guide, dans le travail comme dans la vie privée.

Une lueur de malice apparut dans son regard, qui lui parut soudain encore plus bleu, encore plus lumineux.

— J'en conclus que votre jugement était fondé sur de simples présomptions et non sur des faits.

— Si je comprends bien, répliqua-t-elle, ce n'est pas une révision de votre procès que vous demandez, mais une relaxe pure et simple.

Il leva les mains en signe d'humilité, non sans lui adresser un délicieux sourire.

— Je n'oserais pas, répondit-il. Seulement, je tiens à être entendu par la cour, qui n'a jamais pris la peine de me donner la parole.

Elle avait de plus en plus de mal à garder son sang-froid. Ce tête-à-tête provoquait en elle une agitation qu'elle peinait à contrôler.

— Pourquoi auriez-vous le droit d'être entendu ? Je doute que vous ayez accordé cette faveur à vos victimes.

— Vous voulez parler de Maysoon, c'est ça ? demanda-t-il avec un sourire espiègle.

— Je suis témoin de ce que vous lui avez fait. Pour ce qui est de vos autres victimes présumées, ma soif de justice m'empêche de vous condamner en m'appuyant sur des rumeurs.

Il prit un air surpris.

— Quelle indulgence ! C'est vrai, ajouta-t-il avec le plus grand sérieux. D'ordinaire, quand on déteste quelqu'un, on a tendance à oublier la notion de justice.

Mais elle refusait de croire qu'il était sincère. Il continuait à se moquer d'elle, c'était certain.

— Inutile de vanter mes mérites, cela ne vous aidera pas.

— À obtenir une audience ?

— À obtenir une clémence que vous ne méritez pas.

Il ouvrit la bouche pour répondre, mais elle le fit taire d'un geste.

— Vous ne croyez pas que votre plaisanterie a assez duré ?

Cette fois, ce fut lui qui parut décontenancé. Mais cela faisait sans doute partie de son jeu.

— Quelle plaisanterie ?

— Oh ! s'il vous plaît, soupira-t-elle avec lassitude.

— Mais je vous assure que je ne comprends pas ce que vous voulez dire !

— Oui, c'est ça. Disons plutôt que vous avez toujours une réponse toute prête.

Il secoua la tête en souriant.

— Ah bon, vous croyez ? Je ne sais jamais à quoi m'attendre avec vous. C'est bien la première fois que je me sens incapable d'anticiper ce que mon interlocuteur va dire. J'ai l'impression que vous m'assénez des coups avec vos mots. Et vos regards me brûlent.

— Si seulement c'était vrai. Vous méritez au moins ça.

— Qu'est-ce que j'ai encore fait ? demanda-t-il avec un regard irrésistible. C'est à cause de cette soi-disant plaisanterie dont vous m'accusez ?

— Je ne vous accuse de rien, je mentionne seulement des faits. Vous ne faites que vous moquer de moi depuis la seconde où vous êtes entré dans le bureau de Johara.

Cette fois, ce qu'elle vit dans ses yeux manqua de la faire chanceler. Ce n'était plus de la malice ou de l'humour. C'était quelque chose d'encore plus envoûtant qui ressemblait à... de la douceur.

— Cette soirée me réjouit bien plus que je ne l'aurais imaginé, et croyez-moi, vous ne devez pas prendre cela contre vous. Bien au contraire.

Sentant son cœur bondir dans sa poitrine, elle comprit qu'elle devait mettre fin à cet échange au plus vite.

— Bon, cette conversation ne nous mène nulle part. Disons que je vous crois. Dites-moi dans ce cas pourquoi vous faites ça, et n'essayez pas de me faire croire que vous vouliez vraiment savoir ce que je pensais de vous. Vous vous moquez bien des gens et de ce qu'ils pensent.

— C'est vrai, répondit-il avec une franchise déconcertante. Ce que les autres pensent de moi ne m'intéresse pas.

— Et vous avez bien raison, dit-elle.

— Vous trouvez ?

— Bien sûr. L'opinion que les autres ont de vous est sans importance. Personne n'aime entendre quelqu'un donner son avis sans qu'on le lui ait demandé. Alors continuez comme ça, dites bonsoir à Johara et Shaheen et retournez dans votre petit monde où rien d'autre que vous ne compte.

Il la regarda alors avec une extrême intensité, lui donnant l'impression qu'il cherchait à lire au fond d'elle.

— Il se trouve justement que votre avis sur moi m'intéresse beaucoup, affirma-t-il. Mais ne restons pas là. Je vous propose que nous rejoignions les autres convives et que nous prenions un verre ensemble. Ainsi, nous aurons tout le temps de réexaminer mon cas. Qui sait, peut-être parviendrai-je à infléchir votre jugement, au moins en partie ?

— À moins que le verdict ne soit encore plus sévère, objecta-t-elle.

Il fit la moue avant de laisser éclater son rire grave.

— Je prends le risque, déclara-t-il.

Pourquoi les battements de son cœur refusaient-ils de se calmer ? Elle avait beau lutter, c'était comme si ses sens avaient pris le dessus sur son esprit.

De nouveau, elle lui lança un regard noir pour essayer de reprendre le contrôle d'elle-même. Mais cela n'eut pas plus d'effet sur lui que les autres fois, hélas. Ou plutôt, pas celui escompté. Au lieu d'être intimidé, il eut l'air de considérer son expression comme quelque chose d'absolument adorable.

— Vous dites que mes regards vous brûlent, lâcha-t-elle avec frustration, mais vous réagissez comme si je vous lançais des pétales de roses à la figure.

— Ce ne sont pas vos assauts qui sont inefficaces, expliqua-t-il. C'est moi qui me découvre un penchant pour l'incandescence.

Loin de l'apaiser, sa remarque la rendit encore plus nerveuse.

— Je dois vous prévenir que cette technique m'a déjà permis de réduire des hommes en tas de cendres. D'habitude, ils ne cherchent pas à résister plus de quelques secondes. Mais il me faudrait apparemment des armes plus performantes pour vous. Si vous êtes d'humeur à jouer, je suis d'accord pour continuer. Cela me permettra de découvrir si vous avez un talon d'Achille, dit-elle d'un air de défi.

— À vrai dire, je l'ignore moi-même, répondit-il, pensif. Mais si vous le trouviez, vous vous en serviriez pour m'anéantir ?

Elle regarda fixement ses yeux bleus dans lesquels brillaient son intelligence et son esprit si fascinant. Si seulement elle avait pu rester insensible au pouvoir de cet homme...

— Non, dit-elle finalement. Je me contenterais de savoir que vous avez une faiblesse et que vous n'êtes pas invulnérable. Ce serait déjà une grande satisfaction. Mais, si vous vous montrez trop odieux, peut-être que j'utiliserai mes connaissances pour vous faire reculer.

— Je n'ai pas l'habitude de reculer.

— Même sous la menace ?

— Surtout pas. Je ne demanderais qu'à voir vos menaces mises à exécution. Ça me réveillerait.

— Dois-je comprendre que vous êtes plongé en pleine léthargie ?

— Vous m'avez cerné.

Combien de temps allait encore durer cette conversation ? Si seulement elle avait pu partir sans un mot comme elle l'avait fait en quittant les bureaux de Johara... Mais ils n'étaient pas seuls ici et, pour éviter de se faire remarquer par un groupe d'une centaine de personnes, elle allait devoir céder à la demande d'Aram.

— Vous comptez sur le fait que pour rien au monde je ne gâcherais la fête de Johara et Shaheen. Vous le savez et vous vous en servez contre moi.

Il prit un air innocent.

— Je croyais que, comme moi, vous vous moquiez de ce que pensent les autres.

— Je mène ma vie comme je l'entends sans me soucier de l'opinion des autres, c'est vrai. Mais je refuse de blesser les gens que j'aime. Et, si je m'en vais maintenant, vous allez me suivre et nous faire remarquer. D'ailleurs, je commence à me demander si vous n'aviez pas raison. Ils n'ont peut-être pas voulu vous inviter parce qu'ils connaissaient votre capacité à tout saboter.

— Ah, vous voyez, vous commencez à changer d'avis sur moi. Il m'est donc permis d'avoir de l'espoir.

— Quand je change d'avis, c'est rarement en bien, l'avertit-elle.

— Vous êtes vraiment malveillante, dites-moi, déclara-t-il avec un sourire réjoui.

Refusant de s'abaisser à lui répondre, elle passa à côté de lui et marcha vers le groupe d'invités qui se trouvait dans la pièce voisine.

Bien sûr, Aram la suivit, laissant une distance de quelques pas entre eux. Elle entendit son rire grave derrière elle et, en arrivant dans la salle de réception, elle vit tous les regards se poser sur lui. Comme toujours, sa seule présence suffisait à attirer l'attention générale.

Terrifiée à l'idée de se donner en spectacle à cause de lui, elle se glissa discrètement vers la terrasse en espérant se faire oublier. La nuit étant tombée, Central Park formait une masse sombre tandis que les lumières de Manhattan scintillaient dans le ciel obscur. Une brise légère soufflait en ce soir de septembre, et Kanza frissonna tout en admirant la vue exceptionnelle qui s'offrait à elle. Elle aimait mieux avoir froid que retourner à l'intérieur en compagnie d'Aram Nazaryan, l'homme qui lui faisait perdre tous ses repères.

Malheureusement, contrairement à ce qu'elle avait cru, elle n'attirait pas moins la curiosité ici que dans l'appartement. Les quelques invités qui avaient eu comme elle l'idée de sortir prendre l'air la regardaient avec insistance, ce qui avait le don de la mettre mal à l'aise.

— Je peux vous offrir ma veste, ou je risque de me faire mordre de nouveau ?

Cette fois, ce fut la voix d'Aram qui la fit frissonner.

— Vous exagérez, comme d'habitude, je ne vous ai pas mordu. Pas encore.

— Vous aimez mieux claquer des dents qu'accepter un acte de courtoisie, n'est-ce pas ?

— C'est vous qui m'avez obligée à sortir, tout cela pour pouvoir me proposer votre veste et affirmer votre supériorité !

— Je ne demandais pas mieux que de rester à l'intérieur. C'est vous qui m'avez forcé à sortir dans le froid.

— Si vous avez froid, vous n'avez qu'à garder votre veste au lieu de jouer les gentlemen.

Il lui adressa un sourire diaboliquement tentateur.

— Et si nous allions là-bas ? suggéra-t-il en regardant l'angle de la terrasse. Nous serons à l'abri du vent et vous n'aurez pas à accepter mon geste si humiliant.

— Cela vous plaît de faire étalage de votre intelligence, n'est-ce pas ? répondit-elle en le précédant à l'endroit qu'il avait repéré.

— Je ne fais qu'observer une donnée météorologique.

Ainsi qu'il l'avait prévu, dès l'instant où ils furent de l'autre côté du pan de mur, ils ne sentirent plus un souffle de vent. Seule demeurait la douce fraîcheur du soir.

— Arrêtez-vous là, dit-elle en se tournant vers lui.

Debout à côté de la rambarde, il la regarda en haussant les sourcils.

— Vous êtes au parfait endroit pour m'abriter complètement du vent, expliqua-t-elle devant son air étonné.

— Alors si je comprends bien, rétorqua-t-il, vous refusez un geste galant de ma part, mais vous êtes prête à m'utiliser pour votre confort.

— Absolument. Je n'ai pas l'intention d'attraper froid à cause de vous.

— Comment ça, à cause de moi ?

— C'est vous qui m'avez obligée à sortir. Je devais fuir les regards curieux des gens et leur jalousie.

— Leur jalousie ? s'exclama-t-il en riant.

— Bien sûr. N'importe quelle personne présente ici, homme ou femme, rêverait d'être à ma place et de passer un moment en tête à tête avec vous. S'ils savaient ce que je donnerais pour échanger ma place avec la leur..., ajouta-t-elle en soupirant.

— Mais c'est impossible, répondit-il en riant. Vous êtes obligée de me supporter. Alors, avant que nous commencions officiellement notre réunion, que puis-je vous apporter à boire ?

— Et si c'était moi qui allais vous chercher un verre ?

— Oui, pourquoi pas ? dit-il avec un hochement de tête.

— Je vous préviens, je déteste jouer aux devinettes. Alors dites-moi ce que vous voulez.

— Vous me laissez le choix ? Incroyable ! Eh bien, je me contenterai de n'importe quelle boisson non alcoolisée. Je devrai reprendre le volant ce soir.

Comme elle allait partir, il l'arrêta.

— Et, Kanza... Vous voulez bien ne pas verser de poison dans mon verre ? Ce serait vraiment gentil.

S'efforçant d'ignorer son rire rauque et sensuel, elle tourna les talons et s'éloigna.

En entrant dans la salle de réception, elle remarqua aussitôt le regard de Johara fixé sur elle. De toute évidence, son amie avait remarqué qu'Aram la suivait à la trace et cela avait éveillé sa curiosité. Elle devait se demander comment ils s'étaient rencontrés, ou plutôt retrouvés après toutes ces années, et pourquoi il ne la quittait plus d'une semelle.

Mais Kanza n'avait pas la force d'aller lui donner des explications maintenant. Elle avait suffisamment à faire avec Aram.

Comme un serveur passait avec un plateau, elle prit un verre de jus de fruit et retourna sur la terrasse en affichant une allure aussi assurée que possible. Mais, à l'instant où elle franchit la grande baie vitrée, elle manqua de chanceler.

Appuyé contre la rambarde, Aram se tenait debout, le dos tourné vers elle. Dans la lumière blanche de la lune, il apparaissait tel la statue d'un dieu des temps modernes. La brise faisait onduler ses cheveux bruns, et soudain elle ressentit l'envie folle d'y glisser les doigts pour lui caresser la nuque.

Avait-elle perdu l'esprit ? La beauté insolente de cet homme avait dû l'ensorceler. Mais surtout elle se rendit compte que son attitude la troublait particulièrement à cet instant précis. Il lui avait dit qu'il se sentait mal depuis quelque temps, et, en le voyant ainsi perdu dans ses pensées, elle était finalement tentée de le croire.

S'était-elle montrée trop dure envers lui en préjugeant que rien ne pouvait l'atteindre ? Le croyant invincible, elle l'avait attaqué sans aucun ménagement. Elle s'en voulait maintenant d'être allée aussi loin.

Il se retourna tout à coup, comme s'il avait senti sa présence derrière lui. Et, à l'instant où il posa les yeux sur elle, son regard redevint pétillant et malicieux.

En un éclair, l'empathie qu'elle avait éprouvée durant quelques secondes s'envola et elle se sentit de nouveau prête à relever le défi qu'il semblait lui lancer.

Pourquoi rien n'avait-il changé au bout de tant d'années ? Malgré le temps passé, Aram était toujours le seul homme à provoquer en elle autant de fascination que de haine. Quand elle l'avait vu pour la première fois à l'âge de dix-sept ans, il lui était apparu comme l'homme le plus beau du monde. Il avait été le seul être dont la simple présence la troublait au point de la laisser bouche bée.

Mais le jour où elle avait découvert qu'il n'était en rien différent des autres hommes, il avait brutalement chuté du piédestal sur lequel elle l'avait placé. Il avait prouvé qu'il ne s'intéressait aux femmes que pour leur physique, sans tenir aucun compte de qui elles étaient. Sinon, pourquoi aurait-il été attiré par sa demi-sœur, la personne la plus superficielle et inintéressante qu'elle ait jamais connue ? Il aurait pu remonter dans son estime en se séparant de Maysoon, mais il l'avait fait avec une telle cruauté !

Ayant retrouvé toute sa colère contre lui, elle lui tendit son verre et ne put s'empêcher de remarquer la grâce de son geste au moment où il le lui prit des mains. Pourquoi diable était-elle aussi sensible à tout ce qui venait de lui ? Si seulement elle avait pu l'ignorer, tout simplement !

— Alors, dit-elle brusquement en essayant de retrouver son sang-froid. Vous vouliez une révision de votre procès.

Il reprit aussitôt son sérieux.

— Je vous préviens, ajouta-t-elle, ce sera très rapide. Les preuves de votre culpabilité sont accablantes. Quels que soient ses torts, Maysoon vous aimait, et vous l'avez chassée de votre vie. Et lorsqu'elle allait mal vous l'avez rejetée une fois de plus, et en public qui plus est. Vous l'avez laissée seule et effondrée, au sens littéral du terme, devant tout le monde. Après cela, vous avez gravi les marches du succès pendant qu'elle gâchait sa vie chaque jour un peu plus, passant d'un échec sentimental à l'autre. Je ne vois pas quelle circonstance atténuante pourrait vous accorder un tribunal digne de ce nom.

4

Aram contempla avec délectation la femme qui venait de lui apporter un verre. Pourquoi était-il donc aussi fasciné par elle alors qu'elle lui faisait subir une attaque en règle depuis le début de la soirée ?

Mais ce n'était pas ce qui l'étonnait le plus. L'amusement qui l'avait envahi jusqu'à maintenant était en train de faire place à un sentiment plus sérieux qu'il ne parvenait pas à expliquer.

Toutefois, s'il avait compris au moins une chose, c'est qu'il allait devoir peser ses mots à partir de cet instant. Si elle ne changeait pas d'avis sur lui, cette rencontre imprévue serait certainement la dernière. Elle ne lui accorderait pas d'autre entretien.

Or il refusait d'envisager cette hypothèse. Il avait perdu suffisamment de choses au cours de sa vie pour savoir qu'il ne voulait pas perdre ce qu'il avait miraculeusement trouvé ce soir.

Plongeant les yeux dans les siens, il se perdit dans la profondeur de ses iris noirs envoûtants. Elle avait accepté les règles du jeu qu'il avait improvisé, et attendait désormais qu'il trouve des arguments pour se défendre. Il devait à tout prix saisir sa seule et unique chance de la convaincre.

Il prit une profonde inspiration avant de se lancer.

— J'affirme que vos soi-disant preuves sont pour le moins sujettes à caution. Vos accusations sont infondées. Si vous acceptez d'exposer votre réquisitoire dans le détail, je vous assure que je pourrai démonter un à un chacun de vos arguments.

Elle lui lança un regard de défi.

— Vous n'avez pas chassé Maysoon de votre vie ?

— Certainement pas de la manière que vous décrivez.

— De quelle manière, alors ? Comme un gentleman, c'est ça ? Mais vous ne devez même pas vous en souvenir, vous vous en moquez de toute façon.

— Comment pourriez-vous savoir ce qui s'est passé entre Maysoon et moi ? De toute évidence, elle vous a dit du mal de moi, et cela n'a fait que vous conforter dans vos préjugés.

— Très bien. Puisque je suis si loin de la vérité, donnez-moi votre version de l'histoire.

Le fait qu'elle accepte enfin de l'écouter le surprit au point qu'il se sentit presque pris de court.

— J'imaginais naïvement que vous connaissiez bien votre demi-sœur, déclara-t-il. Peut-être a-t-elle changé avec le temps, mais à l'époque elle était… insupportable.

— Mais, bien sûr, vous vous en êtes rendu compte une fois que vous étiez fiancés.

— Non. Avant cela.

Il s'attendit à subir un nouvel assaut mais, au lieu de s'emporter de nouveau, Kanza garda son calme. Décidément, cette femme était imprévisible.

— Dans ce cas, pourquoi vous êtes-vous engagé avec elle ? demanda-t-elle en le regardant avec attention.

— Par bêtise.

Sa réponse la fit sursauter. Elle avait dû s'attendre à une excuse pleine d'arrogance qui lui aurait permis de s'attribuer le beau rôle. Du reste, il n'aurait certainement pas fait cette réponse simple et sincère à quelqu'un d'autre. Mais avec elle il n'avait pas envie de maquiller la vérité.

— Je voulais me marier et fonder une famille. Hélas, je ne savais pas comment réaliser ce rêve. Je pensais que je ne quitterais jamais Zohayd, alors j'ai pensé que je devais choisir une femme de mon entourage. Aucune n'a retenu mon attention, alors quand Maysoon a commencé à me faire des avances...

— Attention à ce que vous allez dire.

Le ton presque doux de sa voix le surprit tant qu'il s'interrompit brutalement.

— Cet argument est irrecevable. Si vous aviez décidé de vous engager avec toutes les femmes de Zohayd qui s'intéressaient à vous, vous seriez entouré d'un harem aujourd'hui. Je n'en connais pas une seule qui n'aurait pas rêvé d'attirer votre attention.

— Vous avez le sens de l'exagération, c'est le moins qu'on puisse dire. Aliyah et Laylah, par exemple, m'ont toujours considéré comme un membre de la famille quelconque. Quant à vous, inutile de préciser que vous n'aviez pas remarqué mon existence.

— Deux femmes sur deux millions ? rétorqua-t-elle, ignorant sa remarque sur elle. Vous pensez vraiment que votre argument est valable ?

— Quel que soit le nombre de femmes qui m'aient fait des avances, tout ce qu'elles attendaient de moi était une simple aventure. Elles ont renoncé dès l'instant où elles ont compris que je recherchais une relation à long terme.

— Vous voulez me faire croire qu'aucune ne rêvait de s'engager avec vous ? Ou qu'aucune ne vous apparaissait comme un choix plus judicieux que Maysoon ?

— En comparaison des attentes de Maysoon, celles des

autres étaient insignifiantes. Et je n'avais pas l'impression que c'était un si mauvais choix, au contraire. Nos âges correspondaient, elle était ravissante, et surtout très, très déterminée. J'avais conscience de son caractère instable et parfois superficiel, mais elle s'est obstinée pendant une année entière pour obtenir ce qu'elle voulait. J'en ai conclu que ce qu'elle voyait lui plaisait vraiment.

— Évidemment, comme toute personne dotée d'une paire d'yeux.

Une fois de plus, elle avait lancé son compliment avec plus de dédain qu'une insulte. Et une fois de plus sa pique le fit frissonner de plaisir.

— Je ne parlais pas de mon physique, précisa-t-il avec un sourire ironique. J'ai cru qu'elle s'intéressait à moi en tant que personne, et cela signifiait beaucoup pour moi à l'époque. Je savais l'image que je renvoyais dans l'entourage de la famille royale. Les hordes de femmes qui, selon vous, rêvaient de me séduire voyaient en moi l'exotique étranger issu d'un milieu social inférieur avec qui elles pourraient s'amuser quelque temps. Elles imaginaient que cette aventure interdite leur procurerait de grands frissons.

Ce qu'il vit dans ses yeux le troubla. Était-ce de l'empathie ? Voire de la sympathie ?

Non, il devait se faire des idées.

— J'étais convaincu que Maysoon était différente, affirma-t-il. Je n'avais rien d'un bon parti du point de vue d'une princesse, si bien que j'ai cru que la fortune et l'image ne comptaient pas à ses yeux. Selon moi, cela compensait largement ses défauts, d'autant que je n'avais pas de leçons à lui donner. Je ne me trouvais pas vraiment digne d'être réellement apprécié pour ce que j'étais.

Il s'interrompit quelques secondes et laissa échapper un long soupir.

— Malheureusement, j'ai découvert qu'elle s'intéressait à moi comme une petite fille capricieuse s'intéresse au jouet qu'elle n'a pas encore. Peut-être à cause des femmes qu'elle fréquentait et qui avaient fait de moi un défi à relever. Son esprit de compétition était tel qu'elle s'est mis en tête de me poursuivre aussi longtemps qu'il le faudrait. Me faire céder à ses avances représentait pour elle une victoire sur les autres femmes.

Il remarqua le regard sceptique de Kanza, mais elle le laissa finir son propos sans l'interrompre.

— Dès que nous avons commencé à nous fréquenter, elle a entrepris de me transformer à son idée. Elle me disait comment je devais me comporter, en privé comme en public. Je devais notamment prendre mes distances avec mon père, d'après elle, car elle le considérait comme un domestique, déclara-t-il avec amertume. Et elle ne s'est pas arrêtée là. Elle voulait choisir mes fréquentations et tenait à ce que je me serve de mon amitié avec Shaheen pour me rapprocher de ses frères, puisqu'il avait quitté le royaume et que sa famille était au pouvoir. D'après elle, j'aurais ainsi pu gagner en respectabilité et obtenir une aide financière pour monter une entreprise et devenir aussi riche que possible.

À présent, il ne voyait plus rien dans les yeux de Kanza. Il eût été incapable de deviner les pensées que lui inspirait son récit. Sans doute ne savait-elle simplement pas comment réagir à ce qu'elle venait d'entendre.

— Et il n'était pas question que j'attende une seule seconde pour faire ce qu'elle exigeait, ajouta-t-il. Elle voulait que je mène au plus vite une existence digne de la sienne, dont elle se plaignait pourtant sans arrêt. Je devais même être au plus vite en mesure de lui permettre d'accéder à un train de vie encore plus démesuré. Ce serait mon devoir en tant que mari. Durant les quatre mois qu'ont duré nos fiançailles, ses exigences et son comportement m'ont tellement sidéré que je suis resté abasourdi, incapable de réagir. Puis, un soir, il y a eu ce fameux bal.

Kanza avait été présente à cette réception. Habillée et maquillée de façon aussi loufoque qu'à l'accoutumée. C'était même elle qu'il avait vue en dernier avant de sortir de la salle. Penchée au-dessus de Maysoon, elle avait levé les yeux vers lui pour lui lancer un regard de dégoût.

Mais à présent son visage n'exprimait rien d'autre que de la concentration. Elle l'écoutait avec attention, attendant visiblement de savoir si son explication allait modifier l'opinion qu'elle avait de lui depuis tant d'années.

S'il voulait garder un espoir de lui faire changer d'avis, il allait devoir se montrer aussi honnête que possible.

— Maysoon a organisé sans me prévenir un rendez-vous avec les rois Atef et Amjad. Elle voulait me forcer à réclamer un poste important qui venait de se libérer, ou au moins à demander un prêt d'argent. Au cours de cette rencontre, comme je me refusais à aborder le sujet, elle a décidé de prendre les devants. C'est alors que je l'ai entendue tenter de formuler mes théories économiques avec un enthousiasme démesuré. Je lui avais dit ce que je pensais de la situation de Zohayd et lui avais parlé de mes projets professionnels mais, en entendant son exposé simpliste et désordonné, je n'ai rien reconnu. Pour conclure, elle a affirmé que quiconque investirait dans mes affaires récolterait des millions. Rien que ça, ajouta-t-il avec un rire cynique. Bien sûr, elle n'avait aucune idée de la valeur de l'argent, elle qui ne regardait même pas ses factures et n'avait jamais eu à travailler pour gagner sa vie.

Il sourit en voyant le regard approbateur de Kanza. Elle

connaissait suffisamment sa demi-sœur pour savoir que, sur ce point au moins, il disait la vérité.

— Inutile de dire que les rois Atef et Amjad n'ont pas vraiment été impressionnés. Ils ont dû croire du reste que c'était moi qui lui avais demandé d'organiser cette rencontre. J'ai eu envie de leur dire tout de suite ce qu'il en était, mais au lieu de cela j'ai pris la parole à mon tour pour essayer de réparer ses dégâts. J'ai ensuite pris congé pour partir aussi vite que possible. Comment aurais-je pu imaginer sa réaction ?

Kanza le scruta alors avec méfiance, lui donnant le sentiment qu'elle n'était pas encore prête à changer d'avis sur lui. Mais ce qu'il était sur le point de dire allait l'y aider. Du moins l'espérait-il.

— Elle m'a couru après en hurlant, me traitant de débile et de nul. Elle a crié que j'étais incapable de saisir ma chance et de profiter de mon réseau. Que, si elle s'était intéressée à moi, c'était en raison de mes liens avec le plus haut échelon de la famille royale. Et que, si je voulais devenir son mari, j'allais devoir faire des efforts pour intégrer ce cercle très fermé et lui offrir enfin le niveau de vie qu'elle méritait.

En remarquant son expression de gêne, il eut envie d'interrompre là son récit. Il ne voulait pas dire plus de mal d'un membre de sa famille. Mais, d'un hochement de tête, elle l'incita à aller au bout de son histoire.

— Rétrospectivement, reprit-il, je vois ça comme une scène comique, mais je ne riais pas du tout sur le moment. À vrai dire, je ne me sentais pas non plus en colère, ni déçu. J'en avais assez, voilà tout. Alors je lui ai dit que j'aurais fait n'importe quoi pour la femme que j'aurais épousée, si c'était à moi qu'elle s'était intéressée et non à mon potentiel économique et social. Puis je suis parti. Maysoon n'était pas ma première erreur de jugement à Zohayd, mais au moins c'en est une que j'ai rectifiée.

Il se tut quelques instants avant d'en arriver à la conclusion de son récit. Il était temps pour lui de réfuter la principale accusation qu'elle avait portée contre lui.

— Si votre demi-sœur a passé ces dernières années à gâcher sa vie, c'est seulement à cause de ses caprices, de ses excès et de sa vision extrêmement superficielle de la vie. Je n'y suis pour rien. D'autant moins qu'elle n'a jamais eu le moindre sentiment pour moi.

Kanza regarda fixement Aram, effarée par ce qu'elle venait d'entendre. Jamais elle n'avait imaginé un tel scénario.

Elle s'en voulait tellement de l'avoir mal jugé. Sans connaître la vérité sur lui, elle avait contribué à lui donner envie de fuir Zohayd. Elle ne l'avait pas traité comme un jouet ainsi que les autres femmes du royaume mais, en le portant aux nues et en le croyant insensible, elle ne l'avait pas mieux traité qu'elles. Pas un instant elle n'avait envisagé que son assurance manifeste pouvait être une façade et non une preuve d'arrogance. Elle s'était trompée en le croyant indestructible. Malgré sa force, Aram était un être humain ; voilà ce qu'elle avait oublié.

Mais... Il manquait une partie à son histoire. Un élément capital.

— Vous omettez quelque chose, souligna-t-elle. Finalement, vous avez suivi ses conseils, mais comme vous l'aviez abandonnée elle n'en a pas profité et vous avez gravi seul les échelons en profitant des efforts qu'elle avait déployés pour vous.

— Pardon ? s'exclama-t-il. Pourriez-vous être plus claire ?

— Vous avez bien demandé aux frères Aal Shalaan de

vous faire bénéficier de leur réseau et de vous apporter des financements pour lancer votre affaire, non ? C'est donc grâce à elle que vous avez fait fortune !

— C'est ce qu'elle vous a dit ? demanda-t-il avec un regard stupéfait.

Comme elle acquiesçait, il eut l'air furieux pour la première fois depuis le début de leur conversation. Manifestement, s'il y avait une chose qu'il n'acceptait pas, c'était qu'on l'accuse de malhonnêteté.

— J'aurais dû me douter que sa médisance n'avait pas de limite. Il a fallu qu'elle me punisse de l'avoir quittée. De quoi d'autre m'a-t-elle accusé ? J'aimerais bien le savoir.

Elle perçut une telle indignation dans sa voix qu'elle comprit qu'il était sincère. Et à cet instant elle éprouvait peut-être plus de colère que lui. Elle avait la gorge si nouée qu'elle se sentait incapable de lui répondre. Mais, à en croire son regard insistant, il avait vraiment besoin de savoir ce que Maysoon avait dit de lui. Elle devait lui confier ce qu'elle savait.

— Elle... Elle a dit que vous aviez profité d'elle, puis que vous l'aviez rejetée quand vous en aviez eu assez d'elle, lui dit-elle avec effort.

— Que j'avais profité d'elle... Vous voulez dire... Sexuellement ?

Elle acquiesça, et il laissa échapper un rire sarcastique.

— Vous me croiriez si je vous disais que je n'ai jamais couché avec elle ?

— Cela ne veut pas dire que vous n'étiez pas intimes, objecta-t-elle.

— D'accord. Je voulais vous épargner les détails, mais puisque vous insistez je vais être plus explicite. Maysoon et moi n'avons jamais eu le moindre rapport intime. Sous aucune forme. Elle m'a fait des avances, c'est vrai, mais je les ai toujours déclinées. Nous n'avons échangé que quelques baisers bien peu enthousiasmants. Et cette chasteté n'était pas subie de ma part, je dois dire que je n'étais pas du tout tenté. Quand j'ai découvert qui elle était vraiment, elle m'a même paru repoussante.

Kanza ne savait plus que croire. Avait-elle vécu dans l'erreur pendant toutes ces années ? Le vrai Aram était-il si différent de l'image qu'elle avait de lui depuis le début ? Elle qui avait cru que tous les hommes se ressemblaient...

— Vous prétendez avoir repoussé une femme aussi belle que Maysoon alors qu'elle voulait s'offrir à vous ? Vous ne devez pas être humain, en fin de compte.

— Je crois que j'avais un mauvais pressentiment. J'aurais dû me méfier en voyant que mon attirance pour elle ne grandissait pas avec le temps. Mais, comme je vous l'ai dit, j'étais stupide. J'ai cru que cet élément n'était pas essentiel pour un mariage réussi.

Il se tut et poussa un long soupir.

— Je comprends maintenant pourquoi tout le monde me prenait pour un prédateur sexuel, reprit-il avec dépit. Même en sachant ce dont Maysoon était capable, je n'ai jamais imaginé qu'elle pourrait inventer une telle histoire dans le seul but de me nuire. Elle est allée jusqu'à se dénigrer elle-même, dans un royaume conservateur qui tient l'honneur d'une femme pour sacré !

C'était bien pour cette raison que Kanza avait cru sa demi-sœur sur parole. Elle avait porté atteinte à sa propre réputation à Zohayd, en racontant qu'elle avait eu des relations avec un homme hors du mariage. Mais, maintenant qu'elle venait d'entendre le point de vue d'Aram, Kanza ne pouvait faire autrement que le croire. Il lui avait dit la vérité, elle en était certaine.

Elle allait donc être obligée de revoir son point de vue

sur lui. Mais surtout elle allait se sentir coupable de l'avoir traité avec autant de sévérité ce soir. Elle s'était toujours enorgueillie d'avoir un sens aigu de la justice, et pourtant voilà qu'elle découvrait que des préjugés avaient pris le dessus sur son bon sens.

Mais ce n'était pas tout. Maintenant qu'elle n'avait plus aucune raison de le détester, allait-elle le regarder de nouveau avec toute la fascination, voire l'adoration d'autrefois ? Cette perspective était pour le moins inquiétante.

— À présent, reprit-il, permettez-moi de réfuter votre accusation concernant mes liens avec les frères Aal Shalaan.

— Non, c'est inutile.

— Si, si, insista-t-il. J'y tiens, écoutez-moi, s'il vous plaît.

— Je vous assure que j'en ai assez entendu.

— Mais je n'en ai pas assez dit.

Elle ne put réprimer un frisson.

— Vous avez froid, observa-t-il. Rentrons, quitte à faire face à toute la curiosité et la jalousie des autres invités.

Elle frissonna de nouveau, mais c'était de honte.

— Non, je n'ai pas froid, répliqua-t-elle.

Il la regarda avec amusement, puis avança soudain vers elle. Prise au piège entre lui et la rambarde, elle fut bientôt incapable de bouger pour s'échapper. Elle leva alors les yeux vers lui et le vit ôter tranquillement sa veste pour la poser sur ses épaules, tout cela sans la toucher. Mais le parfum qui l'enveloppait à présent suffisait à la troubler plus qu'elle n'aurait su le dire.

L'espace d'un instant, ils restèrent immobiles, les yeux dans les yeux. C'était comme si le temps était suspendu.

Mais bientôt il recula de quelques pas pour remettre une distance entre eux.

— Maintenant que vous êtes au chaud, dit-il, je n'ai plus à me sentir coupable de parler. Pour vous expliquer ce qui s'est passé, je dois vous préciser qu'après le scandale du bal j'ai été considéré comme un paria à Zohayd. Peu de temps après, j'ai compris que je n'avais pas d'autre choix que de m'en aller. Je préparais mon départ quand les frères Aal Shalaan sont venus me voir. Tous, excepté Amjad, bien sûr. Ils ont essayé de me dissuader de partir, me disant qu'ils me connaissaient trop bien pour croire aux accusations de Maysoon. Ils m'ont promis d'apaiser la situation avec leur famille et avec la société de Zohayd si je décidais de rester. Ils m'ont proposé de m'aider à monter mon entreprise en s'associant avec moi ou en investissant dans mon projet. Mais j'ai décliné leur offre.

Une fois de plus, elle voulut lui dire qu'il pouvait interrompre ici son récit. Elle avait compris que Maysoon n'avait fait que mentir.

— Aram, je...

— Vous n'êtes pas obligée de me croire sur parole, lança-t-il. Vous pouvez les interroger. Je voulais m'en sortir tout seul, mais surtout je ne voulais plus avoir aucun lien avec Zohayd. C'était pour mon père que j'avais décidé de m'installer là-bas, mais je n'avais pas l'impression que ma présence lui avait fait tellement de bien. Et après ce qui s'était passé avec Maysoon je n'aurais été qu'un fardeau pour lui. Et puis, ajouta-t-il en soupirant, je ne croyais plus au retour de Shaheen. La réconciliation que j'avais attendue semblait impossible.

— Allez-vous me dire que Shaheen était responsable de la dispute qui vous a éloignés l'un de l'autre ?

Connaissant Shaheen, jamais elle n'avait cru à cette hypothèse. Et, après avoir entendu les accusations de Maysoon, elle avait été convaincue qu'Aram prenait un malin plaisir à rejeter tous ceux qui tenaient à lui.

S'il disait du mal de Shaheen, elle pourrait enfin se remettre à le détester. Mais hélas il n'en fit rien.

— Non, tout était entièrement ma faute. Mais ne comptez pas sur moi pour vous raconter ce que j'ai fait et en quoi cela l'a conduit à vouloir quitter son pays pour s'éloigner de moi.

— Pourquoi pas ? Je croyais que c'était le soir des révélations ?

— Vous espérez vraiment que je vais divulguer tous mes secrets d'un coup ? Si je le fais, je n'aurai plus rien à vous révéler au cours de nos prochaines rencontres !

— Je ne vous ai jamais demandé de me raconter vos secrets ! protesta-t-elle. C'est vous qui avez voulu vous confier.

— Eh bien, je n'ai pas tout à fait fini, dit-il avec un sourire malicieux. Alors concentrez-vous encore quelques minutes. Je n'ai pas suivi les conseils de Maysoon. Au contraire, j'ai refusé l'offre des frères de Shaheen. J'étais prêt à me lancer tout seul dans les affaires et certain de n'avoir besoin de personne pour réussir.

— Vous aviez raison, de toute évidence. Je sais que les plus grandes multinationales et même certains gouvernements font appel à votre agence de conseil. Si vous en êtes arrivé là tout seul, vous êtes encore meilleur que ce qu'on dit de vous.

Il eut l'air surpris par sa remarque.

— Je me demande bien comment vous savez ça, déclara-t-il avec un regard scrutateur. Mais je mentirais si je disais que je ne dois ma réussite qu'à moi-même et que mon entreprise a été une réussite totale. Le début de ma carrière a connu quelques revers assez catastrophiques.

— Comment ça ?

Elle vit une ombre passer dans ses yeux. Manifestement, ces souvenirs étaient pour le moins douloureux.

— Eh bien, disons que mes longues études et mon expérience à Zohayd ne m'avaient pas préparé à affronter les requins du monde des affaires. Mais heureusement j'ai finalement réussi à m'en sortir et à me faire une place moi aussi. Et je n'y serais jamais arrivé si je n'avais pas eu la chance de trouver de parfaits collaborateurs. C'est ensemble que nous avons construit notre succès.

Sa modestie l'honorait. Néanmoins, il restait une faute qu'aucune justification ne pourrait lui faire oublier.

— D'accord, Maysoon n'a pas dit la vérité à ce sujet-là non plus. Mais comment pourriez-vous lui en vouloir de vous détester ? L'humiliation publique que vous lui avez fait subir était tout simplement abominable.

À sa façon de la regarder, il lui donna l'impression de ne lui répondre qu'à contrecœur, parce qu'il n'avait plus le choix.

Il lui fit signe d'approcher, mais elle resta de marbre et ce fut lui qui dut faire un pas vers elle. Puis il pencha la tête et lui présenta son cou, comme pour l'inciter à...

— Vous voyez ça ?

Sa question la força à revenir à la réalité, et elle regarda l'endroit qu'il pointait du doigt. C'est alors qu'elle vit trois fines cicatrices parallèles qui allaient de son oreille droite à la moitié de son cou. Si elle ne les avait pas remarquées auparavant, c'est qu'elles avaient été masquées par ses cheveux épais.

Elle frémit d'effroi. De toute évidence, ces marques étaient là depuis longtemps. Elles étaient le signe d'une blessure douloureuse, à n'en pas douter.

— J'aurais préféré ne pas aller jusque-là pour appuyer mon témoignage, dit-il en soupirant. Mais apparemment le tribunal avait besoin de tous les éléments pour réviser mon procès.

Il soupira de nouveau, et lorsqu'il plongea son regard dans le sien elle vit que, pour la première fois, il était on ne peut plus sérieux.

— Maysoon m'a offert ce souvenir. Elle n'allait pas me laisser partir comme ça. J'ai eu tout juste le temps d'esquiver son attaque pour éviter qu'elle ne m'arrache un œil.

Hélas, Kanza pouvait très bien imaginer sa demi-sœur perdre tout contrôle dans un moment de folie. Et elle était gauchère, ce qui ne faisait que confirmer le récit d'Aram.

— Je l'ai repoussée et me suis précipité à l'écart pour contenir le saignement. Si je ne m'étais pas enfermé dans les toilettes, elle se serait jetée sur moi pour finir ce qu'elle avait commencé. D'ailleurs, elle m'attendait à la porte quand je suis ressorti et, comme j'étais obligé de retraverser la salle de réception pour m'en aller, j'ai dû lutter pour l'empêcher de me donner des coups. Dès que nous nous sommes retrouvés au milieu des invités, elle s'est mise à hurler. Puis, une fois qu'elle avait attiré l'attention de tout le monde, elle s'est exclamée en pleurant que je l'avais trompée. Je n'avais qu'une seule idée en tête : m'en aller. À n'importe quel prix. Alors j'ai prononcé cette phrase idiote : « Oui, je suis le méchant de l'histoire. Heureusement qu'elle s'en est rendu compte avant qu'il ne soit trop tard, hein ? » Elle était toujours accrochée à moi et, comme j'essayais de me défaire de ses griffes, elle s'est jetée par terre en s'écriant que je l'avais frappée. Fou de rage, je suis parti sans me retourner.

Il s'interrompit un moment pour respirer profondément.

— Toutefois, ajouta-t-il, je dois préciser que je lui suis reconnaissant.

— Pardon ? s'exclama Kanza, stupéfaite.

— Si la campagne qu'elle a menée contre moi ne m'avait pas contraint à quitter Zohayd, je n'aurais jamais accompli tout cela. Mon expérience avec elle a été le parfait exemple de *assa an takraho sha'an wa howa khairon lakkom.*

En l'entendant dire dans un arabe parfait le proverbe « c'est un mal pour un bien », Kanza ne put réprimer son trouble. Elle ne savait même pas qu'il parlait la langue de Zohayd ! Même avec Maysoon, elle ne l'avait jamais entendu s'exprimer dans ce langage qu'elle aimait tant.

— Alors, maintenant que vous avez entendu mon témoignage complet, êtes-vous prête à changer d'avis sur moi ?

— C'est..., balbutia-t-elle. C'est votre parole contre la sienne.

— Dans ce cas, je suis désavantagé, étant donné que c'est votre demi-sœur. Quoique, la connaissant, vous devez savoir ce dont elle est capable. Mais, si vous avez encore envie de la croire, je ne vois qu'une seule façon de rendre un jugement impartial. Vous devez apprendre à me connaître aussi bien qu'elle.

— Comment ça, apprendre à vous connaître ?

Sa voix était de plus en plus tremblante.

— Vous ne savez pas ce que cela veut dire ? demanda-t-il en plaisantant.

— Si. Mais comment ?

— Comment en êtes-vous arrivée à connaître les gens qui forment votre entourage ?

— La vie les a mis sur mon chemin, c'est tout.

Sa réponse le fit sourire. Son expression était si troublante, si... tentatrice.

— Alors, quand la vie me mettra-t-elle de nouveau sur votre chemin ?

— Jamais, répondit-elle, la gorge nouée.

— Pourquoi ? Vous avez décidé de prononcer le même jugement que la première fois ?

— Non, vous êtes relaxé.

— Alors, voulez-vous me proposer un prochain rendez-vous, ou préférez-vous que je m'en charge ?

— Vous avez obtenu ce que vous vouliez, alors maintenant laissez-moi tranquille. Je voudrais profiter de ce qui reste de cette soirée.

— Vous voulez donc que je vous surprenne ? rétorqua-t-il, ignorant ce qu'elle lui avait dit.

Avec un soupir furieux, elle lui rendit sa veste d'un geste brusque et s'éloigna d'un pas précipité. Elle ne pouvait plus supporter sa présence. Son parfum, son charme, son sourire... C'en était trop pour elle ! Comment pouvait-il imaginer qu'ils se reverraient ? Elle avait survécu à cette soirée, mais elle n'en supporterait pas une deuxième. Surtout maintenant qu'elle avait découvert la vérité sur lui.

5

— Je vois que tu as trouvé Kanza.

Aram s'arrêta net au milieu de la pièce. Shaheen. Malheureusement, ce n'était pas lui qu'il avait envie de voir à cet instant. Mais Kanza avait disparu comme par enchantement, et elle ne le laisserait sans doute plus s'approcher d'elle de toute la soirée.

— Je l'ai trouvée ? répéta-t-il en se tournant vers son beau-frère. Tu devrais plutôt dire que ta femme et toi avez conspiré pour que nous soyons forcés de nous rencontrer.

— Je n'ai rien fait, c'est ta petite sœur qui a tout manigancé. Mais elle a seulement fait en sorte que vous vous voyiez. Rien ne vous obligeait à passer la soirée ensemble. De toute évidence, Johara ne s'était pas trompée en pensant que vous vous entendriez bien.

— Oh ! je t'arrête tout de suite, annonça Aram en pointant un index menaçant vers lui. Je n'ai fait que discuter avec cette... Je ne sais même pas comment l'appeler.

— Apparemment, tu ne la vois plus comme une terreur, c'est déjà ça, remarqua Shaheen avec un sourire.

Ce n'était pas lui qui l'avait appelée « Kanza la Terreur ». Ce surnom avait été inventé par Maysoon et ses amies. Pour cette seule raison, il aurait dû se garder de l'employer. Mais à vrai dire il correspondait assez bien à l'image qu'il avait eue d'elle autrefois. Elle lui avait fait ce soir une impression aussi forte qu'à l'époque de son adolescence, mais tellement différente !

— Une terreur, non, mais un lutin, peut-être. Ou bien…

— Un trésor. Voilà le mot que tu cherches.

Aram le dévisagea.

— Un trésor ? répéta-t-il.

Mais oui, comprit-il aussitôt. *Kanz* signifiait trésor. Kanza était un trésor au féminin. Comment ce détail avait-il pu lui échapper ?

Toutefois…

— Ce n'est pas non plus le mot que je choisirais pour la décrire.

— Ah non ? Peut-être pas… encore, précisa Shaheen sans se départir de son sourire. De toute façon, elle ne peut être enfermée dans aucune catégorie.

— Là, tu as raison. Mais pour le reste tu te trompes complètement. Tu peux oublier ton idée, je ne la demanderai pas en mariage.

— Je comprends ta prudence. Tu ne la connais que depuis quelques heures, du moins en tant qu'adulte. Il est trop tôt pour penser à l'avenir.

— Quel avenir ? Un homme n'a-t-il pas le droit d'apprécier la compagnie d'une personne aussi originale sans avoir des projets en tête ?

— À toi de me le dire, répondit Shaheen avec malice.

— Eh bien, je te le dis. Si, il a le droit. Et il vous demande, à toi et à ton épouse bien-aimée, de le laisser tranquille pendant qu'il s'amuse un peu, pour une fois. N'essayez pas de faire de cette histoire ce qu'elle ne sera jamais. C'est clair ?

— Parfaitement clair, dit Shaheen.

— Tant mieux. Je te rappelle que je suis ton aîné et,

même si tu n'es pas d'accord, je sais ce qu'il y a de mieux pour moi. Alors, s'il te plaît, ne te mêle pas de ma vie privée.

— Je t'ai dit que c'était très clair, lui rappela Shaheen en riant. Alors détends-toi. Nous avons joué notre rôle. Maintenant, nous allons laisser les choses évoluer.

— Même si vous pensez que je ne fais pas ce qu'il faut ? répondit Aram, sceptique. Vous ne serez pas tentés d'intervenir ?

— Cette menace t'encouragerait à faire ce qu'il faut, n'est-ce pas ?

— Shaheen ! s'exclama-t-il, furieux.

— Je te taquine. Promis, nous ne ferons plus rien. Tu seras tout seul dans cette histoire. Seulement, ne viens pas pleurer si tu te retrouves vraiment seul un jour.

— Certainement pas. Et arrête avec ça, je te dis qu'il n'y a pas d'« histoire ». J'ai seulement envie d'en savoir un peu plus sur elle. Je ne comprends pas pourquoi elle est aussi… insaisissable.

— Sans doute parce qu'elle ne correspond en rien à l'idée qu'on peut se faire à la fois d'une princesse et d'une femme d'affaires. Quand Johara l'a prise comme associée, on ne cessait de me dire qu'elle était difficile et maladroite. Et même terne.

— Quoi ? Qui a bien pu te dire ça ?

— Je te rappelle que tu l'appelais toi-même « Kanza la Terreur ».

— Cela rend au moins hommage à sa force de caractère.

— Je crois que c'est une jeune femme sympathique, tout simplement.

— Shaheen, nous ne devons pas parler de la même personne. « Sympathique » est bien le dernier adjectif qui me viendrait à l'esprit pour la décrire. C'est un terme beaucoup trop fade.

— Après une soirée passée en sa compagnie, on dirait que tu penses détenir la vérité sur elle. Alors dis-moi, comment la décrirais-tu ?

— Tu n'as pas dû m'écouter. Je t'ai dit au contraire que je n'arrivais pas à percer son mystère. Pour l'instant, elle m'apparaît seulement comme une force de la nature. Un ouragan.

— Tu as l'air de parler d'une catastrophe naturelle, lança-t-il.

Aram retint de justesse un juron. Pourquoi fallait-il que Shaheen interprète si mal son enthousiasme ? Cette rencontre avait provoqué en lui quelque chose de positif et de nouveau, voilà tout. Mais cela ne voulait pas dire pour autant que les projets de Johara allaient se réaliser. Ça, il n'en était pas question !

— Peut-être. C'est quand même la description qui me paraît la plus appropriée.

— Nous avons donc affaire dorénavant à l'ouragan Kanza, conclut Shaheen, amusé.

Sur ces mots, ils allèrent retrouver Johara, qui ne manqua pas de taquiner Aram comme l'avait fait son mari. Mais, au moins, elle promit elle aussi de ne plus interférer dans sa relation avec Kanza.

Au moment de partir de chez eux, Aram repensa à l'expression qu'avait employée Shaheen. « L'ouragan Kanza ». Oui, cela lui correspondait à merveille. Tout d'abord, elle avait mis sens dessus dessous le bureau de Johara comme seul un vent violent aurait pu le faire. Puis elle l'avait lui-même déraciné et renversé avant de l'entraîner là ou personne ne l'avait jamais amené. Dans ses propres retranchements.

Il ne demandait qu'à se trouver de nouveau sur la route de cet ouragan. Mais comment ? Même s'il était certain qu'elle l'avait cru, Maysoon restait sa demi-sœur. Elle avait accepté d'écouter sa version des faits, mais en aucun cas elle ne lui accorderait un rendez-vous.

Pourtant, il devait trouver un moyen d'affronter encore ce tourbillon d'énergie. Rien ne l'en empêcherait.

Aram regarda une fois de plus la porte du bureau de Johara. À mesure que les minutes s'écoulaient, il sentait l'impatience grandir en lui. Ce matin, Kanza était en réunion avec Johara. Dès qu'elle aurait fini, il comptait bien l'intercepter.

C'était ce qu'il avait fait tous les jours au cours des deux dernières semaines. Mais chaque fois ce lutin incontrôlable lui avait faussé compagnie en ne lui accordant que quelques paroles acerbes.

Bien sûr, ses mots ne lui avaient donné qu'une seule envie : revenir la voir le lendemain. Il l'avait laissée s'échapper jusqu'à maintenant, mais aujourd'hui il avait la ferme intention de passer le reste de la journée avec elle. Même si elle l'ignorait encore.

Les employés de Johara le regardèrent avec curiosité, se demandant visiblement ce qu'il faisait encore là et pourquoi il n'entrait pas directement dans le bureau de sa sœur. C'était ce qu'il avait envisagé au début, afin de ne laisser aucune échappatoire à Kanza, mais il avait changé d'avis. Il refusait de faire intrusion dans sa vie professionnelle. D'après Johara, cette journée était son premier congé depuis plus d'un an, et il avait bien l'intention de mettre ce temps libre à profit.

D'autant que, pour sa part, c'était la première fois de sa vie qu'il prenait un jour de congé.

La porte s'ouvrit brusquement, et il vit apparaître le visage rayonnant de Johara.

— Aram. Entre, s'il te plaît.

Il se leva d'un bond, nerveux à l'idée de voir Kanza une heure plus tôt que prévu.

— Je te croyais en réunion.

— C'est bien la première fois que ça t'empêche d'entrer, rétorqua-t-elle avec un grand sourire au moment où il la rejoignait. Et, justement le jour où tu décides de rester dehors, j'ai besoin de ton avis professionnel sur un dossier.

— Tu sais que je suis toujours à ton service, dit-il en l'embrassant affectueusement.

Au moment où il entra, ses yeux se fixèrent d'eux-mêmes sur Kanza. Comme le soir de leur rencontre, elle se tenait près du placard, et ce tableau le troubla au plus haut point. La seule différence était l'ordre qui régnait dans la pièce, et qui lui sembla tout à coup hors de propos.

Il ne remarqua les deux autres personnes présentes que lorsqu'elles se levèrent pour le saluer. Mais, tout en leur répondant poliment, il ne pouvait s'empêcher de garder toute son attention fixée sur Kanza.

Lorsqu'il se retourna vers elle, son regard sévère l'émerveilla plus que jamais.

— Aram, prononça-t-elle sèchement.

Il dut la quitter des yeux quand Johara voulut lui expliquer le problème qu'ils rencontraient. Et il eut toutes les peines du monde à se concentrer sur ses questions.

Une fois qu'elle lui eut exposé la situation, il lui proposa plusieurs solutions, que Kanza ne manqua pas de critiquer. Mais elle le faisait sans aucune agressivité. De toute évidence, elle était si professionnelle que son seul objectif était de trouver la meilleure issue possible pour l'entreprise. Et chacune de ses remarques ne pouvait que l'impressionner par sa justesse.

Tandis que la réunion se poursuivait, à aucun moment

elle ne chercha à entrer en compétition avec lui. Elle s'en remettait à lui quand elle sentait qu'il en savait plus qu'elle et mettait ses arguments en avant chaque fois qu'elle avait l'impression qu'il faisait fausse route. Finalement, ils passèrent cinq heures à réfléchir ensemble pour résoudre le problème qui s'était présenté.

Quand ils eurent élaboré le meilleur plan d'action, Johara ne put masquer sa joie.

— Formidable ! s'exclama-t-elle. Je n'imaginais pas que nous pourrions nous en sortir aussi bien. Aram et Kanza, vous formez la meilleure des équipes !

Une fois de plus, il s'était laissé piéger par sa sœur. Son seul but avait manifestement été de lui montrer à quel point Kanza et lui étaient faits pour s'entendre.

Il lui lança un regard insistant pour lui rappeler la promesse qu'elle lui avait faite le soir de sa réception.

— Si nous fêtions ça ? suggéra-t-il. Je vous invite.

— Oh ! j'aurais tellement aimé, répondit-elle avec innocence. Mais j'ai des tas de choses ennuyeuses à faire avec Dana et Steve. Kanza et toi n'avez qu'à faire la fête pour cinq.

Si quelqu'un lui avait dit avant cela que sa sœur était une merveilleuse actrice, il ne l'aurait pas cru. Mais elle venait de le prouver, et à vrai dire il lui était reconnaissant de l'occasion qu'elle lui offrait.

Il se tourna alors vers Kanza, prêt à entamer une nouvelle bataille avec elle. Mais elle n'eut pas du tout la réaction qu'il attendait.

— Bien, allons-y, dans ce cas, dit-elle simplement. Je meurs de faim. Et, Aram, c'est moi qui vous invite. Je vous dois bien ça après tout ce que vous avez fait pour nous aujourd'hui.

Ses paroles lui firent l'effet d'un baume apaisant. Comment aurait-il pu prévoir cela ? C'était la première fois qu'elle lui parlait ainsi et, même s'il appréciait ses reparties si délicieusement piquantes, il était encore plus fasciné qu'avant. Parce qu'elle venait de lui donner un aperçu d'une tout autre facette de sa personnalité, qu'il avait été loin de soupçonner jusque-là.

Décidément, l'ouragan Kanza lui réservait bien des surprises.

En sortant du bureau de Johara, Kanza sentit derrière elle la présence imposante et si troublante d'Aram, qui lui donnait la sensation de revivre la même scène que deux semaines plus tôt.

Ces quinze derniers jours, il ne lui avait pas laissé un moment de répit. Il avait essayé de la suivre à maintes reprises, et le reste du temps elle n'avait pu s'empêcher de penser à lui. Au lieu de lui permettre de s'habituer à le voir, chacune de ses apparitions n'avait fait que la troubler davantage.

Et elle n'arrivait toujours pas à comprendre sa motivation.

Si l'idée qu'il était attiré par elle lui avait traversé l'esprit, elle s'était empressée de chasser cette hypothèse saugrenue. Aram Nazaryan représentait la perfection masculine, ni plus ni moins. Qui aurait pu concevoir qu'un homme tel que lui s'intéresse à elle ? Cela aurait fait rire n'importe quelle personne sensée.

Après avoir réfléchi à la situation, elle était parvenue à la seule conclusion possible.

Il était fou.

Sans le vouloir, Johara le lui avait confirmé en évoquant son frère. Elle parlait souvent du temps qu'ils avaient passé ensemble à Zohayd, mais pas seulement. Elle avait aussi exprimé son inquiétude face à son état. Selon elle, il était en train de sombrer dans la dépression. Ce n'était pas l'impression qu'il avait donnée à Kanza, mais il semblait clair que sa santé mentale était pour le moins fragile en ce moment.

Johara pensait que sa mauvaise forme était due à un excès de travail. Selon elle, il ne prenait pas assez de temps pour lui. Mais là encore Kanza avait dû se retenir de la contredire, car ces deux dernières semaines il ne semblait pas avoir mis les pieds au bureau ! Sinon, comment aurait-il pu apparaître devant elle n'importe où et à n'importe quelle heure de la journée ? Elle avait cru que son entreprise était devenue assez performante pour qu'il puisse se permettre de s'accorder du temps libre.

Mais, à en croire Johara, il se tuait au travail depuis dix ans, ce qui l'avait coupé de la société et mettait désormais sa santé en danger. C'est pour cette raison que Shaheen et elle étaient venus si souvent à New York dernièrement, afin de mettre un terme à cet isolement.

Seulement, elle craignait d'avoir échoué. Elle sentait que l'intimité parfaite qu'elle partageait avec Shaheen avait tendance à l'éloigner d'eux. Elle rêvait de voir Aram vivre une relation aussi privilégiée que la leur et s'inquiétait de son incapacité non seulement à s'engager dans quelque chose de sérieux avec une femme mais aussi à créer des liens amicaux avec son entourage.

En l'écoutant, Kanza en était arrivée à se demander si elles parlaient bien du même homme. Il avait été si joueur et si léger avec elle ! Il ne correspondait en rien au portrait morose que Johara faisait de lui.

Finalement, elle en avait déduit que ce comportement inexplicable était bel et bien le signe d'un début de dépression.

Ce qui était loin de la réjouir.

Jusqu'à maintenant, elle l'avait évité parce qu'elle croyait qu'il la poursuivait seulement pour tromper son ennui. Mais en comprenant que son attitude n'était sans doute pas préméditée, ou, pire encore, que ce pouvait être un appel à l'aide, elle n'avait pu que s'adoucir.

— Alors, où voulez-vous m'emmener ? demanda-t-il au moment où ils entraient dans le parking.

S'efforçant de ne pas frissonner au son de sa voix profonde, elle se tourna vers lui.

— Je vous laisse choisir. Je n'ai pas de préférence.

— Non, dites-moi ce dont vous avez envie, insista-t-il avec un grand sourire, en l'invitant à le suivre jusqu'à sa voiture de luxe. Mais elle s'arrêta net.

— Ça suffit, décréta-t-elle.

Il devint soudain plus sérieux.

— Vous revenez sur votre invitation ?

— Arrêtons de nous faire des politesses, lança-t-elle. Je vous ai dit de choisir un restaurant, alors inutile de jouer les gentlemen. Si je vous dis que je n'ai pas de préférence, vous pouvez me croire. Je dis toujours ce que je pense.

— Quel soulagement ! dit-il en retrouvant sa mine réjouie. Mais je suis un gentleman, je ne peux rien y changer.

Comme pour appuyer sa déclaration, il ouvrit la portière afin qu'elle prenne place sur le siège passager. Puis il s'installa à son tour derrière le volant et sortit du parking en silence, lui laissant tout le loisir d'admirer le tableau de bord en acajou et le cuir beige qui ornaient l'habitacle le plus luxueux qu'elle eût jamais vu.

— Alors, dit-il une fois qu'ils furent sur la route, pourquoi avez-vous soudain renoncé à me fuir ?

Excellente question.

— J'ai eu pitié de vous.

— Ah ! chuchota-t-il en serrant le poing.

— Que se passe-t-il ?

— Je me félicite de la réussite de mes regards implorants.

— Si c'était ce que vous vouliez exprimer, j'ai le regret de vous dire que vous avez lamentablement échoué. Le regard que je vois est bien plus brillant qu'implorant.

— Ah, j'ai encore besoin d'entraînement, si je comprends bien, répondit-il, en lui jetant un regard amusé. Mais, si ce n'est pas ma stratégie, qu'est-ce qui vous a fait céder ?

— C'est devenu éreintant d'essayer de comprendre comment vous faisiez pour apparaître à côté de moi à n'importe quel moment. Et puis j'ai eu envie de savoir ce qui se passerait si je cessais de lutter, expliqua-t-elle d'un air détaché.

— Vous allez apprécier ma compagnie, assura-t-il avec aplomb.

Elle laissa échapper un rire sarcastique.

— Reconnaissez-le. Vous me trouvez amusant.

— Non, ce n'est pas le premier mot qui me vient à l'esprit quand je pense à vous.

— Ah non ? Lequel est-ce, alors ?

Elle le regarda quelques instants, se demandant si elle devait lui dire la vérité. Mais tant de termes lui venaient à l'esprit ! Magnifique, mais aussi exaspérant, envahissant, troublant…

Un violent coup de tonnerre la fit sursauter. Et presque aussitôt une pluie torrentielle s'abattit sur eux.

Cet événement la dispensa de répondre à Aram. La visibilité était si mauvaise tout à coup qu'il dut concentrer toute son attention sur sa conduite.

Heureusement, ils furent bientôt arrivés à l'endroit où il avait apparemment décidé de l'emmener. À l'hôtel Plaza, là où il séjournait.

Tandis qu'il s'arrêtait le long du trottoir, elle se dit qu'ils feraient mieux rester en voiture jusqu'à la fin de l'averse.

S'ils sortaient maintenant, ils seraient trempés avant d'avoir fait trois pas. Mais, lorsqu'il vint lui ouvrir sa portière, elle y découvrit un grand parapluie qu'il s'empressa d'ouvrir pour les abriter tous les deux jusqu'à l'entrée de l'hôtel.

Avec émerveillement, elle traversa à son bras le hall d'entrée. Et, en pénétrant dans la salle du restaurant, elle se crut projetée dans le décor de *Gatsby le Magnifique*. Des lustres dorés, des murs recouverts de boiseries, un mobilier Louis XVI, des tables ornées d'argenterie, de porcelaine et de verres en cristal... Tout était d'une beauté à couper le souffle. On eût dit que la salle avait été préparée pour recevoir une fête royale.

— C'est donc de cela qu'est faite votre vie quotidienne ? demanda-t-elle quand ils furent assis. Cet hôtel, cette voiture ?

— C'est bien modeste, n'est-ce pas ? fit-il, ironique.

Elle lui lança un regard désapprobateur.

— Vous n'auriez pas mieux à faire de votre argent ? répliqua-t-elle.

— Rassurez-vous, je fais bien d'autres choses avec mon argent. Et je ne me suis pas offert d'autre luxe que mes voitures. Elles me tiennent lieu d'habitation, en quelque sorte.

— Comment ça ?

— Je n'ai jamais acheté ni maison ni appartement. Je ne suis nulle part chez moi si ce n'est dans ma voiture.

Cette révélation la surprit.

— Si vous prétendez ne pas être aussi dépensier que je le croyais, pourquoi ne pas vous installer dans un logement plus traditionnel ? Cela vous coûterait moins cher. Vous êtes ici depuis un an ! Je n'ose même pas imaginer le prix d'une seule nuit dans ce palace.

— Ma suite est louée au prix d'environ vingt mille dollars la nuit. Mais je n'en paye pas un centime, ajouta-t-il en souriant face à son regard effaré. Comme je suis l'un des principaux actionnaires de cet hôtel, j'ai le privilège d'y séjourner gratuitement.

Ils interrompirent leur conversation quand des serveurs leur apportèrent le thé, les sandwichs, les scones et la confiture qu'ils avaient commandés. Mais pendant ces quelques instants elle continua à sentir le regard intense d'Aram fixé sur elle. Elle avait beau essayer de se concentrer sur le décor et la musique que jouait un pianiste non loin d'eux, elle ne parvenait pas à chasser l'agitation qu'il faisait naître en elle.

— Cet endroit me rappelle le palais royal de Zohayd, dit-il au moment où ils commençaient à déguster les mets de leur assortiment. Non par son architecture mais par sa magnificence. Je trouve cette lointaine ressemblance assez... réconfortante.

Sa nostalgie lui serra le cœur. De toute évidence, le pays dans lequel il avait passé plusieurs années lui manquait.

— Alors, reprit-il avec un sourire retrouvé. Demandez-moi ce que vous voulez.

Elle s'efforça de chasser la compassion inattendue qui s'était emparée d'elle.

— Ce que je veux ? Vraiment ?

— Oui.

Apparemment, Johara avait eu raison. Il avait besoin de confier à quelqu'un ce qu'il ne pouvait plus partager comme avant avec sa sœur et son beau-frère. Et, aussi curieux que cela pût paraître, c'était à elle qu'il avait choisi de parler. Sans doute avait-il été attiré par sa capacité à lui dire non et à le malmener. Il ne devait pas souvent être traité comme il l'avait été avec elle.

Mais ce n'était sans doute pas la seule raison, et elle sentait qu'un autre élément faisait d'elle la confidente idéale pour lui. C'est qu'il ne la considérait pas comme une femme. Elle ne ressemblait en rien aux top-modèles qu'il avait l'habitude de fréquenter, ce qui semblait le mettre particulièrement à l'aise. Avec elle, il devait se dire qu'aucune ambiguïté n'était possible.

Elle aurait dû en avoir honte et s'enfuir à toutes jambes. Mais malgré elle elle continuait à éprouver de la compassion pour lui. Elle n'avait plus la volonté de lui tourner le dos comme elle l'avait fait ces deux dernières semaines.

— Parlez-moi de votre conflit avec Shaheen, dit-elle avec douceur.

Il hocha la tête.

— Johara vous a-t-elle dit comment nous étions arrivés à Zohayd ?

— Oh ! non ! Vous avez l'intention de me raconter toute votre vie pour en arriver à cet incident ? s'exclama-t-elle, impatiente.

— Oui. Afin que vous compreniez bien comment c'est arrivé.

— Je peux retirer ma question ?

— Non. *Dokhool el hammam mesh zay toloo'oh.*

Il connaissait donc aussi le proverbe par lequel les habitants de Zohayd rappelaient que ce qui avait été fait ne pouvait être défait.

Ce que Kanza comprenait de plus en plus clairement depuis quelques jours. Tant qu'elle avait vécu loin d'Aram, elle avait pu oublier à quel point elle avait pu être fascinée par lui. Jamais elle n'avait imaginé qu'il ferait un jour partie de sa vie.

Mais tout avait changé deux semaines plus tôt, le soir où ils s'étaient revus. Et elle commençait à se demander si elle retrouverait un jour la paix intérieure qu'elle avait perdue à l'instant où Aram était entré dans le bureau de Johara.

6

La gorge nouée, Kanza baissa les yeux tandis qu'Aram lui servait du thé.

— Je suis arrivé à Zohayd à seize ans, dit-il. Avant cela, ma mère, Johara et moi suivions mon père aux quatre coins du monde. Il voulait se faire connaître partout comme grand joaillier, si bien que nous déménagions presque tous les ans. Les garçons de mon âge trouvaient que j'avais une chance folle de voyager d'un pays exotique à l'autre et, quand je leur disais que je ne rêvais que de m'installer enfin quelque part, ils se moquaient de moi. Si bien que j'ai appris à me taire, même si je continuais à ressentir le même manque. Par réaction de défense, je me suis comporté à chaque nouvelle arrivée comme si je devais m'en aller le lendemain. Je m'imposais un isolement total jusqu'à ce que nous repartions.

En croisant son regard, elle eut la sensation qu'elle était la première à qui il confiait ce secret d'enfance. Sa solitude était donc bien plus ancienne que ne l'imaginait Johara.

— Mais j'avais un projet, déclara-t-il. J'avais décidé qu'à dix-huit ans je me fixerais quelque part, trouverais un travail que je garderais jusqu'à la fin de mes jours, épouserais la première fille qui voudrait bien de moi et aurais avec elle une ribambelle d'enfants. C'est cet espoir qui m'a fait tenir le coup pendant toutes ces années.

Elle sentit son cœur se serrer. Le rêve de stabilité auquel il s'était raccroché pendant tout ce temps ne s'était jamais réalisé. Il avait quarante ans aujourd'hui et, en dehors de son histoire avec Maysoon dont l'issue avait été pour le moins catastrophique, il n'avait eu aucune relation sérieuse. Du moins pas à sa connaissance.

Comment cet homme, qui avait projeté de fonder une famille à l'âge où tous les garçons rêvaient de liberté, pouvait-il se retrouver si seul aujourd'hui ?

— Puis le joaillier royal de Zohayd a pris sa retraite, ajouta-t-il. C'est lui qui avait tout appris à mon père, et avant de partir il l'a recommandé au roi Atef.

— Vous oubliez que je viens de Zohayd, dit-elle. Je connais les histoires qui ont fait ce pays. Tout le monde là-bas sait comment votre père est devenu le grand joaillier de la famille, celui à qui l'on a confié le trésor du royaume. Alors vous pouvez sauter ce passage et en venir au sujet de ma question.

Il la regarda avec amusement, sans cacher son plaisir de la voir aussi intéressée par son histoire personnelle.

— Nous avons donc pris l'avion pour rejoindre le royaume que notre père nous décrivait comme l'un des plus beaux du monde. J'étais convaincu que nous n'y resterions pas plus d'un an, comme nous l'avions fait dans les autres pays. Je me souviens encore de ma sortie de l'avion le jour où nous sommes arrivés, dit-il avec émotion. À l'instant où mes pieds ont touché le sol, j'ai eu la sensation pour la première fois de ma vie d'être arrivé chez moi. Et ce pressentiment s'est changé en certitude lorsque j'ai rencontré Shaheen.

Il respira profondément avant de lui demander :

— Johara vous a-t-elle raconté comment il lui avait sauvé la vie ce jour-là ?

Envahie par l'émotion, Kanza fit non de la tête. Elle craignait que sa voix ne se brise si elle parlait maintenant.

— À six ans, c'était une petite fille hyperactive. Je devais tout le temps lui courir après. Il a suffi que je la quitte une minute des yeux pour qu'elle se retrouve suspendue au balcon du palais. J'étais trop loin pour faire quoi que ce soit, mon père n'arrivait pas à la rattraper depuis la fenêtre, et elle commençait à glisser. À la dernière seconde, Shaheen l'a saisie au vol à la manière d'un faucon. Quand je suis arrivé auprès d'eux, je me sentais à la fois plus terrifié et plus reconnaissant que jamais. Il est aussitôt devenu mon premier et mon seul ami. Avant de devenir le premier et le seul amour de Johara.

Kanza lui adressa un sourire encourageant, elle était visiblement captivée par son récit.

— Avoir un ami comme Shaheen a été un privilège incroyable, déclara-t-il. Non pas pour son statut, mais pour sa personnalité exceptionnelle. Mais, même si j'étais convaincu qu'il m'aimait sincèrement et me considérait comme son égal, je sentais que le fossé qu'il y avait entre nous serait toujours infranchissable. Et le malaise que je ressentais au fond de moi s'est développé quand Johara, devenue une jeune fille, a commencé à avoir des sentiments pour lui. À quatorze ans, elle s'est mise à passer de plus en plus de temps avec nous. Nous nous entendions à merveille tous les trois, mais j'étais persuadé que cette situation allait nous mener à la catastrophe. J'étais inquiet pour Johara et pour ma famille. Jusqu'au jour où mon anxiété a atteint des proportions démesurées…

— Continuez, lui demanda-t-elle en voyant qu'il s'interrompait.

Il se passa nerveusement la main dans les cheveux avant de reprendre la parole.

— Nous étions en train de jouer au squash et, à mesure que la colère montait en moi, je frappais des coups de plus en plus forts. Plus Johara lui criait de répliquer, plus je me battais pour le dominer. Plus tard, de retour au vestiaire, j'ai perdu le contrôle de mes nerfs et m'en suis violemment pris à lui. Je l'ai traité de prince pourri gâté qui prenait plaisir à jouer avec les émotions des gens. Je l'ai accusé d'encourager les sentiments de Johara pour s'amuser. Je lui ai dit que, s'il ne changeait pas de comportement, j'irais voir son père le roi Atef pour que... pour qu'il lui ordonne de ne plus jamais s'approcher d'elle. Il n'en revenait pas. Il m'a assuré qu'il considérait Johara comme sa petite sœur, et j'ai répondu que j'étais bien placé pour savoir qu'il ne se comportait certainement pas comme un grand frère avec elle. Il a reconnu qu'il ne pouvait pas savoir ce qu'on ressentait pour une sœur, mais que, s'il était sûr de l'aimer profondément, il était encore plus certain qu'il n'y avait aucune ambiguïté entre eux. J'étais hors de moi, incapable de le croire. Je n'avais pas l'intention de le regarder jouer avec elle sans réagir et je ne me suis pas privé de le lui dire.

Kanza ne pouvait qu'imaginer ce qu'il avait ressenti. Conscient du lien qui grandissait entre sa petite sœur et son meilleur ami, il avait eu peur de la voir souffrir. Il avait voulu protéger Johara, même au prix de sa relation avec Shaheen.

— Shaheen était scandalisé que je puisse penser ça de lui, dit Aram. Il est devenu de plus en plus amer et, en le voyant aussi meurtri, j'ai fini par comprendre que je m'étais trompé sur lui. Hélas, c'était trop tard. Il m'a seulement assuré que je n'aurais pas besoin d'aller voir son père et qu'il ne s'approcherait plus de Johara. Ni de moi. Et il a tenu sa promesse.

En voyant son regard sombre, elle comprit qu'il souffrait encore de ce qui s'était passé à l'époque. Et aujourd'hui, même si Johara et Shaheen s'étaient retrouvés et même si Aram s'était réconcilié avec son seul ami, les blessures d'autrefois ne semblaient pas complètement cicatrisées. Du reste, Shaheen consacrait sa vie à sa famille désormais, tandis qu'Aram vivait toujours seul et se donnait tout entier à son travail, ce qui ne pouvait remplacer la relation qu'il avait pu avoir avec Johara et Shaheen.

— J'ai cru que rien n'aurait pu m'arriver de pire que cette dispute avec Shaheen, confia Aram. Mais je me trompais. Peu après cet épisode, ma mère a brusquement quitté Zohayd en emmenant Johara. J'assistais à l'explosion de notre famille sans rien pouvoir faire. Puis je me suis retrouvé seul avec mon père, qui, dévasté par cette séparation, se refermait de plus en plus sur lui-même en dépit de mes efforts désespérés. J'ai voulu me raccrocher au soutien de mon meilleur ami en espérant qu'il voudrait bien revenir vers moi, mais il est parti à l'étranger lui aussi, faisant disparaître tout espoir de réconciliation.

Ce n'était donc pas parce qu'il se moquait de ses proches qu'il avait été éloigné d'eux, comprit-elle. C'était même tout le contraire !

— Abandonnant mes rêves de fonder une famille à Zohayd, j'ai essayé de convaincre mon père de partir avec moi. Mais j'ai renoncé quand j'ai compris que son travail était tout ce qui le faisait tenir. Et, comme il n'était pas question que je le laisse tout seul, je suis resté moi aussi.

Quelle ironie du sort… Il avait rêvé de s'installer à Zohayd, et voilà que cette obligation était devenue une terrible contrainte pour lui.

Il poussa un long soupir.

— J'obtenais finalement ce que j'avais toujours espéré, dit-il avec amertume, comme s'il avait lu ses pensées. Un pays où j'allais passer le reste de ma vie. Mais j'y étais plus isolé que jamais. Cela a duré six ans. Après cette période, je me suis remémoré mes rêves de famille nombreuse et ai décidé de les réaliser. Vous savez maintenant ce qui s'est passé ensuite.

Elle hocha la tête.

— Et vous avez été obligé de vous en aller à votre tour, conclut-elle, la gorge serrée.

— Oui, soupira-t-il. Puis les choses se sont enchaînées à une allure folle. Depuis lors, je ne suis jamais resté plus de quelques mois au même endroit. Je n'en ai jamais eu envie. Il y a trois ans, Shaheen et Johara se sont mariés. Comme quoi, je ne m'étais pas trompé sur la nature de leur affection, ajouta-t-il en souriant. J'avais juste eu douze ans d'avance. J'ai alors retrouvé mon ami, mes parents se sont réconciliés et ma famille a de nouveau été réunie. À Zohayd. Là où je ne pouvais plus aller.

Comment avait-elle pu le mépriser pendant tant d'années, lui qui avait traversé les épreuves avec courage et dignité ? Elle s'en voulait d'avoir eu des sentiments aussi faux envers lui. Mais ce qu'elle éprouvait à présent lui faisait peur.

Une chose était sûre, elle avait tout intérêt à ce que ce premier rendez-vous en tête à tête soit le dernier.

Le sourire qu'il lui adressa à cet instant ne fit que confirmer cette impression. Il lui apparut soudain plus beau que jamais.

— Merci, dit-il d'une voix profonde.

Elle sentit son cœur bondir dans sa poitrine.

— De... De quoi ? balbutia-t-elle.

— De m'avoir écouté. Sans me juger, et même avec...

compassion. Du moins, c'est l'impression que vous m'avez donnée.

Elle lutta pour ne pas laisser transparaître l'émotion qui l'envahissait.

— C'est vrai. Je suis triste pour vous tous d'apprendre que tant d'années ont été gâchées inutilement.

— Oui. Mais ils sont réunis maintenant.

« Ils », avait-il dit. Pas « nous ».

Comme s'il n'avait pas le sentiment de faire de nouveau partie de leur vie. Ce qui semblait être pour lui une triste fatalité.

Après un instant de silence, ils abordèrent bien d'autres sujets, et leur conversation était si agréable que Kanza ne vit plus le temps passer. Ils finirent leur repas, puis, comme la pluie avait cessé, ils allèrent se promener à Central Park dont ils parcoururent les allées jusqu'à la tombée de la nuit.

Durant tout ce temps, elle ne pensa plus à ce qui les entourait. Elle était envahie par la sensation d'être seule au monde avec lui, et une seule angoisse venait troubler ce bien-être : la perspective de devoir le quitter d'un moment à l'autre.

Mais, par bonheur, ce moment n'était pas encore arrivé. Au lieu de proposer de la raccompagner chez elle à la fin de leur promenade, il l'invita à dîner. Elle aurait dû refuser et se mettre au plus vite à l'abri de cet homme tellement envoûtant. Mais elle n'en trouva pas la force.

Et comment aurait-elle pu le regretter ?

Ils passèrent la soirée à rire ensemble, sans se soucier des clients du restaurant qui les regardaient parfois avec curiosité. Kanza sentait bien que les femmes se demandaient en quel honneur elle dînait en tête à tête avec un homme tel que lui, et à vrai dire elle avait elle-même du mal à croire que c'était bien réel.

En fin de soirée, quand Aram la reconduisit chez elle, il se gara à quelques pas de son immeuble, déclarant qu'il voulait faire une dernière promenade avec elle.

Alors qu'elle marchait en silence à ses côtés, la tentation de lui prendre le bras et de se blottir contre lui était presque irrésistible. Seulement, ils ne s'étaient pas même effleurés au cours de cette journée, alors comment aurait-elle osé ?

Quand ils furent arrivés devant chez elle, il lui adressa un regard intense et brillant.

— À la même heure demain ? proposa-t-il.

Elle sentit son cœur bondir dans sa poitrine. Avait-elle bien entendu ?

— Mais nous avons quitté le bureau de Johara à 13 heures aujourd'hui !

— Et alors ?

— Alors j'ai du travail.

— Prenez votre journée.

— C'est impossible. Johara...

— Sera ravie de vous chasser pour vous faire prendre un jour de congé, dit-il. Elle trouve que vous travaillez trop.

— Elle dit la même chose de vous.

— Vous voyez ? Nous avons tous les deux besoin de cette journée de temps libre.

— Mais nous venons de l'avoir.

— Vous oubliez que nous nous sommes tués à la tâche pendant cinq heures ce matin. Demain, nous aurons toute la journée pour oublier le travail. Faire la grasse matinée, traîner, manger tranquillement, bavarder... Et nous laisser aller à tout ce dont nous aurons envie, jusqu'aux heures les plus avancées de la nuit.

Il venait de lui offrir une vision du paradis. Comme elle aurait voulu le suivre sur ce chemin...

— Non, demain, c'est impossible, dit-elle avec regret.

— Après-demain, alors ! s'exclama-t-il avec enthousiasme. À midi. Ou plutôt 11 heures. Non. 10 heures.

Elle ne put s'empêcher de rire devant un tel empressement.

— D'accord.

— Parfait !

Quelques minutes plus tard, seule dans son appartement, elle repensait avec bonheur aux heures magiques qu'elle venait de passer avec Aram. Il était si surprenant, si drôle... Jamais elle ne s'était sentie aussi troublée de toute sa vie. Il lui inspirait un mélange de gaieté, de fièvre et de rêve qui lui faisait attendre avec hâte leur prochain rendez-vous.

Mais n'avait-elle pas eu tort d'accepter de passer une autre journée avec lui ? songea-t-elle avec angoisse.

Car, à en croire l'état dans lequel elle se trouvait ce soir, cet homme était loin d'être inoffensif.

7

— Alors, comment va mon petit lutin en cette belle journée ?

Son téléphone à la main, Kanza s'appuya contre le mur pour ne pas chanceler. Chaque fois qu'elle entendait la voix d'Aram, elle sentait son cœur battre la chamade et ses jambes faiblir. Après un mois de rendez-vous aussi longs que fréquents, le côtoyer lui causait de plus en plus de trouble.

— Très bien. Et toi, grand méchant loup ?

Elle avait eu du mal à le tutoyer quand il l'avait suggéré après quelques rendez-vous, mais désormais leur amitié lui paraissait infiniment naturelle. Jamais elle ne s'était autant amusée qu'avec lui, et les fous rires qu'ils avaient ensemble lui procuraient un incroyable sentiment de liberté.

— Tu es prête ? demanda-t-il. Je suis en bas.

Jamais il ne lui avait demandé de monter chez elle.

— Et dépêche-toi ! ajouta-t-il. J'ai quelque chose à te montrer.

— Oh ! non. Ne joue pas à ça avec moi.

Elle se regarda dans la glace avant de sortir. Mauvaise idée. En le voyant, si beau, si charismatique, elle allait encore se sentir insignifiante en comparaison.

Claquant la porte sous l'effet de sa frustration, elle

entra dans l'ascenseur sans interrompre leur conversation téléphonique.

— Tu connais mon allergie aux surprises, poursuivit-elle. Alors dis-moi de quoi il s'agit.

— Bon, comme je n'ai pas envie de t'emmener aux urgences, je vais te donner un indice.

Elle percevait dans sa voix son empressement devenu si familier.

— Les gens vivent dedans, annonça-t-il.

Ce fut à elle de montrer son enthousiasme.

— Tu as acheté un appartement ? s'exclama-t-elle. Félicitations !

— Tu crois vraiment que je pourrais prendre une telle décision sans consulter mon minimoi ?

Comme la porte de l'ascenseur s'ouvrait, elle vit Aram apparaître devant elle. Il était si beau que, en se rappelant ce qu'il lui avait dit, elle fut forcée de reconnaître qu'il avait eu raison. Quand elle l'avait revu six semaines plus tôt, il avait bel et bien été au fond du gouffre. En le regardant aujourd'hui, elle se rendait compte qu'il avait regagné toute son énergie et toute sa splendeur.

Et elle continuait à le voir, tout en se rendant compte de l'effet dévastateur qu'il avait sur elle. Sans même chercher à se protéger de lui, elle acceptait tous les rendez-vous qu'il lui donnait et se complaisait dans cette relation… qui finirait forcément par la faire souffrir.

Mais elle refusait de penser à cela pour l'instant.

Comme d'habitude, il la guida vers la sortie sans même l'effleurer.

— Je t'emmène rencontrer les candidats, dit-il quand ils furent installés en voiture. Ce sera à toi de me dire dans lequel je me sentirai le mieux.

Elle le regarda avec stupeur.

— Et comment suis-je censée le savoir ?

La regardant du coin de l'œil, il sourit avec sérénité.

— Tu sais tout, voyons.

— Non, non, non, dit-elle en riant. Tu n'as pas le droit de me faire porter une telle responsabilité. Que ferais-tu si tu détestais mon choix ?

— Impossible. Chaque fois que tu me donnes un conseil ou que tu décides quelque chose pour moi, c'est toujours la solution idéale. Tu n'as qu'à me regarder pour en avoir la preuve.

Elle qui essayait justement de ne pas le dévorer des yeux…

— En voyant ces vêtements hier dans une vitrine, dit-il, tu m'as dit qu'ils m'iraient bien.

Mais quels vêtements ne lui iraient pas ?

— Je n'étais pas convaincu, mais je les ai achetés parce que je m'en suis remis à ton opinion. Je trouve que j'ai bien fait.

— Aram, même une chemise à jabot rose t'irait, déclara-t-elle.

— Dans ce cas, j'essaierai la prochaine fois.

Cette image la fit rire aux éclats.

— Je ne veux surtout pas manquer ça !

— Tu le verras, tu le verras, assura-t-il avec un sourire irrésistible.

Mais brusquement il reprit son sérieux.

— Toute plaisanterie mise à part, dit-il, je n'agis pas par caprice. En tant qu'homme d'affaires, j'ai l'habitude de prendre mes décisions en fonction de ce qui marche le mieux. Et c'est toi qui marches le mieux.

— Ah, merci. Et comment expliques-tu ça ? demanda-t-elle, étonnée par sa formule.

— Tes décisions sont objectives, voilà pourquoi elles sont justes.

Il tourna vers elle le regard fier et approbateur qu'elle avait vu si souvent ces derniers temps.

— Tu me l'as prouvé en acceptant de m'écouter et de changer d'avis sur moi, poursuivit-il. Tu recherches toujours la justice et les meilleurs résultats possibles, et tu les obtiens ! Regarde-moi...

Pourquoi l'incitait-il encore à le regarder ? S'il avait su ce qu'elle ressentait chaque fois qu'elle posait les yeux sur lui... Le seul fait d'être à côté de lui et de respirer son parfum la faisait frissonner, mais par chance il ne s'en rendait absolument pas compte.

— Je te regarde, dit-elle en soupirant. Oui, tes vêtements te vont bien. Tu es content ?

— Ce n'est pas tout. Quand nous nous sommes revus il y a un mois et demi, j'avais l'impression d'avoir cent ans. Je n'avais plus de goût pour rien. Mais, depuis que tu es là, je me sens comme un enfant qui s'émerveille de tout et j'ai retrouvé ma joie de vivre. Tu as accompli cette prouesse en étant toi-même, tout simplement. En me comprenant et en me disant tout ce que tu pensais. Il se trouve que c'était exactement ce que j'avais besoin d'entendre.

Non, elle ne lui disait pas tout ce qu'elle pensait. Loin de là. Mais ce qu'elle lui cachait ne le concernait pas, elle n'avait aucune raison de lui faire porter le poids de ce qu'elle ressentait pour lui.

— Tu m'as permis d'échapper à la spirale négative dans laquelle j'étais emporté, reprit-il. Alors oui, je sais que tu choisiras l'endroit qui sera le mieux pour moi. Parce que tu es ce qui m'est arrivé de mieux.

Ses derniers mots lui serrèrent le cœur au point qu'elle eut soudain du mal à respirer. Il venait de confirmer ce qu'elle soupçonnait : la relation qu'ils avaient tous les deux remplaçait aux yeux d'Aram les liens qu'il avait eus avec Johara et avec Shaheen. Et elle n'aurait su dire si cette évidence la comblait de bonheur ou la faisait souffrir.

Craignant qu'il ne démasque son trouble, elle s'efforça de retrouver le ton léger qu'ils affectionnaient.

— Pourquoi tant de sérieux tout à coup ? demanda-t-elle avec un rire moqueur. Tu oublies certainement à qui tu es en train de parler.

Hélas, son adorable sourire ne fit rien pour apaiser l'agitation qui l'envahissait.

— Au contraire, répliqua-t-il. Je ne suis jamais aussi sérieux qu'avec toi. Mais d'une manière beaucoup plus amusante que je ne l'aurais cru possible. Néanmoins, si c'est une corvée pour toi de m'aider à prendre une décision…

— Oh ! quelle mauvaise foi ! s'exclama-t-elle en riant. Après tout ce cinéma, tu veux me faire croire que tu me laisses le choix ?

Il s'esclaffa à son tour.

Qu'aurait-elle pu espérer de plus ? Quelle femme ne rêvait pas de faire rire l'homme le plus fascinant du monde ?

Voilà ce qu'elle devait continuer à se dire. Chaque moment passé avec lui était un trésor, et tout ce qu'elle avait à faire était d'en profiter. Aussi longtemps que possible.

Quelques instants plus tard, il se gara devant un immeuble qui ne lui était pas inconnu. Ils descendirent de voiture, et une fois debout sur le trottoir elle regarda autour d'elle, ébahie.

Ils se trouvaient sur la Cinquième Avenue, devant l'un des immeubles les plus luxueux de Manhattan. Son architecture de style italien était à couper le souffle, et ce n'était pas la première fois qu'elle le remarquait.

— J'habitais tout près d'ici autrefois, dit-elle sans cacher son excitation. J'ai adoré ce quartier et l'appartement que j'occupais. Je ne me suis jamais aussi bien sentie qu'ici.

— Même pas à Zohayd ?

— Pas tout à fait. Tu sais comment c'était.

— À vrai dire, non, je ne sais pas du tout comment tu vivais là-bas. Tu ne m'as jamais raconté.

Ils entrèrent dans l'immeuble et traversèrent le hall en marbre pour rejoindre l'ascenseur.

— Comment se fait-il d'ailleurs que nous n'ayons jamais parlé de ta vie à Zohayd ? demanda-t-il soudain.

— Nous devions avoir des choses plus intéressantes à nous dire, répondit-elle en haussant les épaules.

— Trop tard, tu ne me feras pas changer de sujet, dit-il, taquin.

— Je t'assure que c'est très ennuyeux.

— Je ne rêve que de m'ennuyer avec toi.

Elle n'avait pas envie de lui raconter ses années de désillusion à Zohayd. Mais, le connaissant, elle savait qu'il ne la laisserait pas tranquille.

Enfin, elle pouvait essayer de le distraire pour échapper à ce récit.

— C'est quel appartement ? demanda-t-elle quand ils descendirent de l'ascenseur.

Il lui montra le bout du couloir.

— Pourquoi as-tu déménagé si tu te sentais si bien dans ton ancien appartement ? s'étonna-t-il en avançant à côté d'elle.

— Une amie de Zohayd m'a suppliée de m'installer en colocation avec elle. Elle ne pouvait pas vivre seule, et elle avait repéré un appartement tout près de son lieu de travail. Puis elle s'est mariée et est repartie à Zohayd, et je n'ai jamais pu retourner dans le logement que j'avais quitté. Il était occupé.

— Si je m'installe ici, je ferai en sorte que tu puisses retrouver ton appartement.

— Et s'il n'est pas sur le marché ?

— Je ferai en sorte qu'il y soit.

— Oh ! attention, voilà le grand homme d'affaires qui n'a qu'à claquer des doigts pour faire tourner le monde autour de lui, dit-elle, railleuse.

— Autour de toi, en l'occurrence.

Elle n'eut pas le temps de réagir à ses paroles. Déjà, il ouvrait la porte d'entrée et lui faisait découvrir un duplex hors du commun. De grandes baies vitrées offraient de la luminosité et une vue imprenable sur New York, et chaque élément était du goût le plus exquis. Les pièces étaient déjà meublées, dans un style à la fois sobre et très élégant. C'était un appartement aussi accueillant que fascinant par sa beauté et la modernité de ses équipements.

Après une visite de quelques minutes seulement, elle se tourna vers Aram.

— Inutile d'aller voir autre chose, annonça-t-elle avec certitude. C'est ici que tu dois t'installer.

Il s'inclina et fixa sur elle un regard brillant.

— Qu'il en soit ainsi.

Une heure plus tard, l'appartement était à lui. Avant de signer le contrat de vente, il le fit lire à Kanza, qui y ajouta quelques éléments avant qu'il ne soit définitif. La directrice de l'agence immobilière, qui était venue spécialement sur place, prit son exemplaire et s'en alla, le sourire aux lèvres.

Quand ils furent seuls, il vint s'asseoir à côté d'elle sur le canapé.

— Nous devons inaugurer cet appartement en y prenant un premier repas, dit Aram. Alors, de quoi as-tu envie ?

— Ton incapacité à faire des choix sans me demander mon avis commence à m'inquiéter.

— Cela fait huit ans que je prends des décisions qui concernent des milliers d'employés, de clients et d'actionnaires. Si bien que je n'ai plus la force d'en prendre dans ma vie personnelle.

— Alors c'est à moi de prendre le relais, si j'ai bien compris ?

— Tu fais ça si bien, si naturellement... C'est ta faute si je me suis habitué. Tu ne vas quand même pas me laisser tomber maintenant, si ? ajouta-t-il avec un regard implorant.

— Arrête de me faire ces yeux-là !

Ils se mirent à rire.

— D'accord, conclut-elle. Des sushis. Mais méfie-toi, à cette allure, je vais bientôt prendre le contrôle de ton entreprise.

Il lui fit choisir la composition de leur menu, ligne par ligne, jusqu'au moment où elle n'y tint plus et lui lança un coussin à la figure. Finalement, il put tout de même passer commande et un livreur ne tarda pas à sonner, leur apportant un dîner absolument succulent.

À la fin du repas, Aram lui servait du thé au jasmin quand elle se rendit compte qu'il la regardait avec une intensité toute particulière.

— Qu'y a-t-il ?

— Je me demandais si tu avais toujours été aussi intéressante.

— Et moi, je me demande si tu as toujours été aussi condescendant. Oh ! mais attends, tu étais pire avant. Tu me regardais comme si j'étais une martienne.

— C'est exactement ce que tu étais, avec ton corps peint en vert. Et d'où sortais-tu ces lentilles de contact roses ? Je me demande bien ce que tu cherchais à prouver avec tes accoutrements.

Elle s'était sentie si seule à l'époque... Et ce, malgré tous les gens qui l'entouraient. Quel paradoxe !

Exactement comme aujourd'hui. Aram était tout près d'elle, et pourtant elle le sentait plus inaccessible que jamais.

— L'une de mes belles-mères, la mère de Maysoon, m'a appelée Kanza la Terreur jusqu'à ce que tout le monde adopte ce surnom. Alors j'ai décidé de jouer le rôle qu'on m'avait attribué.

Elle vit une ombre de colère passer dans ses yeux, comme s'il brûlait de la venger de ses propres mains.

— Qu'est-ce qui a fini par te faire renoncer ? demanda-t-il d'une voix sombre.

Elle haussa les épaules.

— Je suis devenue allergique au maquillage.

Un sourire réapparut sur ses lèvres.

— Encore une allergie ?

— Pas une vraie. Je me suis juste rendu compte que le maquillage, qu'il me rende plus belle ou plus laide, était seulement destiné à influencer le regard des autres sur moi. J'ai décidé de redevenir moi-même, tout simplement.

— Tu as bien fait. Tu es parfaite comme ça.

Dans une comédie romantique, le héros aurait choisi ce moment-là pour voir brusquement sa meilleure amie sous un autre jour. Il aurait compris qu'elle était magnifique à ses yeux et qu'il voulait être bien plus que son ami.

Aram venait de lui dire qu'elle était parfaite. Mais, contrairement à ce héros imaginaire, il ne la voyait pas comme la femme parfaite pour lui.

8

Assis à côté de Kanza, Aram savourait le silence qu'il avait pris l'habitude de partager avec elle. Ces moments de calme lui procuraient autant de plaisir que leurs fous rires.

Par sa seule présence, elle avait transformé cet appartement en lieu de vie. Il n'avait pas été certain que ce fût un endroit pour lui avant de la voir à l'intérieur, mais elle l'avait convaincu en un instant. C'était parce qu'elle lui avait annoncé qu'elle resterait toujours à New York qu'il avait décidé de s'installer enfin quelque part.

Il laissa échapper un soupir de bien-être. Désormais, il savait que Shaheen avait eu raison sur un point : Kanza était un vrai trésor. Mais son beau-frère se rendait-il compte à quel point la signification de son prénom reflétait sa personnalité ? Il en doutait.

Elle était trop différente, trop surprenante pour permettre aux autres de pénétrer son mystère.

En un mot, elle était parfaite. Parfaite pour lui.

Et dire qu'elle ne faisait partie de sa vie que depuis six semaines. Comment avait-il tenu si longtemps en menant une existence si terne, si triste ?

Il en venait à croire que sa vie avait vraiment commencé le soir où il avait revu Kanza dans le bureau de Johara.

Souriant intérieurement, il repensa à sa lointaine

conversation avec Shaheen. Quand il lui avait suggéré d'épouser Kanza, son ami avait imaginé qu'elle serait forcément heureuse de devenir sa femme.

La connaissait-il donc si mal ? Jamais Kanza n'accepterait un mariage de convenance, c'était une évidence ! Si Shaheen avait su quel être exceptionnel elle était, il n'aurait pas osé avoir une idée aussi saugrenue.

Elle n'avait que faire de l'argent et du statut social d'un homme. Si elle avait obtenu de tels succès professionnels, c'était par passion et grâce à son incroyable énergie. Jamais elle ne se servirait d'un mariage pour accéder à une classe supérieure. Du reste, leurs conversations lui avaient même appris qu'elle n'envisageait pas de se marier un jour.

Mais Shaheen n'avait pas été le seul à se tromper sur elle. Si Aram avait cru que sa fascination pour elle se dissiperait avec le temps, c'était l'inverse qui s'était produit. Plus il la connaissait, plus il l'admirait et aimait passer du temps avec elle. Pour la première fois, il se sentait attiré par une femme non pas seulement pour son physique, mais pour sa personne tout entière. Il se sentait proche d'elle, sur tous les plans. Ensemble, ils pouvaient parler de leur travail, de leurs opinions, de leurs émotions, et il se sentait enrichi par chacune de leurs conversations.

Oui, elle était parfaite.

La veille, quand Shaheen lui avait demandé s'il avait fini par changer d'avis sur elle, il avait simplement répondu que oui. Sans entrer dans les détails.

Mais ce n'était pas seulement sur elle qu'il avait changé d'avis. C'était sur tout.

Plus il passait de temps avec Kanza, plus il voyait ses convictions sur lui-même et sur le monde remises en question. Ses convictions, mais aussi ses sentiments.

Il avait envie qu'elle éprouve du respect et de l'estime

pour lui, qu'elle soit heureuse de le voir. Ce qu'elle lui apportait, personne ne le lui avait apporté auparavant, pas même Shaheen ou Johara. Il sentait qu'elle s'amusait avec lui autant qu'il s'amusait avec elle. Elle l'acceptait tel qu'il était, sans hésiter pour autant à le défier, et elle savait aussi bien se montrer à l'écoute et l'aider à y voir plus clair quand il en avait besoin. Ce qui arrivait souvent.

Elle avait mis de la lumière dans sa vie sinistre et dépourvue de sens. Chaque moment passé avec elle était une expérience aussi nouvelle qu'excitante. S'il avait malgré lui réfléchi à la suggestion de Shaheen, il n'avait plus aucune raison de le faire à présent. L'idée du mariage lui avait plu l'espace d'un instant parce qu'elle lui faisait entrevoir un retour auprès de sa famille, mais à présent plus rien ne lui manquait.

Il ne voulait pas que les choses changent. Rien ne devait venir troubler l'équilibre parfait qu'il avait trouvé avec Kanza. Il avait seulement une chose à lui dire, et après cela il n'aurait plus rien à lui cacher.

— Il y a une chose que je ne t'ai pas encore dite, murmura-t-il. Une chose que personne ne sait.

Elle se tourna vers lui et le regarda avec une intensité qui le toucha au plus profond de lui. Elle lui donnait tellement de confiance et de force.

— C'est arrivé quelques mois après mon départ de Zohayd.

Il s'interrompit, peinant à confier ce qu'il avait caché pendant toutes ces années.

— J'ai été impliqué dans une affaire… Une affaire illégale. Avec des gens très dangereux. Je me suis retrouvé en prison.

À ces mots, elle se redressa. Mais dans son regard il vit aussitôt que, quoi qu'il dise, quoi qu'il ait fait, cela ne changerait pas l'opinion qu'elle avait de lui. Et à cet instant, comme souvent ces derniers temps, il dut se retenir de ne pas la prendre dans ses bras pour la serrer contre lui.

Son besoin de lui exprimer physiquement ce qu'il ressentait pour elle n'avait fait que grandir au fil des jours, mais à aucun moment elle ne l'y avait encouragé. Au contraire.

Si bien qu'il en était arrivé à éviter tout contact. Il n'osait même pas la toucher, de peur de la mettre mal à l'aise et de gâcher leur si précieuse amitié.

— J'ai été condamné à trois ans, dit-il d'une voix rauque, brûlant de passer au moins le bras autour de ses épaules. J'ai obtenu une mise en liberté conditionnelle au bout d'un an.

Enveloppé par son regard, il se sentit compris. Et même... protégé. Ces grands yeux noirs avaient le pouvoir de guérir toutes ses blessures.

— Pour bonne conduite ? demanda-t-elle avec une douceur infinie.

— Je pense plutôt qu'ils avaient hâte de se débarrasser de moi, répondit-il avec un rire amer. Je causais trop problèmes. Je ne cessais d'envoyer les autres détenus à l'infirmerie. J'ai failli en tuer deux. Sur une année, j'ai passé presque neuf mois à l'isolement. Dès qu'ils me laissaient sortir, je me battais et y retournais aussitôt.

— Décidément, tu as trop souvent été isolé au cours de ta vie.

Elle avait fait cette remarque à voix basse, comme pour elle-même. Mais à cet instant il sut qu'elle avait compris. Toute sa vie, il s'était senti désespérément seul.

Mais, maintenant qu'elle était là, il savait qu'il ne serait plus jamais seul. Chacun de ses regards et de ses sourires le lui promettait.

— Pourtant, avec ton style inimitable, tu as toujours réussi à tirer le bien d'une situation désastreuse.

— Ce n'est pas seulement grâce à mon comportement

que je suis sorti. C'était ma première condamnation, et par chance certaines personnes ont considéré que j'avais commis une erreur et non un crime. Ces alliés m'ont aidé à sortir de prison, puis à faire disparaître cette tache de mon casier judiciaire.

Son sourire lumineux lui fit oublier la honte qu'il avait ressentie à l'époque.

— Tu es donc spécialiste des révisions de procès, si je comprends bien, dit-elle en le taquinant. Et je n'ai pas été la première à croire en toi.

Il eut toutes les peines du monde à ne pas lui prendre les mains pour les serrer dans les siennes et les embrasser.

— Tu es la première et la seule à l'avoir fait en ne te fiant qu'à ma parole, précisa-t-il.

Elle fit un geste de la main, comme pour signifier que ce n'était qu'un détail.

— Comme tu me l'as si bien fait remarquer, dit-elle, je connais bien Maysoon. Cela suffisait à m'inciter à te croire plutôt qu'elle.

— Non. C'est ton flair de justicière qui t'a permis de voir la vérité. Tu as lu en moi. Et tu m'as cru.

— D'accord, d'accord, dit-elle en riant.

— Et là encore tu viens de me croire sur parole, insista-t-il. Quand j'ai dit que j'avais commis cette faute par mégarde, je ne t'ai donné aucun détail ni aucune preuve.

— Oui, je te crois, dit-elle en reprenant son sérieux. Parce que je sais que tu me dis toujours la vérité, et plus encore quand elle n'est pas à ton avantage. Si tu avais été coupable, tu me l'aurais dit. Tu sais que je peux entendre la vérité, et que, quelle qu'elle soit, cela ne change rien entre nous.

Profondément touché, il sentit son cœur se serrer et lutta une fois de plus contre le désir impérieux de serrer son corps contre le sien. Si seulement il avait pu...

Mais il devait se contenter de mots pour lui dire ce qu'il ressentait.

— Je suis heureux que tu aies autant confiance en moi. C'est un vrai privilège, j'en ai conscience.

— Tout de même, malgré ta taille et ta force, je ne t'imaginais pas capable d'être violent, dit-elle après un court silence.

— Est-ce que… ça te dérange ? demanda-t-il avec inquiétude.

— Tu plaisantes ? Au contraire, j'aurais adoré te voir envoyer ces brutes au tapis !

— Je n'imaginais pas que ce genre de spectacles puisse te plaire !

— Tu dois encore apprendre à ne pas te fier aux apparences… répondit-elle avec un clin d'œil. Non, sérieusement, je sais que si tu t'es battu c'est parce que tu n'avais pas le choix. Tu étais obligé de te défendre. Mais pourquoi n'as-tu jamais raconté cette histoire à personne ? Cela t'aurait fait du bien de te confier.

Elle avait raison. Partager cette épreuve avec elle venait de le soulager d'un poids.

— J'avais honte, admit-il. De ma faiblesse et de ma bêtise. Je voulais prouver à Shaheen et à ses frères que je n'avais pas besoin de leur aide. Que je m'en sortais très bien tout seul. J'aurais dû me rendre compte que la proposition qu'on me faisait était trop belle pour être vraie, mais j'avais tellement hâte de réussir… J'ai payé pour ma naïveté.

— Je ne peux même pas imaginer ce que tu as dû ressentir. Quand tu t'es fait arrêter, quand tu as été condamné… Tu as dû penser que tu avais gâché ton avenir et causé du tort à ta famille.

Il aurait voulu lui dire qu'elle voyait juste, comme d'habitude. Mais il ne pouvait pas parler. Sa gorge était nouée.

— Cette expérience t'a rendu encore plus seul. Non pas seulement cette année d'enfermement, mais les conséquences qu'elle a eues sur ta vie. Tu n'as pas osé te confier à tes proches de peur d'attirer leur compassion, et en gardant ce secret pour toi tu t'es un peu plus éloigné d'eux.

— Tu vois ? articula-t-il dans un souffle. Quand je te dis que tu sais tout.

— Pas tout, non. Il me manque encore des éléments. Comment as-tu fait pour remonter la pente aussi vite après ta sortie de prison ? N'était-ce que *halawet el roh* ?

Littéralement, cela signifiait la douceur de l'âme. À Zohayd, on employait ce terme pour définir un état d'énergie apparente. Une attitude trompeuse qui cachait un profond mal-être mais représentait la seule façon pour une personne désespérée de s'en sortir.

— Maintenant que tu le dis, j'ai l'impression que c'est la meilleure explication. En sortant de prison, j'ai employé tous les moyens possibles pour tirer un trait sur ce qui s'était passé. J'avais besoin de rattraper le temps perdu et de fuir mes souvenirs. Alors j'ai couru après le succès.

— À en croire Johara, tu étais au mieux de ta forme il y a trois ans, lors de son mariage à Zohayd. Elle trouve que les choses se sont dégradées il y a deux ans. Est-ce qu'il s'est passé quelque chose de particulier ? Tu t'es senti plus seul que jamais parce que toute ta famille était réunie là-bas, sans toi ?

— Tu sais, Kanza, j'ai l'impression que tu me comprends mieux que je ne me comprends moi-même.

— À vrai dire, c'est Johara qui a eu le sentiment que son mariage avec Shaheen avait mis une certaine distance entre eux et toi. Je veux dire, quand on considère combien vous étiez proches autrefois...

— Elle a sûrement raison. Mais ce n'est pas seulement

de mon fait. Ils sont tellement dévoués l'un à l'autre que je ne pouvais pas garder la même place qu'avant dans leur vie. Et c'est encore plus vrai depuis la naissance de Gharam.

Une ombre passa dans ses grands yeux noirs, mais elle secoua la tête, comme pour chasser ce qui était venu la troubler.

— À part leur mariage, s'est-il passé quelque chose pour que tu aies une telle baisse de forme ?

— Non, rien de particulier. J'ai commencé à avoir du mal à dormir et à me nourrir correctement. Tout me paraissait plus difficile et plus fatigant. Et chaque fois que je tombais malade je mettais un temps fou à me remettre. Même d'un simple mal de tête ou d'un rhume. Je n'avais plus de force.

— Mais tu as bien retrouvé toutes tes capacités aujourd'hui ? demanda-t-elle d'une voix inquiète.

Il prit le temps de la regarder, de la caresser du regard à défaut de pouvoir poser les mains sur elle.

— Je ne me suis jamais senti aussi bien. Et c'est grâce à toi.

Son regard se fit de nouveau soucieux, mais seulement durant une fraction de seconde.

— Arrête un peu de me faire passer pour une magicienne.

— Mais c'est ce que tu es, je n'y peux rien.

Empli d'énergie, il se leva d'un bond pour aller chercher leurs manteaux. Il voulait aller dehors avec elle et profiter de chaque moment que la vie leur offrait.

— Allons courir sous la pluie, s'exclama-t-il. Puis nous prendrons mon avion privé et nous irons prendre le petit déjeuner où tu voudras. En Europe, en Amérique du Sud, en Australie. N'importe où.

Elle attrapa sa veste au vol et le suivit en courant à l'extérieur de l'appartement.

— Tu oublies la lune ?

— Si c'est ce que tu veux, répondit-il en riant, c'est là que nous irons.

— J'aimerais bien te prendre au mot. Mais je vais me contenter de la terre ferme, et d'un endroit assez proche. Je dois aller travailler demain matin, au cas où tu l'aurais oublié.

Il regarda sa montre.

— Si nous décollons dans une heure pour la Barbade, je pourrai te déposer au bureau à 10 heures.

Elle resta un moment stupéfaite avant de lui faire un clin d'œil malicieux.

— D'accord, je te suis.

10

— Allô ? Je... Je suis heureuse de t'entendre, papa.

En percevant l'hésitation dans sa propre voix, Kanza se sentit coupable. Quoi qu'ait fait son père, elle l'aimait et il lui manquait. Même s'il n'était plus depuis bien longtemps le héros qu'elle avait tant admiré dans son enfance.

— Moi aussi, *ya bnayti*.

Elle était toujours mal à l'aise de l'entendre l'appeler « ma fille ». Comme il utilisait la même appellation pour ses neuf filles, elle en venait souvent à se demander s'il connaissait leur prénom.

— Alors, papa, que puis-je faire pour toi ?

Il ne téléphonait jamais sans avoir quelque chose à lui demander.

— *Ya Ullah*. Tu es la seule à pouvoir m'aider, *ya bnayti*. Il faut que tu reviennes tout de suite à Zohayd.

Après avoir raccroché, les yeux perdus dans le vague, Kanza ne cessait de ressasser sa conversation avec son père. Elle avait bien essayé de se dérober, mais en vain. Elle allait bel et bien prendre l'avion pour Zohayd. Ce soir.

Son père l'avait suppliée de prendre le premier avion,

tout en lui assurant qu'il n'était arrivé aucun drame mais sans lui dire pourquoi il avait besoin d'elle à tout prix.

Elle avait réservé un billet en ligne et rassemblé quelques affaires dans un sac. Si elle était sûre d'une chose, c'était qu'elle ne resterait que le temps strictement nécessaire.

Comme si elle avait une raison de revenir au plus vite à New York...

Quinze jours plus tôt, elle aurait été pressée de rentrer pour retrouver Aram. Mais elle ne savait plus que penser à présent. Six semaines après leur superbe soirée dans son nouvel appartement et leur petit déjeuner à la Barbade, il était soudain devenu extrêmement occupé. À force de s'absenter du bureau, il avait laissé son travail s'accumuler jusqu'au moment où il lui avait été impossible de se dérober plus longtemps.

Elle comprenait. Bien sûr, elle comprenait ses obligations. Tant de gens dépendaient de lui. Elle aussi avait négligé son travail ces dernières semaines, mais justement c'était une période creuse pour Johara. Et de toute façon elle ne pouvait comparer l'importance de son poste avec les responsabilités immenses d'Aram. Tout cela était on ne peut plus évident. Néanmoins...

En réalité, il l'avait trop gâtée. À force de le voir tous les jours, de l'avoir au téléphone à n'importe quelle heure du jour et de la nuit, de le sentir toujours aussi impatient de la retrouver, elle était devenue dépendante de lui. Et, depuis que tout s'était brusquement arrêté, elle était en état de manque.

Voilà qu'elle était devenue l'une de ces femmes collantes à qui elle s'était toujours gardée de ressembler. Intérieurement, du moins. Pour le reste, elle veillait à ne rien changer à ses habitudes et faisait son possible pour que personne ne devine les émotions qui la torturaient.

Pourquoi diable était-elle aussi stupide ? Il avait suffi que l'homme de ses rêves passe trois mois avec elle pour qu'elle oublie qu'il avait très bien vécu jusque-là sans elle. Elle avait toujours su que la réalité reprendrait le dessus à un moment ou l'autre. Ce moment était arrivé. Elle n'avait aucune raison de se lamenter.

En fin de compte, ce voyage à Zohayd tombait à point nommé. Depuis qu'elle avait cessé de voir Aram, le travail manquait et elle avait passé ses journées à attendre avec impatience un nouveau projet à étudier pour Johara. Avec un peu de chance, à son retour à New York, l'activité aurait repris au bureau et Aram aurait de nouveau un peu de temps à lui consacrer.

Elle prit son téléphone pour l'appeler. Le cœur battant, elle attendit d'entendre la voix qui la faisait frissonner chaque fois qu'elle l'entendait.

— Kanza… Une minute, s'il te plaît.

En l'entendant parler à quelqu'un d'autre, elle s'en voulut de l'avoir dérangé en plein rendez-vous. Il l'avait prévenue qu'il ne serait pas joignable avant 19 heures.

— Je vais retourner chez moi, je voulais juste que tu sois au courant. Je partirai dans deux heures.

Elle entendit de nouveau des paroles qui ne lui étaient pas destinées.

— Très bien, lui dit-il finalement. C'est formidable.

— Tu trouves ? demanda-t-elle, étonnée par sa réaction.

— Bien sûr. Écoute, Kanza, je suis vraiment désolé mais je dois absolument finir ça avant l'ouverture de la Bourse saoudienne. Je t'embrasse, à bientôt.

Sur ces mots, il raccrocha.

Elle regarda son téléphone avec stupeur.

La veille, il lui avait bien dit qu'ils se verraient ce soir. Et, maintenant qu'elle annulait leur rendez-vous en lui annonçant qu'elle devait partir en voyage, il avait l'air... content ?

Peut-être avait-elle laissé transparaître sa déception de ne pas le voir pendant deux semaines. En apprenant qu'elle partait quelque temps, il avait dû se dire que cela lui changerait les idées en attendant qu'il ait plus de temps à lui consacrer.

Mais il ne lui avait même pas demandé pourquoi elle partait ni pour combien de temps. Oui, il était occupé quand elle l'avait appelée, mais il aurait pu lui dire qu'il la rappellerait plus tard.

Était-il soulagé d'être débarrassé d'elle ? Considérait-il, maintenant qu'elle l'avait aidé à retrouver sa gaieté et son énergie, qu'elle ne lui était plus d'aucune utilité ? Le moment était-il venu pour lui de se détourner d'elle ?

Hélas, c'était l'explication la plus plausible. Le jour qu'elle avait tant redouté était arrivé. Mais pourquoi fallait-il que cela se passe si tôt ? Elle n'était pas encore prête à renoncer à lui.

Le serait-elle un jour ? songea-t-elle avec tristesse. Comment était-ce possible alors que... Alors qu'elle l'aimait ?

Un sanglot lui noua la gorge. Elle essaya de respirer profondément, mais il lui fut bientôt impossible de retenir ses larmes, qui coulèrent en abondance sur ses joues. Elle pleurait maintenant sans pouvoir s'arrêter, envahie par le désespoir.

Elle l'aimait. Et elle l'aimerait toujours.

Elle se serait contentée de rester son amie pour toujours, ne lui demandant rien d'autre que de passer du temps avec lui et de sentir son affection pour elle.

Mais apparemment il n'avait plus besoin d'elle.

Il allait seulement prendre ses distances dorénavant, puisqu'il ne pouvait pas rompre comme il l'aurait fait avec une petite amie. Elle continuerait à le voir de temps à autre, quand le hasard le voudrait bien. Et chaque fois il recommencerait à plaisanter sans savoir qu'elle brûlait d'amour pour lui et souffrait d'un manque insupportable.

Oui, ce voyage à Zohayd tombait à point nommé. Et peut-être avait-elle intérêt à rester là-bas aussi longtemps que possible.

Jusqu'à ce qu'il l'ait complètement oubliée.

Dès que sa dernière réunion de la journée fut enfin terminée, Aram prit son téléphone pour appeler Kanza. Mais à cet instant même Shaheen entra dans son bureau.

Furieux de devoir attendre pour la voir et l'entendre, il laissa échapper un soupir d'agacement.

— *Ya Ullah*, dit Shaheen, amusé, je t'ai manqué à ce point ?

Aram se rendit compte qu'il était incapable de cacher son impatience. Il s'en voulait d'avoir négligé son ami ces derniers temps, mais il n'avait pu s'empêcher de consacrer chaque minute libre à Kanza.

— Oui, tu me manques vraiment, dit-il. Mais tu sais comment c'est.

Shaheen se mit à rire.

— *Menn la'ah ahbaboh nessi ashaboh.*

Celui qui trouve l'amour oublie ses amis.

Mais Aram refusait de réagir à ses sous-entendus.

— Je voudrais bien satisfaire ta curiosité, Shaheen, mais je dois aller rejoindre Kanza maintenant. Voyons-nous une autre fois. Nous pourrions venir tous les deux chez vous un soir, qu'en dis-tu ?

Shaheen le regarda avec étonnement.

— Tu pars à Zohayd ? lui demanda-t-il.

— Qu'est-ce que tu racontes ? répliqua Aram. Pourquoi devrais-je aller à Zohayd ?

— Parce que tu as dit que tu allais rejoindre Kanza, qui est actuellement dans l'avion pour Zohayd.

Aram regarda sa montre, puis leva les yeux vers le hublot. Ce trajet ne lui avait jamais paru aussi long. Il était monté dans son avion privé une heure après avoir appris de la bouche de Shaheen que Kanza était partie, et maintenant il avait la sensation d'être enfermé là depuis une journée entière.

Il n'arrivait pas à se débarrasser du sentiment de panique qui l'envahissait. D'après Johara, c'était le père de Kanza qui lui avait demandé de venir de toute urgence, mais personne ne semblait savoir pourquoi.

Shaheen n'avait pas compris pourquoi la nouvelle de son départ le mettait dans un tel état d'angoisse, puisqu'elle devait rentrer d'ici quelques jours. Mais Aram avait été incapable d'écouter la voix de la raison. Tout à coup, il n'avait plus eu qu'une seule obsession : la rejoindre.

Il avait un mauvais pressentiment, voilà tout.

Comment avait-elle pu partir ainsi sans lui dire au revoir ? Cela ne lui ressemblait pas. Pourquoi ne lui avait-elle pas dit clairement où elle partait ? S'il avait su, il aurait couru la retrouver pour la voir, ne fût-ce que quelques minutes, avant qu'elle parte. Elle le savait forcément. Alors pourquoi ne lui avait-elle pas donné la chance de le faire ? N'avait-elle pas elle aussi ressenti le besoin de le voir avant de partir ?

Depuis un moment, il sentait qu'il dépendait plus d'elle que l'inverse. Il s'était fait à cette idée.

Mais que deviendrait-il s'il la perdait ? La façon dont elle était partie témoignait peut-être de son désir de s'éloigner de lui pour toujours.

Cette seule pensée était son pire cauchemar. Dès l'instant où il l'avait revue, il avait cessé de se sentir seul pour la première fois de sa vie. Et, quand Shaheen lui avait annoncé son départ, ce n'était pas la solitude qui l'avait envahi, mais un insupportable sentiment d'abandon.

Sa présence à ses côtés était vitale. Sans elle, il était perdu.

Mais elle, que ressentait-elle ? En le voyant arriver à Zohayd, elle le prendrait peut-être pour un fou.

Peut-être l'était-il vraiment. Peut-être s'était-il fait des idées...

Il sursauta en entendant la sonnerie de son téléphone. Kanza. Elle l'appelait pour lui expliquer pourquoi elle était partie sans lui dire au revoir. Et il allait lui dire qu'il serait auprès d'elle dans deux heures.

Quand il eut enfin trouvé son téléphone dans la poche de sa veste, il soupira de déception en regardant l'écran. Johara.

— Johara, qu'y a-t-il ?

Elle hésita avant de lui répondre.

— Euh, ne t'en prends pas à moi, d'accord ? J'appelle pour te prévenir, c'est tout.

— Me prévenir de quoi ? Fais vite, s'il te plaît. Désolé mais je ne suis pas d'humeur à faire la conversation.

— Tu dois savoir quelque chose. Il vaut mieux que tu sois prêt.

— Prêt à quoi ? s'exclama-t-il avec effroi. Dis-le-moi, à la fin !

Kanza, Kanza, Kanza. Il ne pouvait penser à rien ni à personne d'autre. Lui était-il arrivé quelque chose ?

— Je viens d'avoir le père de Kanza au téléphone, répondit-elle. Comme je suis son amie la plus proche, il voulait m’annoncer personnellement que le prince Kareem Aal Kahlawi l’avait demandée en mariage.

Cette fois, Kanza n’y tenait plus. Elle allait finir par commettre un meurtre.

Folle de rage, elle longea le couloir à grandes enjambées et claqua violemment la porte de sa chambre de jeune fille.

Enfin seule, elle poussa un cri de frustration.

Comment son père avait-il osé la faire revenir en urgence pour ça ?

Elle était prête à les étrangler, lui et ses sœurs, pour lui faire subir un tel supplice.

Incapable de retrouver son calme, elle se mit à faire les cent pas en laissant échapper tout ce qui lui passait par la tête.

Jusqu’au moment où...

Elle se figea, croyant à un rêve. C’était impossible.

— Kanza.

C’était la voix d’Aram qui résonnait dans sa tête. Seigneur, elle était en train de perdre l’esprit. Elle l’entendait alors qu’il se trouvait à des milliers de kilomètres.

— Kanza, je sais que tu es là.

Était-il vraiment à des milliers de kilomètres ?

— Je t’ai vue sortir du salon d’un pas furieux et monter l’escalier. Je sais que c’est ta chambre. Je sais que tu es là. Viens à la fenêtre. Viens, Kanza !

Elle fit un bond vers la baie vitrée de sa chambre et manqua dans son empressement de passer de l’autre côté de la rambarde.

Et là, sous sa fenêtre, c’était bien Aram qui l’attendait. Levant vers elle ses yeux bleus, il soupira en la voyant.

— Mais qu’est-ce que tu fais là ?

En le voyant plus beau que jamais dans la lumière du soleil couchant, elle était si fascinée qu'elle mit un instant à se rendre compte de l'absurdité de sa question.

— Toi, qu'est-ce que tu fais là ? répliqua-t-elle, stupéfaite. À Zohayd ? Sous la fenêtre de ma chambre ?

Il mit les poings sur les hanches, comme pour lui montrer qu'il était... en colère ? Mais pourquoi ?

— À ton avis ? Je suis venu pour te voir.

Elle se figea, peinant à comprendre ce qui se passait. Il avait dû quitter New York seulement quelques heures après elle. Avait-il fait tout ce voyage pour savoir ce qui l'avait poussée à revenir ici ? Après lui avoir dit au téléphone qu'il était ravi qu'elle s'en aille ? Cela n'avait aucun sens. Il aurait pu se contenter de l'appeler.

— Eh bien, c'est fait. Tu m'as vue. Maintenant, va-t'en avant que ma famille ne te voie ici. Avec tes cris, tu as dû ameuter tout le monde.

Mais il ne bougea pas d'un centimètre.

— Si tu ne veux pas qu'on me voie, tu n'as qu'à descendre.

— Je ne peux pas. Si je traverse la maison, je ne pourrai pas sortir sans avoir une vingtaine de femmes à mes trousses, protesta-t-elle.

— Dans ce cas, descends par la fenêtre, dit-il à voix basse.

— Aram, je sais que tu es fou, mais tu dois tout de même être capable de voir que la dernière prise est à six mètres du sol.

— Quatre au maximum. Je t'attraperai.

— Si tu veux rejouer la scène de Shaheen et Johara, permets-moi de te rappeler qu'elle n'avait que six ans à l'époque.

— Et Shaheen n'en avait que quatorze. Je t'assure que je pourrai te rattraper. Tu sais que je me suis remis au sport.

Oh ! oui, elle le savait. Et elle n'était pas près d'oublier le jour où elle l'avait vu à la fin de sa séance, torse nu, bronzé et musclé, tellement viril et irrésistible.

— Mais même si je n'étais pas au meilleur de ma forme, je t'aurais portée facilement.

Elle n'en revenait pas de la scène qu'il était en train de lui faire. Que ferait-il le jour où il serait amoureux ?

Cette pensée lui donna envie de sauter dans le vide, mais pas pour qu'il la rattrape...

— Bon, d'accord, répondit-elle finalement. Mais j'accepte seulement parce que j'ai peur du scandale que tu pourrais provoquer. J'espère que tu te rends compte que je me sacrifie pour sauver ta peau.

— Oui, dit-il en souriant. J'ai une dette éternelle envers toi. Allez, dépêche-toi, maintenant.

Prenant une profonde inspiration, elle enjamba la rambarde, non sans répondre à ses encouragements par les remontrances qu'il méritait.

— Tu t'en sors très bien, déclara-t-il quand elle posa le pied sur le rebord. Ne regarde pas en bas. Je suis là.

Elle glissa et se raccrocha à une pierre au dernier moment.

— Aram, par pitié, tais-toi. Je n'arrive pas à croire que tu me fasses faire une chose pareille.

— Ne te raidis pas, ordonna-t-il en ignorant ce qu'elle venait de lui dire. Ça y est, tu peux sauter.

Comme elle hésitait, il se mit à lui parler d'une voix suave qui lui fit oublier toute son appréhension.

— N'aie pas peur. Je te rattraperai, *ya kanzi*.

Mon trésor.

En entendant ce mot, elle s'effondra.

Dans ses bras.

Ainsi qu'il l'avait promis, il l'avait attrapée comme si elle était aussi légère qu'une plume. Et à présent elle ne voyait plus que ses profonds yeux bleus, dont elle ne cessait de rêver depuis des semaines.

Sans ajouter un seul mot, il la déposa sur le seuil et ils quittèrent ensemble la propriété de son père.

Pour la première fois, elle avait senti son corps contre le sien. Son torse puissant, ses bras forts, ses mains à la fois douces et fermes. Jamais elle ne s'était sentie aussi bien que durant ce court instant où il l'avait tenue contre lui.

Elle n'était pas prête à renoncer à lui, elle en avait désormais la certitude. Quelle que fût la raison pour laquelle il était venu, il était bel et bien là. Avec elle. Et elle voulait bien le suivre où bon lui semblait.

Aram dévorait Kanza du regard tandis qu'elle marchait un pas devant lui. Même à cette distance, il avait le sentiment qu'elle était encore trop loin de lui.

Après être partis de chez son père, ils étaient montés en voiture en silence et n'avaient rien dit durant tout le trajet. Mais ce n'était pas un silence apaisé comme il en avait si souvent connu avec elle. Cette fois, il sentait que quelque chose n'allait pas.

Lorsqu'ils arrivèrent devant la vaste demeure de Shaheen et s'arrêtèrent sur sa splendide terrasse, elle se tourna brusquement vers lui.

— Ne me dis pas que tu as acheté cette villa entre ton arrivée à l'aéroport et ton irruption sous la fenêtre de ma chambre, dit-elle en riant.

Enfin, il entendait sa voix. Son rire. Tout ce dont il était devenu dépendant ces dernières semaines.

— Pourquoi ? Tu ne me crois pas assez fou pour ça ?

Il était fou de joie de voir son sourire, mais il lui semblait différent.

— Je crois que tu es assez fou pour avoir acheté la mer et le désert.

— Cette maison est à Shaheen, lui expliqua-t-il. Maintenant, s'il te plaît, dis-moi ce que tu fais ici. Et surtout pourquoi tu es partie sans me prévenir.

Elle le regarda avec stupéfaction.

— Mais je t'ai prévenu !

— Comment aurais-je pu deviner que tu parlais de Zohayd quand tu as dit que tu allais retourner chez toi ?

— De quel endroit voulais-tu que je parle ?

— De ton ancien appartement de Manhattan, évidemment ! Celui que tu aimais tant et dont j'ai récupéré le bail pour toi. J'ai cru que tu étais enfin prête à t'y réinstaller.

— C'est pour ça que tu as dit que c'était formidable, répondit-elle. Tu as cru que j'allais emménager à côté de chez toi.

— Tu as perdu la raison ? Tu pensais vraiment que je me réjouissais que tu retournes à Zohayd en me laissant tout seul à New York ?

Elle le regarda avec de grands yeux avant de pousser un long soupir.

— D'accord, j'ai compris. Mais, je t'en prie, arrête de t'en prendre à moi. J'ai déjà mal à la tête à force de prendre des décisions pour tout le monde. Ces deux mariages vont me rendre folle.

Il eut l'impression qu'elle venait de lui enfoncer un poignard dans le cœur. Non, elle ne pouvait pas déjà envisager un mariage. Il ne la laisserait pas faire. Il...

Deux mariages ?

— Mais enfin, Kanza, de quoi parles-tu ?

— J'ai deux demi-sœurs qui ne sont pas encore mariées. Eh bien, cela va bientôt changer. À condition que toute la famille ne meure pas dans une bataille sanglante ! Elles sont toutes les deux les filles de mon père mais n'ont pas la même mère, et elles ne cessent de se disputer pour des détails stupides. Les tensions sont montées au sein de la famille au point que mon père a cru que j'étais la seule à pouvoir calmer tout le monde.

— Pourquoi toi ?

— Parce que je suis neutre. Étant le seul enfant de ma mère, qui est elle-même partie depuis longtemps, je ne lui ai jamais causé le moindre problème de jalousie ou de contentieux. Je n'ai pas de clan, contrairement à mes huit demi-sœurs. Il a toujours fait appel à moi pour arbitrer les conflits qui se développent autour de lui, tout simplement parce que personne ne me considère comme une concurrente potentielle. S'il a fait appel à moi, c'est une fois de plus pour se défiler et me laisser le soin de remettre l'organisation de ces mariages sur de bons rails.

Pourquoi ne parlait-elle pas du prince qui l'avait demandée en mariage ?

Il n'était pas question qu'il aborde lui-même ce sujet. En réalité, il n'avait qu'une seule question à lui poser à présent.

— Kanza, je dois te poser une question.

Elle leva vers lui un regard interrogateur. Et à cet instant, en la contemplant dans la lumière chaude du soir, il se rendit compte qu'elle représentait tout ce à quoi il aspirait. Jamais elle ne lui avait paru aussi belle qu'à cet instant.

Mais entre eux il y avait ce prince et la demande qu'il avait faite à son père. Ce prince qui risquait de lui faire perdre ce qui comptait le plus à ses yeux.

Plongeant les yeux dans les siens, il se rapprocha d'elle.

— Kanza, tu es la seule qui m'ait toujours dit la vérité. J'ai besoin que tu me la dises maintenant.

Elle avait toujours le regard perdu, mais elle acquiesça tout de même. Il savait qu'elle ne lui mentirait jamais.

Quitte à mettre fin au seul espoir qui le faisait tenir.

— Je crois qu'un homme et une femme peuvent être amis, affirma-t-il. Mais quand ils partagent tout, absolument tout, je ne vois pas comment ils peuvent ne pas être attirés l'un par l'autre. Alors dis-moi, est-ce que c'est moi, ou est-ce que, d'une manière générale, ces rapports-là ne t'intéressent pas ?

Au lieu de lui répondre, elle afficha une expression encore plus étonnée.

— Il est évident que ça ne t'a jamais traversé l'esprit. Et, jusqu'à maintenant, notre amitié m'a comblé. J'aurais pu attendre éternellement comme ça, que quelque chose d'autre se passe. Mais je sens que je n'ai plus l'éternité devant moi. Et je ne pourrai pas vivre en pensant que tu n'as peut-être jamais imaginé ce qui pourrait se passer entre nous. Si jamais j'arrive à te convaincre d'essayer, qui sait, peut-être que… que tu ne détesteras pas ça.

Elle semblait trop sidérée par ses paroles pour parler. Alors il continua, osant poser la question qui le taraudait.

— Ce premier soir, quand tu as dit que ma beauté était écœurante, est-ce que tu le pensais vraiment ? Tu voulais dire que tu aimais les hommes plus rugueux, ou plus doux, ou juste… différents de moi ? Je ne corresponds pas à ton idéal masculin, c'est ça ?

Prise au dépourvu, Kanza sentit ses joues s'empourprer, et ses lèvres se mirent à trembler légèrement.

— Euh… Je ne suis pas sûre de… balbutia-t-elle.

Lui non plus n'était sûr de rien. Ni que cela se passerait bien entre eux s'ils entamaient une relation de couple, ni qu'il saurait la combler.

Mais ce qu'il ressentait pour elle était si fort qu'il était obligé d'essayer.

Alors il prit son visage entre ses mains et l'enveloppa du regard.

— Il y a une façon de le savoir.

Sur ces mots, il se pencha et prit possession de ses lèvres.

Il sentit alors un long frisson le traverser, comme si son corps vibrait en recevant ce qu'il attendait depuis si longtemps. Et lorsque Kanza, laissant échapper un soupir, se cambra pour se serrer contre lui, il comprit qu'elle ressentait la même chose que lui.

Redoublant de ferveur, il savoura le goût incroyable de ses lèvres et leur infinie douceur. Chacune de ses initiatives était accueillie par un murmure de plaisir, si bien qu'il ne résista pas à l'envie de poser les mains sur elle. Puis il se plaqua contre elle, révélant la puissance de son désir, sans cesser de l'embrasser et de la caresser.

Comme il allait à la rencontre de sa langue, il sentit dans sa réponse une telle passion que son corps fut soudain envahi par l'amour infini qu'il ressentait pour elle.

Elle était tout pour lui.

Abandonnant ses lèvres à contrecœur, il se redressa et la regarda dans les yeux. Elle tremblait.

— Kanza, est-ce que tu as envie de ça ? Est-ce que tu as envie de moi ?

En voyant pour la première fois son regard empli de désir, il se sentit plus heureux que jamais. Mais il avait besoin qu'elle lui dise ce qu'elle voulait.

— Kanza, je suis prêt à tout te donner et à recevoir tout ce que tu auras à m'offrir. Nous pouvons tout partager à partir de maintenant. Si c'est ce que tu veux…

Son cœur cessa de battre. L'attente de sa réponse le mettait dans un tel état d'angoisse...

C'est alors que ses lèvres rougies par leur baiser formèrent le mot si simple qui devait le transporter de joie.

— Oui.

10

Kanza entendit sa propre voix comme dans un rêve.

Oui, ce devait être un rêve. Jamais elle ne se serait trouvée dans les bras d'Aram dans la réalité. Jamais il ne l'aurait embrassée ni ne lui aurait demandé de tout partager avec elle.

Seulement, quel rêve aurait pu être aussi intense que le moment qu'elle venait de vivre ? Elle avait souvent rêvé de lui, mais rien ne lui avait procuré une émotion aussi forte. Jamais elle ne l'avait imaginé montrant une telle passion avec elle.

C'était bel et bien le vrai Aram qui se tenait là contre elle. Et elle avait dit oui à tout ce qu'il lui avait proposé. Qu'aurait-elle pu dire d'autre, alors que son être tout entier brûlait de s'abandonner à lui ?

Ivre de désir, elle l'embrassa encore et encore, s'attendant à ce qu'il la prenne dans ses bras pour l'emmener dans la maison. Mais au lieu de cela il se mit à défaire un à un les boutons de sa chemise.

Avait-il l'intention de lui faire l'amour ici, sur la terrasse ?

Personne ne pouvait les voir, mais elle ne put s'empêcher de frissonner d'appréhension. À cet instant, elle sentit sa main remonter le long de son dos pour dégrafer son soutien-gorge, et elle perdit aussitôt toute notion de la réalité.

Puis, la dévorant des yeux, il lui ôta sa veste avant de la dénuder complètement, poussant un soupir rauque au moment où il découvrit ses seins pour la première fois. Il défit ensuite son pantalon avant de s'agenouiller devant elle pour la débarrasser de tous les vêtements qui lui restaient, y compris sa petite culotte et ses chaussures.

Il fit alors remonter ses mains le long de ses jambes, attisant le feu qu'il avait allumé en elle.

Elle ne put retenir un frisson de plaisir.

— *Ma koll hada'l jamaal ? Kaif konti tekhfeeh ?*

Ses paroles en arabe, qui lui demandaient comment elle avait pu cacher toute cette beauté, lui firent l'effet d'une vague brûlante.

— Oh ! Aram, murmura-t-elle dans un souffle.

Le visage pressé contre sa cuisse, il la dévorait de ses lèvres brûlantes tandis qu'elle enfouissait les mains dans ses cheveux. Quand il se redressa, ce fut pour prendre ses seins dans ses mains et les embrasser avec une douceur mêlée de passion brûlante.

Sous l'effet de l'excitation, elle se mit à onduler contre lui tout en massant son corps viril et en le suppliant d'aller plus loin. Elle avait besoin de lui, besoin de le sentir en elle.

Alors il glissa la main entre ses cuisses pour la caresser tout en prenant entre ses lèvres la pointe de son sein, et il n'en fallut pas davantage pour la faire crier de plaisir.

La tenant d'une main ferme par la taille, il fit entrer deux doigts en elle et murmura tout contre ses lèvres :

— Je ne pensais pas te voir un jour comme ça, abandonnée entre mes bras. C'est si bon de te sentir aussi brûlante…

Sur ces mots, il s'agenouilla de nouveau et lui ouvrit les cuisses pour les mettre sur ses épaules. Puis il pressa la bouche contre son sexe et fit aller et venir sa langue tout en bougeant un doigt en elle. Tremblante de plaisir, elle laissa aller ses soupirs jusqu'au moment où un cri d'extase s'échappa de sa gorge.

Jamais elle n'avait connu de sensation aussi forte. Et, quand elle rencontra le regard brûlant d'Aram, elle sentit son excitation redoubler en même temps que la sienne.

— J'espère que tu as aimé ça, susurra-t-il. Parce que moi, je ne pourrai plus jamais m'en passer.

Ses paroles l'émurent plus qu'elle n'aurait su le dire. Elle ne ressentait pas seulement un désir ardent pour lui. À cet instant, elle avait le sentiment que plus rien ne lui manquait.

Elle n'avait besoin que de lui.

— Tu ne peux pas imaginer à quel point j'ai aimé ça, murmura-t-elle. Mais maintenant je veux partager mon plaisir avec toi.

— Oh ! oui, nous allons tout partager. Tu vas voir, promit-il avec un regard brillant d'excitation.

Sur ses mots, il se releva et la prit dans ses bras pour la porter à l'intérieur de la villa. Quelques instants plus tard, ils entraient dans une suite au mobilier délicieusement raffiné, dont le sol de marbre était couvert de tapis persans. Des lampes à huile brûlaient aux quatre coins de la pièce, ne faisant qu'ajouter au romantisme de ce cadre enchanteur.

Quand Aram la déposa sur le drap en satin qui recouvrait le lit, elle voulut l'attirer contre elle. Mais, après l'avoir embrassée, il se releva pour la contempler.

— Tu te rends compte à quel point tu es extraordinaire ? murmura-t-il, la faisant rougir. Tu veux que je te montre à quel point je te trouve extraordinaire ?

— Oh ! oui. Je t'en prie.

Se dressant sur ses coudes, elle l'observa tandis qu'il ôtait ses vêtements un à un. C'était lui qui était extraordinaire. Chaque partie de son corps qu'il dévoilait la faisait un peu plus trembler de désir. Et, quand il baissa son boxer, elle vit en effet à quel point il la trouvait extraordinaire. Le voir ainsi prêt à prendre possession de son être décupla son excitation.

Elle ne pouvait plus attendre une seconde de plus.

Il s'approcha du lit et plongea les yeux dans les siens.

— Enfin, *ya kanzi*. Maintenant je vais te prendre. Et tu vas me prendre.

— Oh ! oui, dit-elle d'une voix tremblante.

Elle laissa échapper un cri de plaisir lorsqu'il s'étendit sur elle, lui offrant le contact de son corps brûlant contre le sien. C'était si bon d'être là, nue entre ses bras...

Sans la quitter des yeux, il se plaça entre ses cuisses tandis qu'elle ouvrait les jambes et les enroulait autour de lui. Puis, d'un mouvement ferme et tendre à la fois, il la pénétra.

Elle se laissa retomber sur le matelas, fermant les yeux pour savourer les mille sensations qui l'envahissaient. Jamais elle n'avait imaginé ressentir un jour quelque chose d'aussi fort. D'aussi... magique.

Comme Aram se figeait, elle rouvrit les yeux et vit de l'inquiétude dans son regard.

— C'est ta première fois, dit-il.

Malgré elle, elle ne put s'empêcher de rire.

— Ce ne devrait pas être une surprise, répondit-elle. Tu sais comme je sais me montrer avenante.

Aussitôt, l'inquiétude qu'elle avait lue sur son visage fit place à une infinie tendresse et une délicieuse sensualité.

— C'est plutôt de tes surprises que je ne devrais plus m'étonner. Tu es vraiment imprévisible.

Il commença à se retirer doucement.

— Non, ne t'en va pas, le supplia-t-elle. Ne t'arrête pas.

— Je ne m'en vais pas, déclara-t-il en fermant les yeux. J'essaie juste de revoir le scénario quelque peu sauvage que j'avais en tête.

Il respira profondément avant de fixer de nouveau les yeux sur elle.

— Je ne m'arrêterai que si tu me le demandes.

— Je mourrais si tu t'arrêtais.

— Je mourrais si tu me le demandais.

Envahie par l'émotion, elle noua les bras autour de son cou et le dévora de baisers.

— Alors continue, et va jusqu'au bout, susurra-t-elle.

Refermant les mains sur ses hanches, il entra de nouveau en elle et lui offrit des sensations encore plus intenses que la première fois. Puis il continua à aller et venir tout en l'embrassant et en passant la langue sur ses seins, l'aidant à faire disparaître la douleur au profit du plaisir.

— Tu es parfaite, *ya kanzi*. Tout en toi est irrésistible.

À cet instant, elle sentit tout son corps se raidir. Comme s'il avait compris ce qui se passait en elle, il se mit à bouger plus vite, plus fort, jusqu'au moment où l'extase prit possession de tout son être. Tandis qu'elle se cramponnait à lui, elle l'entendit bientôt soupirer de plus en plus fort. Elle vit la jouissance se dessiner sur son visage, et à cet instant elle sut qu'elle n'oublierait jamais ce qu'elle était en train de vivre. Elle avait le sentiment de ne faire plus qu'un avec lui.

Ils s'envolèrent ensemble vers les cimes du plaisir, avant de s'effondrer, à bout de souffle, sur le lit.

Quelques instants plus tard, en le sentant bouger, elle serra les bras autour de lui pour l'empêcher de s'éloigner. Elle refusait d'être séparée de lui maintenant. Alors il déposa des baisers sur son visage, sur ses yeux, sur sa bouche, et murmura des paroles rassurantes de sa voix suave. Puis il l'enlaça et roula pour s'allonger sur le dos en la gardant tout contre lui.

Elle venait de vivre le moment le plus incroyable de sa vie. Et pour la première fois elle se sentait en paix.

Ils restèrent ainsi un long moment, immobiles, comme s'ils avaient tous les deux besoin de temps pour se remettre de ce qui s'était passé entre eux. Puis, lentement, il s'écarta d'elle, lui laissant tout le loisir de se rendre compte que son excitation était intacte.

Alors qu'elle se rapprochait pour se serrer contre lui, il eut un rire rauque.

— Tu penses peut-être que tu es prête pour un deuxième acte, dit-il, mais tu te trompes.

Prenant appui sur son coude, il la caressa du regard.

— Si j'avais su que ce serait comme ça entre nous, dit-il en souriant, je n'aurais pas réussi à attendre aussi longtemps.

— Dommage que tu ne l'aies pas su, répliqua-t-elle en se serrant contre lui.

— Je devrais te punir pour toutes les fois où tu m'as regardé comme si j'étais le frère que tu n'as jamais eu.

Plaquant ses hanches contre les siennes, elle sentit son érection qu'elle brûlait d'avoir de nouveau en elle.

— Punis-moi.

— D'accord, mais pas tout de suite, dit-il en riant. Il faut laisser ton corps se reposer. Dans une heure ou deux, je te punirai, promis.

— Je n'ai pas besoin de repos. J'ai envie de toi, Aram. Tout de suite.

— Comment ai-je pu résister à ton charme pendant ces longues semaines ? Il a fallu que je t'embrasse pour faire tomber ton masque et découvrir le plaisir infini que tu avais à me donner. Tu n'es pas un lutin mais une enchanteresse.

Sur ces mots, il mit son sexe entre ses cuisses et lui donna du plaisir sans entrer en elle. C'était tellement bon de sentir qu'il la connaissait déjà si bien…

Elle se mit alors à bouger en même temps que lui, au rythme de leur plaisir, jusqu'au moment où un nouvel orgasme monta en elle. Comme il se serrait contre elle, elle se sentit envahie par la jouissance au moment même où il trouvait lui aussi l'extase.

Comment aurait-elle pu imaginer qu'elle pouvait lui donner autant de plaisir ? Il lui paraissait encore plus beau dans ces moments d'intimité et d'abandon total.

— Je ne sais pas si cela aurait été aussi fort entre nous si nous n'avions pas vécu ces semaines d'amitié, murmura-t-il après un long silence. En tout cas, pour rien au monde je n'échangerais une seconde du temps que nous avons passé ensemble avant aujourd'hui.

— Moi non plus, je ne voudrais rien changer.

Elle était sincère. Mais ce qui venait de se passer l'avait transformée pour toujours. Cela, elle en était tout aussi certaine.

En se réveillant, Kanza eut devant elle la plus belle vue qu'elle pouvait imaginer. Debout, nu, près de la fenêtre, Aram regardait dehors par la fente des stores. À en croire la lumière orange qui filtrait, le soleil devait être en train de se recoucher à l'heure où elle ouvrait les yeux.

Au cours des dernières vingt-quatre heures, ils avaient exploré ensemble les contrées du plaisir, sans jamais en trouver les limites.

Il se tourna vers elle en souriant, comme s'il avait senti qu'elle le regardait. Puis, tandis qu'il lui apportait un plateau et s'asseyait sur le lit à côté d'elle, elle songea à cette divine intimité qu'ils partageaient. Et, se sentant rougir, elle enfouit la tête au creux de son épaule.

— C'est adorable que tu montres de la timidité maintenant, dit-il en riant. Après ce que tu m'as fait ces dernières heures…

— Je ne suis pas encore habituée à cette transfiguration. Ce sont les conséquences d'une première fois.

— Pour moi aussi, c'était la première fois.

Elle le regarda avec défiance.

— Je ne connaissais pas mieux que toi la passion, précisa-t-il. Cette passion brûlante et dévorante que tu viens de me faire découvrir. Je me sens transfiguré, moi aussi.

Ses paroles l'emplirent de bonheur et elle se blottit encore plus fort contre lui.

— Je te crois sur parole.

Il rit en même temps qu'elle. C'était sur cette parole qu'était fondée leur relation, depuis le début.

— Maintenant, répliqua-t-il, à toi de me donner ta parole.

— À propos de quoi ?

— Promets-moi que tu ne feras pas comme tes sœurs.

— Comment ça ?

— Que tu ne demanderas pas mille détails stupides. Que tu ne feras rien qui puisse retarder notre mariage.

11

— Comment ça, notre mariage ?

Aram ne put s'empêcher de sourire en voyant Kanza se redresser brusquement, l'air sidéré.

— Oui, notre mariage.

— Mais…

Son expression de béatitude avait disparu, faisant place à ce qui ressemblait à de la douleur. Et aussitôt il eut le cœur serré.

— Aram, arrête s'il te plaît. Ne fais pas ça.

— Quoi ?

— Ne te force pas à jouer le rôle du parfait gentleman.

— Qu'est-ce que tu veux dire par là ?

Elle se mit à genoux face à lui pour le regarder dans les yeux.

— Tu te dis que tu as fait l'amour plusieurs fois avec une femme qui était vierge avant de te connaître. Que vous ne vous êtes pas protégés, et qu'elle est peut-être déjà enceinte de toi. Tu penses que les coutumes conservatrices de Zohayd t'obligent à l'épouser.

Il s'agenouilla à son tour pour se placer au-dessus d'elle et mettre un terme à ses fausses présomptions.

— S'il y a un bébé ici, dit-il en posant la main sur son ventre, je n'ai qu'une seule envie, c'est d'être son père…

— Mais ce n'est pas une raison pour se marier.

— Et d'être le meilleur ami, l'amant et le mari de sa mère aussi longtemps que je vivrai, ajouta-t-il, ignorant son interruption. Et même pour l'éternité, si elle existe.

À ces mots, le regard soucieux de Kanza se dissipa.

— Mais de toute façon je peux t'assurer que je ne suis pas enceinte. Ce n'est pas du tout la bonne période. Alors tu n'as pas à t'inquiéter.

— Tu trouves que j'ai l'air inquiet ? Au contraire, je suis déçu que tu sois sûre de ne pas être enceinte. Je rêve que tu attendes un enfant de moi. Et même deux. Ou plus.

— Eh bien ! Quelle envie de changement tout à coup ! Que t'arrive-t-il ?

— Je ne sais pas.

Il se pencha pour lui mordiller l'oreille avant d'enfouir le visage dans son cou pour l'embrasser.

— C'est peut-être mon horloge biologique, reprit-il. Un homme ne franchit pas la quarantaine sans le moindre changement, tu sais ?

Elle s'écarta légèrement de lui et le regarda fixement.

— Étant donné que tu vas vivre en pleine forme jusqu'à cent ans au moins, tu es encore loin du milieu de ta vie. Alors détends-toi.

Il l'attira de nouveau contre lui.

— Je n'ai pas besoin de me détendre, je ne suis pas nerveux. J'ai seulement envie de faire des projets, pour la première fois de ma vie. Des projets avec toi. Je t'aime, *ya kanzi*. Plus que ça. Je t'adore. *Ana aashagek*.

Elle se redressa brusquement, le fixant d'un regard à la fois ému et émerveillé.

— Tu... Tu es sincère ?

La fragilité qu'il vit dans son regard l'ébranla.

— Comment peux-tu en douter ? dit-il en lui prenant les mains.

Elle rougit de nouveau, tout aussi adorablement que la première fois.

— Ce n'est pas de toi que je doute, tu sais.

— Mais comment peux-tu douter de toi ? Tu ne sais pas...

— À quel point je suis incroyable ? Non, pas vraiment. Pas quand je suis avec toi, en tout cas. Je n'osais même pas rêver que tu puisses ressentir quelque chose pour moi. C'est pour ça que j'ai tout fait pour entretenir notre... camaraderie. Je ne voyais pas comment tu pourrais un jour me regarder comme une femme désirable, expliqua-t-elle.

— Je croyais que c'était toi qui refusais de nous voir tous les deux comme un homme et une femme.

Il mit les mains sur ses fesses et se pressa contre elle, afin qu'elle soit sûre de ce qu'il ressentait à présent.

— Je ne t'ai jamais vu autrement que comme un homme, susurra-t-elle en ondulant contre lui. Si tu savais ce qui me venait à l'esprit quand je pensais à toi.

— Montre-moi.

Pressant ses seins contre lui, elle se cambra et bougea comme s'ils étaient en train de faire l'amour. Il avait tellement envie d'elle...

Mais il avait besoin de savoir ce qu'elle ressentait vraiment.

— Si tu avais envie ne serait-ce que de me tenir la main, observa-t-il, tu l'as bien caché. Trop bien, d'ailleurs.

Prenant son visage dans ses mains, elle le contempla avec une infinie tendresse. Mais il y avait aussi le souvenir de la souffrance dans son regard.

— Je ne voulais pas prendre le risque que tu me rejettes. Que tu me voies comme l'une de ces innombrables femmes incapables de te résister. J'avais peur que cela mette fin à notre amitié, que tu perdes ta spontanéité avec moi.

Ils avaient donc réagi de la même façon, refoulant leur attirance pour être sûrs de ne pas se perdre l'un l'autre.

— Quand as-tu commencé à ressentir cela pour moi ? lui demanda-t-il.

— Quand j'avais à peu près dix-sept ans.

Il se figea, interloqué.

— Mais tu me détestais ! lui rappela-t-il.

— J'ai détesté le fait que, malgré ton apparente supériorité, tu sois comme tous les autres hommes. Que tu aies choisi la plus belle femme sans tenir compte de sa personnalité. J'ai détesté le fait que tu te montres aussi cruel envers elle. Mais surtout je te détestais parce que tu me rendais folle de désir et que je savais que tu ne poserais jamais les yeux sur moi. Je n'avais même pas le droit de rêver de toi.

— Maintenant, je te supplie de rêver de moi. De rêver d'un avenir avec moi. Autorise-toi à m'aimer, *ya kanzi*.

— C'est bien plus que de l'amour que je ressens pour toi, Aram. *Ana aashagak kaman*.

En l'entendant dire qu'elle éprouvait elle aussi plus que de l'adoration pour lui, il sentit que ce qu'il avait attendu toute sa vie était là, entre ses bras. C'était elle.

S'allongeant avec elle, il plongea les yeux dans les siens tandis qu'elle nouait les bras et les jambes autour de lui.

— Je t'attends depuis que j'ai dix-huit ans, murmura-t-il. Et il a fallu que tu naisses des années après moi, rien que pour me faire attendre encore plus.

Elle sourit, et des larmes d'émotion coulèrent sur ses joues.

— Alors il est temps de rattraper le temps perdu.

— Oh que oui.

Sur ces mots, il prit possession de sa bouche et l'embrassa encore et encore.

De retour chez son père, Kanza avait l'impression d'être sur un nuage. C'était comme si elle n'était plus la femme qui avait quitté cette maison vingt-quatre heures plus tôt.

Elle se sentait si bien qu'elle affronta avec un grand sourire les reproches de sa famille. Elle avait vécu seule à New York pendant trois ans mais, une fois à Zohayd, elle devait se comporter comme toute jeune fille respectable et revenir tous les soirs dormir chez son père.

Pour les faire taire, elle leur annonça la proposition d'Aram.

La nouvelle stupéfia tout le monde. Manifestement, il était inimaginable qu'elle, celle dont aucun homme n'avait jamais voulu et que toutes ses sœurs avaient déjà déclarée célibataire à vie, ait reçu non pas une mais deux demandes aussi exceptionnelles l'une que l'autre en l'espace de deux jours. La première de la part d'un prince, à qui elle avait osé dire non sans même prendre le temps de la réflexion, et la seconde d'Aram, un homme bien supérieur à ses yeux à tous les princes du monde. Mais, pour ses demi-sœurs et ses belles-mères, la perspective de ce mariage était tout simplement inadmissible.

Au moins, Maysoon était absente. Comme d'habitude, elle était en voyage et se souciait peu de ce qui se passait au sein de sa famille. Cela épargnait à Kanza les remarques qu'elle n'aurait pas manqué de faire au sujet de sa relation avec Aram.

S'étant glissée dans la peau de Cendrillon, elle vécut la scène la plus romantique de sa vie quand son prince entra dans la maison. Ayant apparemment compris la situation, il ne manqua pas de flatter toutes les personnes présentes afin de les apaiser. Puis, montrant qu'il était incapable de se passer d'elle, il annonça qu'il n'attendrait pas plus de trois jours pour l'épouser. Tout en précisant qu'il financerait intégralement le mariage et que la cérémonie aurait lieu au palais royal de Zohayd.

Cette déclaration ne manqua pas de susciter l'émotion de son assistance féminine. Les femmes de la famille de Kanza n'avaient eu que rarement l'occasion de pénétrer dans ce haut lieu de la monarchie.

Pendant ce temps, Aram attira le père de Kanza à l'écart pour lui annoncer que, en guise de *shabkah*, autrement dit de cadeau pour la mariée, il prévoyait de mettre la principale firme de son groupe au nom de Kanza.

Durant le moment qu'il passa chez son père, il ne cessa de montrer son amour pour elle en prouvant à sa famille qu'il était prêt à tout pour la rendre heureuse et qu'il brûlait de déclarer leur union au monde entier.

Plus tard, elle lui dirait qu'elle ne désirait pas d'autre *shabkah* que son cœur et son corps. Mais il le savait déjà.

Ils savaient maintenant l'un et l'autre à quel point ils s'aimaient, et elle était prête à l'épouser à la seconde même. Ces trois jours allaient lui paraître aussi longs que l'éternité.

Kanza se sentait de plus en plus nerveuse depuis trois jours. Même si Aram avait pris en charge la plupart des préparatifs du mariage, l'organisation l'angoissait tant qu'elle n'avait qu'une hâte : que tout soit terminé.

Heureusement, ce serait bientôt le cas. Mais elle devait attendre encore une heure avant que la cérémonie ne commence. Et cette heure lui paraissait interminable, même si tout le monde se plaignait de manquer de temps pour être prêt.

— C'est une catastrophe.

Maram, la reine de Zohayd et belle-sœur de Johara, poussa un soupir nerveux avant d'envoyer deux de ses femmes de chambre changer les bouquets du cortège nuptial. Le fleuriste avait envoyé des roses blanches et jaunes et non crème et dorées comme l'avait demandé Aram, celles qui devaient être assorties aux robes des demoiselles d'honneur.

— Plus les années passent, moins nous avons de temps pour organiser les mariages royaux, déclara gaiement Johara.

Kanza n'en revenait pas de voir que toutes les femmes les plus importantes de Zohayd s'étaient libérées en si peu de temps.

— Courage, dit-elle en souriant à Azmahar et Judar, et rappelez-vous que ce n'est pas tout à fait un mariage royal.

— Si, Kanza, insista Talia Aal Shalaan, une autre belle-sœur de Johara. Dans notre cœur, ça l'est. C'est comme si vous faisiez partie de la famille, Aram et toi. Mais votre idylle est plus ancienne qu'il n'y paraît, et votre mariage, moins précipité que ceux que nous avons eu à préparer ici.

— Aram est fou d'impatience, s'amusa Johara en se tournant vers sa mère. Et ça, c'est nouveau.

— Encore un homme qui sait ce qu'il veut et ne saurait attendre, dit Talia en riant. Eh bien, il s'intégrera parfaitement dans la fraternité que forment nos maris respectifs.

— Puisque c'est à cause de lui que nous agissons dans la précipitation, déclara Maram en jouant la sévérité, ton Aram mérite d'être puni.

— Oh ! je ne manquerai pas de le punir, promit Kanza en riant à son tour.

Elle rougit en se souvenant que Jacqueline Nazaryan, sa future belle-mère, était à côté d'elle. Elles s'entendaient bien, mais la mère d'Aram aurait sans doute besoin d'un peu de temps pour s'habituer à son caractère impulsif.

— Et s'il ressemble à mon Amjad, reprit Maram, il va adorer ça.

À cet instant, Carmen Aal Masood entra dans la pièce. C'était l'épouse de l'aîné des frères Aal Masood, Farooq, et l'organisatrice d'événements à qui Aram avait fait appel. Si elle avait accepté de se démener dans un délai aussi court, c'était grâce à la force de persuasion d'Aram, qui lui avait promis de faire des dons considérables aux associations humanitaires qu'elle soutenait. Pour l'épouser, Farooq avait dû renoncer au trône de Judar. Kanza avait un lien de parenté avec les Aal Masood car leur mère était une Aal Ajmaan.

— Alors, Kanza, vous êtes prête à enfiler votre robe ? demanda Carmen en lui montrant la grande housse qu'elle portait.

— Et comment ! Je suis impatiente que la cérémonie commence.

Lujayn, la femme de Jalal, le demi-frère de Shaheen, poussa un long soupir.

— Au moins, tu as hâte de te marier. Presque toutes les femmes présentes dans cette pièce ont connu des débuts difficiles. Notre mariage nous apparaissait comme la fin du monde.

— Pour moi, la fin du monde est arrivée avant le mariage, rappela Farah, l'épouse de Shehab Aal Masood. Je fais donc partie de cette minorité pour laquelle la cérémonie de noces a été un moment de grand bonheur.

— Je ne suis pas sûre que ce soit le cas pour Kanza, objecta Aliyah, la femme du roi de Judar Kamal Aal Masood.

Aliyah, qui était célèbre pour avoir porté une robe noire le jour de son propre mariage et pour avoir ensuite provoqué son mari en duel, dit alors à Kanza :

— Tu es aussi nonchalante que si tu étais l'une des invitées. Ou plutôt aussi impatiente qu'une serveuse qui a hâte que tout soit terminé pour pouvoir rentrer chez elle.

Kanza rit en allant se mettre derrière le paravent.

— Je veux juste être mariée avec lui. Peu m'importe comment les choses se passent.

Non sans entendre les murmures de reproche de ses demi-sœurs, elle se déshabilla et enfila sa robe avec précaution. Elles qui ne pouvaient que rêver du mariage qu'elle allait avoir... Sa remarque avait dû les scandaliser.

Une fois habillée, elle se montra au groupe qui l'attendait. En se voyant la veille dans cette robe, elle avait eu du mal à se reconnaître elle-même.

Et, à en croire les mines effarées des femmes de sa famille, elles pensaient la même chose qu'elle. Cette tenue d'exception était un autre miracle qu'avait accompli Aram.

Après une seconde de suspens, elle sentit tout à coup sur elle des dizaines de mains qui ajustaient sa coiffure, fixaient son voile et la paraient de bijoux royaux prêtés par Maram et le roi Amjad.

Puis elles s'écartèrent, et elle put enfin s'approcher du miroir. Là, elle se figea.

Qui pouvait bien être la femme en face d'elle qui la regardait ?

Les teintes dorées et crème de sa robe se mariaient parfaitement avec son teint, et le bustier mettait en valeur son décolleté tout en lui faisant une taille très fine. L'amalgame de tissus et de dentelle ajouté aux pierres précieuses et aux perles cousues sur sa jupe lui donnait une réelle allure de princesse. Cette robe était une œuvre d'art.

Aram avait promis qu'il lui révélerait comment il l'avait fait faire en deux jours, mais à la condition qu'elle se montre très, très persuasive.

Ce qu'elle n'allait pas manquer de faire.

En regardant son visage légèrement maquillé et ses cheveux relevés en un épais chignon, le diadème qui soutenait son long voile et les joyaux étincelants qui ornaient son cou, ses oreilles et ses mains, elle dut reconnaître pour la première fois de sa vie qu'elle était éblouissante.

Et elle avait soudain envie de ressembler plus souvent à cette femme-là à partir de maintenant.

Pour Aram.

Les nouveaux bouquets venaient d'arriver quand la musique qui accompagnait ici les cortèges nuptiaux depuis la nuit des temps s'éleva entre les murs du palais.

Kanza quitta la pièce aussi vite que possible, et les autres femmes durent courir sur leurs talons hauts pour la suivre. Finalement, Johara dut lui crier de ralentir si elle ne voulait pas avoir des chevilles foulées sur la conscience.

Comme elle se retournait en riant, Kanza observa avec admiration les femmes splendides qui la suivaient. Et elle savait que leur beauté n'était que le reflet de leur personnalité.

Avançant dans la galerie qui devait la mener à la salle de réception, elle leva les yeux pour contempler les merveilles d'architecture et de décoration qui l'entouraient. Ce palais du XVIIe siècle était un trésor qui racontait à lui seul l'histoire de tout un peuple.

Enfin, elles arrivèrent devant la grande porte de bois sculpté qui représentait la dernière barrière entre Aram et Kanza. Quatre hommes vêtus d'un uniforme brodé dans les mêmes teintes que sa robe tirèrent les deux battants massifs, et aussitôt les invités firent régner un silence total dans la salle.

Le décor qu'elle découvrit à cet instant semblait tiré des *Mille et une nuits*. Les mosaïques, les fresques et les lumières lui parurent encore plus incroyables que la veille, lorsqu'elle avait visité la salle. Il régnait un parfum ambré qui se mêlait à l'odeur des roses. Les sièges étaient ornés de coussins beiges et dorés, et sous les arcades avaient été placées des chandelles dont la lumière chaude conférait encore plus de charme à ce décor hors du commun.

Les tables, elles, étaient décorées avec la vaisselle et les couverts les plus beaux du palais. Et les invités qui avaient pris place étaient eux-mêmes parés de toilettes dignes des lignées royales du monde entier dont ils étaient issus.

Elle n'eut pas le loisir de les admirer plus longtemps. La salle venait d'être plongée dans le noir. Et la musique s'était tue en même temps. Après quelques instants de suspens, un murmure se mit à parcourir la foule des convives.

Cela ne faisait pas partie de la mise en scène, comprit-elle bientôt. Rien ne s'était passé comme prévu, du reste. Aram aurait dû l'attendre à l'entrée de la salle pour lui donner le bras et avancer avec elle, mais elle ne s'en souvenait que maintenant.

Que se passait-il ? Où pouvait-il bien être ?

Venant de lui, elle savait qu'elle pouvait s'attendre à tout.

Immobile, elle eut la sensation qu'il n'y avait plus personne derrière elle. Elle n'entendait plus que son propre souffle et les battements de son cœur.

Tout le monde s'était donc donné le mot pour lui faire cette surprise ? Mais elle détestait les surprises !

Sauf celles d'Aram, c'est vrai. Elle les aimait même de plus en plus, attendant de jour en jour celle qu'il avait préparée pour elle.

Mais le moment était assez mal choisi, cette fois-ci. Sa seule envie était d'en finir avec cette cérémonie afin de se retrouver en tête à tête avec lui. Ces trois jours avaient été une véritable torture après la nuit et la journée de délices qu'ils avaient passées ensemble. Elle brûlait d'être de nouveau dans ses bras et de s'abandonner au plaisir avec lui.

— *Elli shoftoh, gabl ma tshoofak ainayah. Omr daye'e. Yehsebooh ezzai alaiah ?*

Son cœur cessa de battre. C'était la voix d'Aram. Mais d'où venait-elle ? De partout ! Et ce qu'il avait dit…

— Tout ce que j'ai vu avant de poser les yeux sur toi. Tant d'années de vie gâchées. Mais était-ce seulement la vie ?

Ce qu'il venait de dire exprimait exactement ce qu'elle ressentait. Sa vie avait commencé le jour où elle l'avait trouvé.

Mais ces vers ne lui étaient pas inconnus.

Elle n'eut pas le temps de fouiller dans sa mémoire. Devant elle, un projecteur venait de s'allumer, éclairant Aram qui était apparu au fond de la salle, comme par enchantement. Dans sa tenue beige et dorée, il avait tout d'un chevalier. Et derrière lui un orchestre avait surgi en même temps que lui.

Les musiciens se mirent à jouer l'introduction de *Enta Omri, Tu es ma vie*. L'un des chants d'amour les plus célèbres et les plus passionnés qu'elle connaissait. C'était de ce chant qu'étaient tirés les vers qu'avait récités Aram.

Autrefois, ils n'avaient rien voulu dire pour elle. Mais maintenant que son amour pour Aram lui emplissait le cœur, chacun de ces mots revêtait un sens nouveau.

Il répéta les vers qu'il avait prononcés, mais cette fois ce fut en chantant.

Il chantait pour elle.

Envahie par un frisson d'émotion, elle ferma les yeux et se laissa porter par son timbre exceptionnel. Elle savait déjà qu'il chantait bien pour avoir souvent fredonné avec lui au cours d'un trajet ou en préparant un repas. Mais il se contentait généralement d'entonner des bribes de chansons qui faisaient référence au moment présent.

Jamais elle ne l'avait entendu chanter sérieusement, et

encore moins en arabe. Et cette découverte la mettait au comble du bonheur. D'autant que le choix de cet air prouvait qu'il s'intéressait à la culture de Zohayd, la connaissait et la chérissait, sans doute encore plus qu'elle.

Avançant sur un tapis doré sans cesser de chanter, il se mit à marcher vers elle, lui donnant l'impression d'être dans un rêve enchanté.

— *Ad aih men omri ablak rah, w'adda ya habibi. Wala da'a el galb ablak farhah wahda. Wala da'a fel donia ghair ta'am el gerah.*

Combien de temps j'ai perdu avant de croiser ton chemin. Mon cœur n'avait jamais goûté aucune joie, il ne connaissait que des blessures.

Elle sentit des larmes naître au coin de ses yeux. Son chant semblait exprimer exactement toutes les émotions qu'elle éprouvait.

— *Ebtadait delwa'ti bas, ahheb omri. Ebtadait delwa'ti akhaf, lal omr yegri.*

Je commence seulement maintenant à aimer ma vie. Et je crains désormais qu'elle ne passe trop vite.

À mesure qu'il avançait vers elle, elle se sentait comme enveloppée par sa voix. Elle pouvait admirer son costume dans toute sa splendeur à présent, et la façon dont il le mettait si parfaitement en valeur. Aram portait les mêmes couleurs qu'elle et sa cape brodée lui donnait encore plus d'allure et de charisme.

Finalement, il fut devant elle et elle put lever les yeux vers son visage dont l'expression la fit fondre de bonheur. Elle ne voyait rien d'autre que de l'amour dans ses yeux bleus étincelants. Un amour inconditionnel.

Il tendit les mains vers elle et les referma sur ses bras nus pour l'attirer à lui. Puis, lui caressant les joues, il prit un moment son visage entre les mains avant de lui demander :

— *Ya hayat galbi, ya aghla men hayati. Laih ma abelneesh hawaak ya habibi badri* ?

Trésor de mon cœur, plus précieux que ma vie, pourquoi ton amour ne m'a-t-il pas trouvé plus tôt ?

Cette fois, elle ne put retenir ses larmes d'émotion. Et elle savait que le dernier couplet n'allait être que plus beau encore.

— *Enti omri, elli ebtada b'noorek sabaho.*

Tu es ma vie, ta lumière est mon aurore.

L'orchestre continua à jouer après cela, mais elle était incapable de l'écouter. Elle put seulement se réfugier dans les bras qu'Aram lui ouvrait grand.

— Aram, murmura-t-elle en l'embrassant. Tout ce que tu fais est tellement... C'est trop ! dit-elle en tremblant.

Elle enfouit le visage au creux de son épaule et se laissa aller à pleurer. Il serra alors les bras autour d'elle et se pencha pour l'embrasser à son tour, sur le front, sur les joues, et enfin sur les lèvres. Jusqu'au moment où elle crut entendre le tonnerre gronder.

Mais bientôt elle comprit que le bruit qui résonnait entre les murs du palais était celui des applaudissements et des acclamations des invités.

Ayant retrouvé son énergie, elle se redressa pour contempler le sourire de l'homme qui avait tout de son âme sœur. Sur ce visage, elle lisait un mélange d'émotion, de bonheur intense et de malice.

Elle aurait pu rester ainsi pour l'éternité, mais ce qui se passait dans la salle de réception attira son attention. Des dizaines de danseurs venaient d'arriver, vêtus de costumes traditionnels de Zohayd. Au son des percussions, ils prirent place sur l'immense piste de danse et entamèrent une magnifique chorégraphie, les foulards des femmes flottant dans l'air et ajoutant encore plus de grâce à leurs mouvements.

Aram la prit par la taille et lui adressa un sourire complice.

— Tu te souviens de la danse que nous avons apprise à la Barbade ? demanda-t-il.

Comme elle acquiesçait, il la souleva avant de l'entraîner avec lui vers la piste.

— Alors allons danser, *ya kanzi*.

Les pas qu'on leur avait enseignés là-bas n'étaient pas faits pour cette musique, et pourtant elle se rendit bientôt compte que les percussions de Zohayd les portaient tout aussi bien que la musique de la Barbade. Peut-être même encore mieux !

Décidément, Aram était capable d'accomplir bien des miracles.

Les invités ne tardèrent pas à les rejoindre, suivant leur chorégraphie et tapant des mains en rythme. Tout le monde riait, et Kanza ne s'était jamais autant amusée.

Et dire qu'elle avait voulu que cette soirée se termine aussi vite que possible... À présent, elle avait envie de faire la fête jusqu'à la fin de ses jours !

Mais elle savait que la vie avec Aram serait une fête de chaque instant.

12

Tandis que Kanza rendait le coffre à bijoux à l'un des gardes du palais, Aram s'approcha d'elle et la serra contre lui. Il se sentait incapable de rester loin d'elle un seul instant.

Il avait besoin de la toucher pour s'assurer qu'elle était bien là, qu'il n'était pas en train de rêver. Qu'elle était sa femme et qu'ils se trouvaient dans leur maison.

Le fait que tout se passe à Zohayd rendait les choses encore plus belles.

Et dire qu'il avait cru avoir perdu cette terre pour toujours. Grâce à Kanza, il l'avait retrouvée, comme il avait retrouvé le goût de vivre. Et elle lui avait fait le plus beau cadeau en acceptant de s'installer avec lui à Zohayd, alors qu'elle n'était pas aussi attachée que lui à son pays.

Du reste, il comprenait cette réserve maintenant qu'il avait fait la connaissance de toutes ses demi-sœurs. Elle n'avait pas d'excellents souvenirs de son enfance et de sa vie de famille dans ce pays, et pour cause. Mais il était bien décidé à remettre ces femmes à leur place. Il ne laisserait plus jamais personne sous-estimer Kanza ou la malmener.

Désormais, il allait tout faire pour qu'elle voie Zohayd avec autant d'émerveillement que lui. Et s'il n'y parvenait pas, s'il la sentait mal à l'aise ici, ils repartiraient. Il ne voulait que son bonheur. Il vouerait le reste de sa vie à la rendre heureuse.

Comme elle refermait la porte, elle se tourna vers lui et noua les bras autour de son cou.

— Tu es vraiment imprévisible, dit-elle avec un sourire radieux.

— J'espère que ça te plaît.

Sur ces mots, il prit possession de ses lèvres et la sentit aussitôt s'abandonner à son baiser. Comment aurait-il pu imaginer autrefois qu'elle possédait une telle sensualité ? Dès qu'il posait les mains sur elle, c'était comme si son corps s'embrasait.

— Si tu me plaisais plus, susurra-t-elle, je crois que j'en mourrais.

— Il faut que je fasse attention, si je comprends bien. Surtout, préviens-moi si je vais trop loin.

— Tu es parfait tel que tu es. Et tu le seras toujours, affirma-t-elle d'une voix tendre.

Elle se serra plus fort contre lui.

— Merci, *ya habibi*. Pour la chanson que tu m'as offerte. Et pour toutes les choses incroyables que tu fais. Pour ce que tu es.

— Je devais t'offrir un mariage que tu n'oublierais jamais, dit-il en la regardant avec tout l'amour qu'il ressentait.

— Comment aurais-je pu oublier un mariage avec toi, quel qu'il soit ? De toute façon, il serait resté gravé dans ma mémoire comme mon meilleur souvenir. Mais cette soirée… Cette fête était tout simplement divine.

Elle plongea les yeux dans les siens.

— Est-ce que je t'ai dit aujourd'hui à quel point j'étais folle de toi ?

Ivre de désir, il commença à défaire sa robe.

— Je crois que tu me l'as dit pour la dernière fois il y a

dix minutes, déclara-t-il en la déshabillant. Et c'était il y a beaucoup trop longtemps. Dis-le-moi encore. Montre-le-moi. Tu ne me l'as pas montré depuis trois jours !

— Enfin, tu me le demandes ! soupira-t-elle en lui caressant la nuque.

Quand il l'eut débarrassée de sa grande robe, il se sentit submergé par une vague brûlante. Son corps, son esprit, sa fougue... Jamais il n'avait imaginé pouvoir éprouver autant de désir et d'excitation.

En voyant ses yeux au moment même où elle lui ôtait ses vêtements, en se délectant de ses gestes empressés, il comprit qu'elle ressentait la même urgence que lui.

Il la plaqua contre la porte et soupira de plaisir en l'embrassant avec passion. En entendant son murmure rauque, il frissonna en même temps qu'elle et la prit par les hanches pendant qu'elle se serrait contre lui. Ils se débarrassèrent en toute hâte de leurs sous-vêtements.

Incapable d'attendre plus longtemps, il referma les mains sur ses cuisses et la souleva pour se placer entre ses jambes. Il sentait la pointe tendue par le plaisir de ses seins plaqués contre son torse.

— Aram, j'ai envie de toi...

Il n'attendit pas plus longtemps pour entrer en elle. Il se figea un instant, savourant la sensation délicieuse qu'elle lui offrait, avant de commencer à bouger doucement. Mais bientôt elle se cambra pour onduler avec lui, et ils ne maîtrisèrent pas longtemps le rythme de leur union. Allant et venant plus vite, plus fort en elle, il entendait ses murmures se mêler aux siens, jusqu'au moment où elle laissa échapper des cris de plaisir.

Les mains serrées autour de ses fesses, il la maintint fermement et s'abandonna avec elle au plaisir suprême, découvrant une jouissance dont il n'avait jamais osé rêver.

Après avoir atteint l'extase, ils restèrent un moment en silence, les yeux fermés. Était-ce un rêve ? Ou était-ce vraiment sa nouvelle vie ? Il peinait encore à y croire, tant son bonheur était immense et irréel.

— Voilà notre nouvelle maison dignement inaugurée, chuchota-t-elle en riant. Ce n'est plus la peine de briser une bouteille de champagne sur le seuil quand on peut donner autant de plaisir à sa femme, remarqua-t-elle avec malice.

— J'aime bousculer les traditions.

— Et tu le fais si bien... Peut-être un peu trop bien, ajouta-t-elle, car je ne suis plus sûre de connaître la frontière entre le rêve et la réalité.

Elle ressentait donc exactement la même chose que lui.

L'embrassant passionnément, il la porta jusqu'à leur chambre et l'allongea sur le grand lit qui trônait au milieu de la pièce. Puis il vint se placer à côté d'elle et remonta les couvertures sur eux avant de la serrer contre lui. Elle était si belle, si sensuelle. Cette femme qu'il avait attendue toute sa vie.

Cette femme avec qui il allait avoir le privilège de passer le reste de ses jours.

— C'est bon d'être de retour chez soi, à Zohayd.

Kanza leva les yeux de son écran d'ordinateur pour regarder Johara. Son amie et maintenant belle-sœur était rentrée à Zohayd deux mois plus tôt pour le mariage et n'était pas retournée à New York depuis lors. C'était uniquement pour Aram que Shaheen et elle avaient séjourné aux États-Unis. Dès qu'il était parti à Zohayd, ils s'étaient empressés d'en faire autant.

— Je ne pensais pas dire ça un jour, mais je suis d'accord

avec toi, déclara Kanza. Avec Aram, je découvre à quel point je me sens chez moi ici.

Johara, dont le ventre s'arrondissait de plus en plus, traversa péniblement la pièce pour s'asseoir avec elle sur le canapé.

— Nous savions que vous étiez faits l'un pour l'autre.

— Eh bien, moi, je ne l'aurais jamais imaginé, répondit Kanza en riant.

— C'est normal, observa distraitement Johara en consultant un compte rendu arrivé de New York. Il est difficile de voir les choses avec recul quand on est directement concerné. Mais, comme Shaheen et moi étions persuadés que vous seriez parfaits l'un pour l'autre, nous vous avons donné un petit coup de pouce.

Kanza se figea, interloquée.

— Quel coup de pouce ? demanda-t-elle.

Johara eut l'air aussi étonnée qu'elle.

— Eh bien, le soir où je t'ai envoyée chercher ce dossier.

Ses paroles la mirent mal à l'aise tout à coup. Et elle ne tarda pas à comprendre ce qu'elle voulait dire.

— Ce dossier n'existait pas, c'est ça ?

— Non, répondit Johara avec un air contrit. Il fallait que vous vous rencontriez.

Ce n'était donc pas un hasard qui avait changé le cours de sa vie, ainsi qu'elle le croyait depuis le début. Comment ne pas voir leur histoire sous un jour différent à présent ?

— Tu lui as aussi demandé d'aller chercher ce dossier imaginaire ? Tu as monté cette rencontre de toutes pièces ?

— Oh ! j'ai juste fait en sorte que vous engagiez une conversation.

— Est-ce qu'Aram s'en est rendu compte ? demanda-t-elle, de plus en plus nerveuse.

— Je pense qu'il a compris quand il a su que je vous avais confié la même mission.

Dans ce cas, pourquoi avait-il inventé autre chose quand elle lui avait demandé ce qu'il faisait dans le bureau de Johara ?

— Il a peut-être seulement cru que tu m'avais demandé le même service, sans imaginer que tu avais voulu provoquer notre rencontre.

— Ça m'étonnerait. Shaheen lui avait parlé de toi deux semaines plus tôt.

— Comment ça ? Qu'est-ce qu'il lui avait dit sur moi ?

— Que tu serais une épouse idéale pour lui, annonça Johara avec un sourire triomphant. Je précise qu'il avait agi sur mon conseil ! Et je me rends compte maintenant que j'étais loin de la vérité. Vous formez un couple plus que parfait.

— Pourquoi Aram se serait-il laissé influencer ? Il n'avait aucune intention de se marier.

Johara la regarda avec curiosité.

— Mais nous avons su lui faire observer toutes tes qualités. Non seulement tu étais la femme idéale, mais en plus tu étais citoyenne de Zohayd. Nous lui avons fait remarquer que, s'il t'épousait, vous seriez très bien ensemble, il pourrait retrouver Zohayd, moi, mon frère, mes parents, leur fils, et Shaheen, son meilleur ami.

Kanza ne se rappelait plus ce qui s'était passé après sa conversation avec Johara. C'était comme si elle avait avancé dans un épais brouillard. Machinalement, elle avait tout de même réussi à quitter le bureau et à rentrer chez elle.

Chez elle… et chez Aram.

Ce matin encore, elle avait été si sûre d'être au bon

endroit, avec l'homme idéal ! Mais à présent elle ne savait plus ce qu'elle pensait ni ce qu'elle ressentait.

— *Kanzi.*

Le son de sa voix grave la fit frissonner. D'ordinaire, dès qu'elle le savait de retour, elle courait pour l'accueillir et se réfugier dans ses bras. Mais cette fois elle resta allongée sur le lit, figée à l'endroit où elle s'était laissée tomber en rentrant.

Elle redoutait même le moment où il allait entrer dans la chambre. Que se passerait-il si, après avoir parlé avec lui, elle se rendait compte que rien ne pourrait plus être comme avant ?

Le bruit de ses pas lui parvenait depuis le couloir. Bientôt, elle l'entendit pousser la porte et ôter ses vêtements. Quand ils rentraient le soir, ils étaient toujours fous de désir l'un pour l'autre et n'attendaient pas une seconde pour faire l'amour. Après cela, ils passaient ensemble les moments les plus agréables. Les plus drôles, les plus tendres et les plus passionnés.

Ils avaient vécu dans un rêve pendant deux mois.

Mais s'était-elle bercée d'illusions pendant tout ce temps ? Si leur histoire n'avait pas commencé ainsi qu'elle l'avait cru, si ses intentions n'avaient pas été aussi pures qu'elle l'avait cru, s'était-elle aussi trompée sur le sens de leur mariage et de tout ce qu'ils avaient partagé ?

Elle sentit qu'il s'allongeait près d'elle et l'attirait près de lui. En ouvrant les paupières, elle vit qu'il avait ôté sa chemise et sa veste, et il ne tarda pas à se placer au-dessus d'elle. Ses yeux la dévoraient. Il était si beau, si viril… Un homme tel que lui pouvait-il vraiment ressentir autant de désir pour elle ?

Comme en réponse aux questions qui l'assaillaient,

il se pencha pour prendre possession de ses lèvres et la déshabilla en lui prodiguant les caresses les plus sensuelles.

— *Kanza... habibati... wahashteeni... kam wahashteeni.*

Son cœur se mit à battre la chamade quand elle l'entendit lui dire à quel point il l'aimait et à quel point elle lui avait manqué, alors qu'ils n'avaient été séparés que quelques heures. Elle percevait tellement d'émotion dans sa voix...

Ivre de désir, elle ouvrit instinctivement les jambes tandis qu'il achevait de se déshabiller. Puis, tout en l'embrassant, il se mit à lui caresser les seins avec avidité. Elle brûlait de le sentir en elle, et toutes les questions qui l'assaillaient n'enlevaient rien à son excitation.

Enfin, il la pénétra, avec toute la virilité et la sensualité dont il avait le secret. Il s'immobilisa un moment, poussant un long soupir, avant de commencer à aller et venir. Il bougea lentement d'abord, puis accéléra pour la transporter dans le monde de délices qu'elle n'avait exploré qu'avec lui. Bientôt, ils atteignirent ensemble la jouissance qui savait lui faire oublier la réalité et lui donner l'impression que le reste du monde n'existait plus.

Tremblant, le souffle court, il roula ensuite sur le dos et l'attira au-dessus de lui. Mais, au lieu de retrouver son calme après ce tourbillon de sensations, elle sentit que son cœur se mettait à battre de plus en plus fort.

Aram ne tarda pas à s'en rendre compte. La faisant s'allonger à côté de lui, il se redressa légèrement pour la regarder.

— Kanza, que se passe-t-il ? Ton cœur bat tellement vite !

Elle devait lui poser la question qui la taraudait. Même si elle avait peur de sa réponse, elle ne pouvait pas rester dans l'incertitude.

— Pourquoi ne m'as-tu jamais dit que Johara et Shaheen t'avaient recommandé de m'épouser ?

13

La question de Kanza fit à Aram l'effet d'une lame tranchante. L'espace d'un instant, il fut tenté de nier en prétendant qu'il ne voyait pas de quoi elle parlait.

Mais il n'avait aucune raison de lui mentir. Il ignorait pourquoi Shaheen ou Johara avaient jugé bon de lui en parler, toutefois il ne craignait pas de lui raconter comment les choses s'étaient passées. Ils allaient en rire un moment et changer de sujet, cette histoire ne méritait pas de traitement plus long que cela.

Posant la main sur son sein, il sentit que son cœur battait toujours aussi fort. Et, curieusement, cela lui donna un mauvais pressentiment.

— J'aurais dû t'en parler, reconnut-il, attendant presque avec impatience ses moqueries et ses sarcasmes.

Mais elle n'avait jamais eu l'air aussi sérieuse.

— Oui, tu aurais dû.

Il sentit que les battements de son cœur s'apaisaient. Mais de toute évidence elle attendait qu'il développe son explication.

— Mais très franchement il n'y avait pas grand-chose à dire. Shaheen m'a fait cette suggestion deux semaines avant notre rencontre. Je lui ai dit de laisser tomber cette idée, c'est tout.

Il y eut un nouveau silence.

— Mais c'est Johara qui a organisé notre rencontre dans son bureau, dit-elle finalement. Et tu as dû t'en rendre compte. Pourquoi n'as-tu rien dit sur le moment ? Ou plus tard, quand tu t'es confié à moi ?

Ces derniers mois, ce sujet lui était venu plusieurs fois à l'esprit. Il devait reconnaître qu'il s'était senti coupable de ne pas lui dire toute la vérité. Il avait bien essayé de le faire plusieurs fois, mais une angoisse inexplicable l'en avait empêché.

— J'ai eu peur que cela te mette en colère.

— Pourquoi aurais-je dû être en colère, si cela n'avait aucune importance ? Je ne dis pas que tu aurais dû me raconter tout ce qui t'était arrivé avant notre rencontre, mais cet élément me concerne. J'avais le droit de savoir.

Cette fois, ce fut son cœur à lui qui se mit à battre plus fort.

— En dehors de ça, je t'ai absolument tout dit, protesta-t-il. Et c'est justement parce que cela te concernait que j'ai préféré le garder pour moi. Les arguments de Shaheen n'étaient pas dignes de toi.

— Mais ce sont bien ces arguments qui t'ont poussé à t'intéresser à moi.

— Non, absolument pas ! Sur le moment, l'idée de Shaheen m'a paru complètement incongrue. J'y ai repensé après son départ, mais pas plus de deux minutes. C'est quand je t'ai vue ce fameux soir que tout a changé. J'ai compris à quel point Shaheen s'était trompé en pensant que tu accepterais de m'épouser pour mon statut. *Ya kanzi*, tu n'as aucune raison de te fâcher. Le projet de Johara et Shaheen n'avait absolument rien à voir avec l'amitié et l'amour qui nous ont unis l'un à l'autre.

— Et toi, te serais-tu intéressé à moi si tu n'avais pas connu mon statut ?

— Quel statut ?

— Celui de citoyenne de Zohayd. Johara m'a bien fait remarquer que ce n'était pas sans importance pour toi.

— Pourquoi t'a-t-elle dit une chose pareille ? Enfin, tu sais comme moi qu'elle n'a pas toute sa tête quand elle est enceinte, dit-il en plaisantant.

— Elle se réjouissait de voir que tout s'arrangeait si bien pour nous, et surtout pour toi.

— Je me moque de ce qu'elle ou d'autres peuvent penser. Tout ce qui m'importe, c'est toi. Tu le sais bien, Kanza.

Soudain, elle détourna le regard et s'écarta de lui. Puis elle se leva et remit ses vêtements, sans hâte, avec des gestes mal assurés.

Il eut soudain l'impression d'avoir été poussé dans un précipice. Fou d'inquiétude, il se leva d'un bond et enfila son pantalon.

— Pendant longtemps, dit-elle d'une voix blanche, je n'ai pas compris pourquoi tu avais tellement tenu à me parler au début. C'est pour cela que je ne voulais pas me rapprocher de toi. J'avais peur. Rien ne justifiait qu'un homme tel que toi s'intéresse à moi.

— Mais Kanza, tu es tout...

— Toutefois, je mourais d'envie de te laisser venir vers moi, ajouta-t-elle sans le laisser finir. Et, comme Johara m'avait dit que tu étais très seul et que tu avais besoin d'une amie, j'ai trouvé des raisons logiques qui faisaient de moi la bonne personne pour jouer ce rôle. Mais ce qu'elle m'a raconté aujourd'hui me donne des explications beaucoup plus crédibles sur tes motivations. Je sais maintenant pourquoi tu as voulu m'épouser.

— J'ai voulu t'épouser parce que tu représentes tout ce dont je pourrais rêver. Parce que je t'aime et que je ne peux pas vivre sans toi.

— Oui, tu as l'air de m'aimer, maintenant.

— J'ai l'air de t'aimer ? répéta-t-il, sidéré. Kanza, comment peux-tu dire ça ?

— Tu me l'as souvent montré, mais je me suis toujours demandé comment c'était possible. Je ne comprenais pas ce que j'avais de plus que toutes les autres femmes qui avaient essayé de te séduire.

Il voulut se défendre en entendant ces propos insensés, mais lorsqu'il vit la douleur dans ses yeux sa gorge se serra.

— Comme je ne trouvais pas de réponse, j'ai imaginé que tu ne faisais que réagir à l'intensité de mes sentiments pour toi. J'ai cru que c'était mon désir qui faisait naître le tien. Toi qui ne te sentais nulle part chez toi, j'ai voulu croire qu'au moins tu te sentais bien avec moi. Mais c'était Zohayd que tu recherchais à travers moi. J'étais pour toi le moyen de rejoindre la patrie que tu aimais tant et d'en devenir un citoyen à part entière.

N'ayant pas la force d'entendre un mot de plus, il accourut vers elle et la serra contre lui pour la dévorer de baisers et lui faire sentir qu'il avait toujours été sincère avec elle.

— Kanza, écoute-moi. Tout ce que tu viens de dire est complètement aberrant. Tu es la femme dont je n'osais même plus rêver. Ce que je vis avec toi, je ne l'espérais plus depuis longtemps. Je t'ai aimée à la seconde où je t'ai vue dans ce bureau et où grâce à ton esprit et à ton humour tu as su me tirer de ma torpeur. Tu m'as redonné goût à l'existence, tu m'as appris ce que voulait dire « être vivant ».

Il prit son visage entre ses mains et la regarda dans les yeux.

— *B'Ellahi, ya hayati*, jamais je n'ai eu autant besoin que tu me croies sur parole. Ma vie dépend de ta confiance, *ya habibati*. Je t'en supplie. Dis-moi que tu me crois.

Elle cligna des yeux pour acquiescer, et à cet instant il

ressentit un soulagement indescriptible. Les larmes aux yeux, il se pencha pour l'embrasser encore et encore.

Mais elle appuya les mains contre son torse et le repoussa doucement.

— Je vais juste dans la salle de bains, dit-elle en réponse à son expression de panique.

— Je viens avec toi, répondit-il, refusant de relâcher son étreinte.

— Pas cette fois, non, dit-elle en souriant.

— Alors préviens-moi dès que je pourrai te rejoindre. Je voudrais essayer ces nouveaux sels de bain avec toi, ainsi que l'huile de massage.

Son regard était doux, mais il ne brillait pas comme d'habitude.

— Je vais juste prendre une douche rapide, dit-elle.

— Eh bien, je vais la prendre avec toi. Je...

Il fut interrompu par la sonnette de la porte d'entrée. Leurs employés de maison étaient partis à cette heure-ci, il n'y avait donc personne pour aller ouvrir.

Mais qui pouvait bien venir à l'improviste ?

Comme Kanza s'éloignait vers la salle de bains et que la sonnette retentissait de nouveau, il descendit en se préparant à renvoyer le visiteur qui arrivait au plus mauvais moment.

Arrivé dans l'entrée, il ouvrit la porte et trouva Shaheen sur le seuil. Johara se tenait à côté de lui, le visage décomposé. Elle était appuyée sur lui, comme s'il lui était impossible de rester debout sans son soutien.

— Entrez vite, dit-il, soudain pris d'angoisse.

Shaheen guida Johara jusqu'au canapé et garda sa main dans la sienne quand elle fut assise. Aram s'approcha aussitôt pour lui prendre l'autre main.

— Que se passe-t-il ? C'est le bébé ?

— Non, ta sœur est seulement folle d'inquiétude, répondit Shaheen.

Johara tendit la main vers lui et saisit le pan de chemise qu'il n'avait pas eu le temps de fermer.

— J'ai eu une conversation avec Kanza tout à l'heure, et je crois que j'ai commis une erreur en lui disant que nous t'avions conseillé de l'épouser.

— Tu *crois* ?

En l'entendant élever la voix, Shaheen lui lança un regard noir. Puis, d'un signe de tête, il lui fit comprendre qu'il voulait lui parler à l'écart de Johara.

— Ne t'inquiète pas, dit-il, radouci, en embrassant sa sœur sur la joue. Ce n'est pas grave. Elle m'a grondé comme un petit garçon, c'est tout, prétendit-il. Maintenant, repose-toi, s'il te plaît. Tu veux que je t'apporte quelque chose ?

Elle secoua la tête.

— Tu es sûr que c'est tout ? Elle va bien ?

Comme il la rassurait d'un sourire, elle soupira de soulagement et il put s'éloigner avec Shaheen pour lui parler en toute discrétion.

— Franchement, Shaheen, tu ne peux pas m'en vouloir d'être en colère. Kanza était dans tous ses états à cause de ce qu'elle lui a dit.

— *Ya Ullah*... Je suis désolé, Aram. Johara est perturbée par sa grossesse, moi-même je suis un peu perdu. D'après ce qu'elle m'a dit, elle voulait juste dire à Kanza comme elle se réjouissait que tout ait si bien marché entre vous. Ce n'est qu'une fois rentrée à la maison qu'elle s'est souvenue que Kanza n'était pas au courant de ce qui avait précédé votre histoire. Rétrospectivement, elle s'est rendu compte que Kanza avait eu une réaction étrange pendant leur conversation. Elle a repensé à toutes les questions qu'elle lui avait posées, et soudain elle a compris qu'elle avait commis une terrible erreur.

— Je confirme. Shaheen, si tu savais les idées que Kanza s'est mises en tête… Enfin, heureusement, elle s'est calmée juste avant que vous n'arriviez.

— Alors tout va bien, c'est vrai ? demanda son beau-frère.

Il ne pouvait que l'espérer, mais comment être certain que Kanza s'était débarrassée de ses doutes ?

Il devait retourner auprès d'elle, et pour cela mettre fin à cette conversation. Alors il acquiesça pour rassurer Shaheen.

— Bon, on l'a échappé belle, soupira son ami. Puisque c'est arrangé, peux-tu me dire quand tu vas pouvoir reprendre mon poste ? Cela fait cinq mois que je t'ai proposé de devenir ministre de l'Économie, et pendant cette période j'ai bien cru que je n'arriverais pas à tout gérer. Ma situation est devenue intenable. J'ai vraiment besoin de toi, et le plus vite possible.

— Alors c'est pour ça que tu dois devenir citoyen de Zohayd.

La voix de Kanza fit sursauter Aram. En se retournant, il la vit à quelques pas de lui, le regard douloureux.

Cette vision lui fit l'effet d'un coup de poignard.

— Tu ne cherches pas seulement à être ici chez toi, ajouta-t-elle, détournant le regard. Pour devenir ministre, tu dois faire partie de la famille royale. C'est le cas maintenant que tu m'as épousée.

— Kanza…, dirent Aram et Shaheen à l'unisson.

— Comme il n'y avait aucune princesse de haut rang à marier, déclara-t-elle d'une voix voilée, il a fallu que tu te contentes d'une lignée secondaire. J'étais une des rares célibataires, réputée difficile de surcroît si bien que je n'avais reçu aucune demande en mariage et que je n'aurais sans doute aucune exigence. J'étais le seul choix possible pour toi, et une proie facile.

Il se précipita vers elle, tremblant à la fois d'angoisse et de peine.

— Non, Kanza, dit-il en posant les mains sur ses épaules. Non et non. Facile ? Toi ? Tu es la personne la plus difficile à aborder que j'aie jamais rencontrée ! Et le défi que tu m'as imposé a été le plus beau que j'aie eu à relever.

Elle leva vers lui un regard vide de toute émotion.

— Mais cette rencontre n'avait rien de spontané, Aram. Tu as été poussé vers moi. Et, en homme d'affaires avisé, tu as su reconnaître une occasion à saisir. Maintenant, je comprends ce que tu voulais dire par « c'est toi qui marches le mieux ». Avec moi, tu étais sûr d'atteindre tes objectifs sans le moindre obstacle.

Ses paroles le plongèrent en plein cauchemar. Était-il devenu fou pour entendre des choses aussi insensées ?

— Kanza, comment peux-tu imaginer ça ? Après tout ce que nous avons partagé ?

Ignorant sa remarque, elle se tourna vers Shaheen.

— C'est bien ce que tu lui as dit quand tu lui as parlé de moi, non ? Tu as trouvé de bonnes raisons pour le convaincre.

Aram se tourna brusquement pour faire signe à Shaheen de se taire. Chaque fois que lui ou Johara ouvrait la bouche, les choses ne faisaient qu'empirer.

Mais il était déjà en train de répondre à Kanza.

— J'ai mentionné certains de ces éléments, mais ce n'est pas tout…

— Pourquoi vous ne m'avez rien dit ? demanda-t-elle d'une voix blessée.

Elle se tourna vers Aram, et son regard l'anéantit.

— Je t'aurais donné le mariage de raison dont tu avais besoin, je l'aurais fait pour Shaheen et Johara, et pour

Zohayd. J'aurais fait ce qu'il fallait pour que tu deviennes ministre, sans rien demander en retour. Mais maintenant… Maintenant que tu m'as fait espérer plus, que tu m'as fait croire que tu t'offrais à moi comme je m'offrais à toi… Je ne peux plus revenir en arrière. Et je ne peux plus continuer.

— Kanza.

Elle ne l'écoutait plus. Déjà, elle retournait dans leur chambre tandis que Johara poussait un cri de dépit. Si elle ne les entendait pas, elle les voyait et avait dû comprendre ce qui se passait.

— Je vais lui parler, décida-t-elle en se levant du canapé.

— Non ! s'écria Aram, incapable de retenir plus longtemps sa colère. Tu as assez parlé, Johara. J'avais réussi à l'apaiser et, en venant ici pour m'aider, vous avez tout gâché.

Il sentit la main de Shaheen lui serrer le bras.

— Aram, dit-il froidement, reprends-toi.

— Je vous ai demandé de ne jamais interférer entre Kanza et moi. Maintenant, elle ne voudra peut-être plus jamais me croire. Alors s'il vous plaît, partez. Laissez-moi essayer de sauver ce qui reste du cœur de ma femme et de sa confiance en moi. Laissez-moi essayer de sauver notre mariage et notre avenir.

Sans leur laisser le temps de répondre, sans prendre la peine de les raccompagner, il courut rejoindre Kanza. Et le spectacle qu'il découvrit en entrant dans leur chambre lui déchira le cœur. Assise sur le lit, elle était en pleurs, secouée par de violents sanglots qu'elle semblait incapable de faire cesser.

Il se précipita vers elle pour la prendre dans ses bras. Et, en la sentant résister, il fut lui-même au bord des larmes.

— Kanza, non, ne me repousse pas. Je t'en supplie.

— De toutes mes forces, vraiment, je veux que tu aies tout ce que tu mérites, bégaya-t-elle. J'étais la plus heureuse du monde quand j'ai cru que je pouvais t'aider à… à être heureux…

— J'ai besoin de toi, Kanza.

Elle secoua la tête et le repoussa de nouveau.

— Mais je me demanderai toujours… J'aurai toujours des doutes. À chaque instant, je repenserai à tous les moments que nous avons passés ensemble en… en me souvenant que rien ne s'est passé comme je le croyais. Je ne pourrai plus être aussi spontanée, aussi confiante. Et je refuse de vivre comme ça.

Il comprit alors que, même pendant sa terrible année de prison, il n'avait jamais été aussi épouvanté qu'à cet instant. Kanza n'avait plus confiance en lui et…

— Non, Kanza, s'il te plaît. Je t'en supplie. Ne dis pas ça. Ne fais pas ça.

Elle se figea. Et avec ses derniers mots elle lui porta le coup fatal.

— Dès que tu auras obtenu ta nouvelle nationalité et que tu auras été nommé ministre, Aram, tu devras me laisser partir.

14

Kanza avait toujours entendu dire qu'une rencontre avec Amjad Aal Shalaan nécessitait d'être en pleine possession de ses moyens. Alors, dans son état actuel, elle ne pouvait vivre ce moment que comme une épreuve redoutable.

C'était son cousin éloigné qu'elle était venue voir en la personne d'Amjad, mais surtout le roi de Zohayd. Elle voulait lui demander de proclamer au plus vite la citoyenneté d'Aram et de soutenir sa candidature au ministère de l'Économie.

Après la semaine effroyable qu'elle venait de vivre, certaines questions s'étaient inévitablement imposées à elle.

Pouvait-elle quitter Aram en sachant que, même si leur mariage lui avait rendu service, il l'aimait sincèrement ? Pouvait-elle les punir tous les deux parce qu'ils ne s'aimaient pas de la même façon ?

Presque tout le monde pensait que cette union était bien plus inespérée pour elle que pour lui. Sa fortune et son statut social faisaient rêver bon nombre de femmes, à commencer par ses demi-sœurs.

Pourtant, elle avait toujours attendu de lui qu'il ne croie pas qu'elle était attirée par ces détails matériels. Elle l'avait épousé pour ce qu'il était et non pour ce qu'il possédait. Rien ne l'aurait empêchée de l'aimer. Alors pourquoi ne le croyait-elle pas quand il lui assurait qu'il en allait de même pour lui ? Pouvait-elle leur imposer une séparation par orgueil et par manque de confiance ?

Non.

Le doute s'était immiscé en elle depuis les révélations de Johara, elle ne pouvait pas le nier. Mais elle savait qu'elle s'en sortirait. Avec le temps, elle saurait redonner la priorité à ce qui était le plus important.

Une fois parvenue à cette conclusion, elle était revenue vers Aram. Jamais elle ne l'avait vu aussi désemparé. Elle avait bien essayé de le convaincre qu'il devait aller au bout de ses ambitions professionnelles, reconnaissant qu'elle était allée trop loin et qu'elle retirait tout ce qu'elle avait dit.

Mais il lui avait répondu que ces ambitions n'étaient pas les siennes. Que plus rien n'avait d'importance s'il était obligé de se passer d'elle, et que seules comptaient sa confiance en lui et la pureté de leur amour.

Voilà pourquoi elle avait dû prendre les choses en main.

Elle allait obtenir pour lui ce pour quoi il était fait, ce à quoi il avait renoncé pour lui prouver sa sincérité.

Hélas, elle n'avait pas l'impression de jouer à merveille son rôle d'agent.

Cela faisait une demi-heure qu'elle parlait à Amjad, et manifestement il ne se laissait pas du tout convaincre par son histoire. Elle avait beau lui expliquer que Shaheen avait besoin qu'Aram le remplace avant la naissance de son deuxième enfant, il continuait à la scruter avec son regard rieur et intimidant à la fois.

— Kanza, pourquoi est-ce aussi urgent ? Ton mari peut très bien assumer les responsabilités de Shaheen sans qu'il y ait de changement officiel. À vrai dire, j'aimerais mieux mettre ses compétences à l'épreuve avant de le nommer à ce poste. Juste pour m'assurer que mon petit frère ne lui fait pas un cadeau au nom de leur amitié et des « années perdues ». Aram devra me prouver qu'il est l'homme de la situation.

— Il l'est. C'est une certitude.

— En toute objectivité, bien sûr.

— Oui, *ya maolai*, répondit-elle, se forçant à faire référence à son titre et à garder son sang-froid, au moment même où elle avait envie de s'emporter et de lui dire tout ce qu'elle avait sur le cœur. Ayant eu à travailler avec Aram et connaissant sa réussite dans les affaires, c'est un avis très professionnel que je me permets de vous donner. Il va sans dire que vous, Shaheen et votre père avez accompli de grandes choses au sein de ce ministère. Mais je crois qu'avec la passion qu'il éprouve pour ce travail et pour Zohayd, et compte tenu de ses compétences indiscutées, Aram vous surpasserait de loin, tous les trois.

Amjad la regarda avec une surprise non dissimulée.

— Eh bien, quel plaidoyer. Il n'est pas dit que je ne ferai pas appel à toi prochainement pour convaincre certains partenaires récalcitrants.

— Personne ne conteste le fait que vous êtes le meilleur roi que Zohayd ait jamais connu. Et cela ne serait pas arrivé si vous n'aviez pas su vous entourer des bonnes personnes en repérant leurs plus grandes qualités. Dans le cas présent, je vous fais confiance pour ne pas vous laisser influencer par vos sentiments envers Aram, quels qu'ils soient.

Il porta la main à sa large poitrine et se mit à rire.

— Ah, mes sentiments pour Aram. Vous a-t-il raconté qu'il m'avait brisé le cœur ?

Lui aussi ? songea-t-elle.

C'était du moins ce qu'elle avait cru au début. Mais en réalité c'étaient ses propres doutes et son manque de confiance qui l'avaient fait souffrir.

Mais ce n'était pas ce qu'elle devait dire à son majestueux interlocuteur.

— Je suis enceinte, annonça-t-elle.

Elle ne mentait pas. Elle avait appris la nouvelle deux jours après sa conversation avec Johara mais ne l'avait pas encore dit à Aram.

— Je voudrais qu'Aram devienne citoyen de Zohayd avant la naissance de notre bébé.

— D'accord, répondit Amjad. C'est une bonne raison. Mais j'insiste, pourquoi est-ce urgent ? De toute évidence, cette grossesse est très récente. Nous avons du temps devant nous.

— Il faudrait que d'ici quelques mois Aram soit installé à son poste et qu'il ait pu organiser son emploi du temps en fonction de sa famille. Il devra être disponible pour nous.

— Une autre bonne raison. Y en a-t-il d'autres ?

— Je n'ai pas encore dit à Aram qu'il allait devenir père. Si je lui annonce en même temps qu'il a obtenu sa nouvelle nationalité, je rendrai ce moment encore plus inoubliable.

Il eut un sourire malicieux.

— Vous avez tout prévu, si je comprends bien ?

Un silence s'ensuivit.

— Allons, Kanza, reprit-il finalement. Si vous me disiez enfin la vraie raison de votre visite ?

Sa question la décontenança. Mais comment aurait-elle pu mentir à cet homme dont l'esprit et l'intelligence avaient tant fait pour ce pays ?

— J'aime Aram, répondit-elle finalement. À tel point que je souffre si je ne peux pas lui donner tout ce dont il a besoin. Et il a besoin d'une patrie. Il a besoin de Zohayd. C'est ici, chez lui. Cette terre fait partie de lui. Mais, tant que ce ne sera pas officiel, il continuera à se sentir perdu, comme c'est le cas depuis toujours. Je ne veux plus de ça pour lui.

Elle fit une pause avant de poursuivre. Amjad l'écoutait attentivement et ne chercha pas à l'interrompre.

— S'il y a une personne à qui je ne voulais pas parler de sa fragilité, c'est bien vous. Son rival de toujours.

— Vous ne pensez pas que cette rivalité serait un problème s'il devenait l'un de mes ministres ?

— Non. Aram est très professionnel, il sait faire la part des choses. Et je vous fais confiance pour ne pas exploiter contre lui ce que je viens de vous révéler.

Il l'examina encore un moment, comme pour s'assurer qu'il pouvait lui aussi lui faire confiance.

— Parfait, dit-il finalement avec un sourire. Voilà une femme courageuse. Et nous voici tous les deux liés par un pacte. Je promets de ne pas abuser de mon pouvoir sur votre mari. Et je me souviendrai de votre pouvoir de persuasion le jour où j'aurai besoin de quelqu'un comme vous. Vous avez gagné, conclut-il.

Elle sentit son cœur bondir dans sa poitrine.

— Vous, ajouta-t-il, promettez-moi en échange de ne pas être trop douce avec Aram. Vous lui rendrez le plus grand service en lui apprenant l'amour... sévère. Sinon, j'ai peur qu'il ne devienne encore plus prétentieux. Si c'est possible, ajouta-t-il avec un sourire énigmatique.

— Je prendrai rendez-vous avec la reine Maram, dit-elle en se levant. Je pourrai ainsi lui demander conseil, *ya maolai*, ajouta-t-elle avec un mélange d'insolence et de déférence.

Il laissa éclater un rire grave.

Quand elle quitta son bureau, il riait encore, et elle était tentée d'en faire autant. Cette rencontre avait été encore plus éprouvante qu'elle ne l'avait imaginé, mais elle était arrivée au bout. Et surtout elle avait obtenu ce qu'elle voulait.

Il ne lui restait plus qu'à rassurer Aram et à le convaincre d'accepter. Il ne devait plus craindre de la perdre, sous aucun prétexte. Même si elle doutait encore de l'intensité de ses sentiments pour elle, elle savait qu'elle n'avait besoin que de lui, et cela lui suffisait.

Amjad alla largement au-delà de la requête de Kanza. Le lendemain de son rendez-vous avec lui, dès le matin, il lui fit parvenir une ordonnance royale. Par ce texte, il lui annonçait qu'il les attendait au palais royal dans six heures, son mari et elle, pour une cérémonie lors de laquelle il accorderait sa nouvelle nationalité à Aram et le nommerait ministre de l'Économie.

Courant dans le bureau d'Aram, elle le trouva assis sur le canapé, le regard perdu dans le vague. Elle se mit sur ses genoux et, comme elle plongeait les yeux dans les siens, elle vit l'inquiétude qui emplissait son regard.

Elle l'aimait tellement... Et il lui avait tellement manqué !

Ils ne s'étaient pas touchés depuis le soir où Shaheen et Johara étaient venus et se sentaient tous les deux trop fragiles pour se laisser aller à la passion. Mais il était temps qu'ils se retrouvent. Elle sentait qu'il en avait autant envie, autant besoin qu'elle.

Elle prit son visage entre ses mains et l'entendit soupirer de plaisir quand elle l'embrassa avec toute la passion qu'elle ressentait.

Il était tout pour elle, et il n'avait pas le droit d'en douter.

— Je suis désolée, Aram. Crois-moi, je t'en prie. Je ne pensais pas ce que j'ai dit. Je me suis laissé dépasser par mes incertitudes.

Il la contempla à son tour avec un regard brûlant.

— C'est moi qui suis désolé. Tu avais tous les droits de réagir comme tu l'as fait.

Elle pressa les lèvres contre les siennes pour l'empêcher d'exprimer plus longtemps sa culpabilité.

— Non, je suis allée trop loin. Tu ne dois pas être désolé.

— Mais si. Je m'en veux tellement de t'avoir fait souffrir.

— Tout va bien maintenant, le rassura-t-elle en l'embrassant encore et encore.

— Non, *ya habibati*. Je ne supporte pas de te savoir dans le doute. Tu dois avoir foi en nous. Si je te perdais, j'en mourrais.

— Tu ne me perdras pas. J'ai été stupide, d'accord ? Alors arrête de t'inquiéter. Tu as des choses importantes à préparer, alors oublie les doutes que j'ai pu avoir.

— Rien n'est plus important que toi, *ya kanzi*. Je me moque de tout le reste.

— Alors tu n'as aucune raison de t'inquiéter. Car toi aussi, tu es tout ce qui compte à mes yeux.

Les mains tremblantes, elle défit les boutons de sa chemise, de son pantalon, et le déshabilla tout en dévorant son corps sublime de mille baisers. Elle ne pouvait plus retenir son désir. Depuis qu'elle savait qu'elle attendait un enfant de lui, elle ressentait encore plus le besoin de ne faire qu'un avec lui.

Elle se hâta de se déshabiller à son tour et revint sur lui pour sentir son érection tout contre elle. Il la saisit alors avec toute la tendresse et toute la virilité qui faisaient de lui cet homme irrésistible, et, quand il entra en elle, elle sentit la force de son amour.

De leur amour.

Bientôt, ils se laissèrent emporter par les tourbillons du plaisir et ne tardèrent pas à s'envoler vers la jouissance.

— Aram, *habibi*, viens en même temps que moi.

Il fit ce qu'elle lui demandait, et, au moment même où il atteignait l'extase, elle laissa échapper un cri d'amour et de délivrance.

Enfin, elle avait retrouvé son mari.

Aram leva les yeux vers Kanza et contempla son visage merveilleux au moment où elle trouvait l'extase. Il l'avait retrouvée. Il avait senti tout son amour et son désir dans chacun de ses gestes, dans chacun de ses soupirs de plaisir. Elle s'était abandonnée à lui et lui avait dit avoir retrouvé sa confiance. Elle l'avait emmené dans l'incroyable monde de délices qu'elle lui avait fait découvrir quelques mois plus tôt.

Alors pourquoi ne se sentait-il pas encore complètement rassuré ?

Avec un sourire envoûtant, elle se laissa aller contre lui et s'allongea sur le canapé en tendant la main. Voyant qu'elle cherchait à attraper sa veste, il la prit et la lui donna.

C'est alors qu'elle sortit de sa poche une petite enveloppe, dont il reconnut aussitôt le sceau.

Son cœur se serra.

C'était l'emblème du roi de Zohayd.

Comme elle lui tendait l'enveloppe avec un sourire encore plus grand, il comprit ce qu'elle avait fait pour lui. Une semaine après avoir cru qu'il ne l'avait épousé que pour prendre sa nationalité, elle avait obtenu ce à quoi il avait souhaité renoncer pour lui prouver la sincérité de son amour.

Et, en s'offrant à lui avant de lui donner cette lettre, elle avait voulu lui prouver qu'il n'avait plus rien à craindre concernant leur relation. À présent, elle lui donnait tout ce qu'elle considérait comme si important pour lui : la patrie qu'il chérissait et le poste qui allait couronner sa vie professionnelle.

Mais elle surestimait l'importance de ces deux éléments.

— Je n'ai besoin que de toi, *ya kanzi*...

— Combien de fois faudra-t-il que je te dise que je vais bien ? Je viens de te le prouver, non ?

— Mais nous avons toujours besoin de parler.

— Et nous parlerons, promit-elle en se redressant. Après la cérémonie, d'accord ? Pour l'instant, tu ne dois penser qu'à ça.

Elle lui avait dit qu'elle ne pourrait plus jamais vivre avec lui comme avant. Que ses incertitudes viendraient gâcher leur relation. Était-il possible qu'elle ait si radicalement changé d'avis ?

Il ne pouvait pas se contenter qu'elle accepte la situation qu'elle imaginait. Elle devait retrouver sa confiance en lui. Elle devait savoir qu'il l'aimait et avait besoin d'elle autant qu'elle l'aimait et avait besoin de lui.

— Viens te préparer, dit-elle en se levant et en lui prenant la main. C'est le jour le plus important de ta vie.

— Non, tu te trompes. Chaque jour que je passe avec toi est le plus important de ma vie.

— Alors, juste après, c'est cette journée. Ce qui va se passer est essentiel. Allez, viens, Shaheen a dit qu'il allait t'envoyer ses recommandations pour le ministère.

Aram avait toujours su qu'il avait eu la chance de sa vie en trouvant Kanza. Mais aujourd'hui ses preuves d'amour faisaient de lui un homme encore plus comblé.

Kanza était un miracle.

Aram promena le regard sur la salle de réception. C'était ici qu'il avait célébré son mariage avec Kanza, mais aujourd'hui le lieu avait l'air beaucoup plus austère. Et les centaines d'invités de ce jour arboraient la mine solennelle qui convenait à la situation.

C'était la première fois depuis six cents ans qu'un étranger était nommé à l'un des postes les plus importants du royaume de Zohayd.

Tandis qu'Amjad et ses quatre frères avançaient derrière lui dans la salle, Aram échangea un regard complice avec Kanza. Il voyait tellement d'amour et de fierté dans ses yeux...

Qu'avait-il fait pour mériter d'avoir cet ange à ses côtés ?

Il ne lui restait qu'à faire tout son possible pour être à la hauteur, et rien ne lui serait plus agréable.

Amjad se plaça devant son trône et ses frères l'entourèrent. Shaheen, debout à sa droite, regarda Aram et lui adressa un sourire confiant.

Aram avança devant eux. Amjad n'affichait pas un air plus sérieux que d'habitude quand il récita le serment de fidélité à la nation qu'il allait devoir répéter. Et, lorsque Aram s'agenouilla devant le roi pour recevoir son approbation, il sentit le petit coup qu'il lui donnait avec le plat de son épée, là où il aurait seulement dû lui effleurer le haut du crâne.

Aram ne put s'empêcher de croire qu'il l'avait fait exprès.

Quand il se releva, il chuchota pour lui dire qu'il était temps pour eux de mettre un terme à leur mésentente de toujours. Amjad lui répondit à voix basse qu'il aurait volontiers pris un engagement avec lui, mais qu'il avait déjà promis à Kanza de bien traiter son nouveau ministre de l'Économie.

Le cœur plein d'amour pour sa femme, qui avait même

su le réconcilier avec Amjad, il accepta avec honneur la médaille de citoyenneté, puis celle de ministre.

Alors que la cérémonie s'achevait, la foule se leva et laissa éclater ses applaudissements et ses cris de joie. Aram se retourna pour saluer l'assemblée et sourire à Kanza, dont les yeux étaient emplis de larmes d'émotion. Puis il se retourna vers le roi.

C'est alors qu'il ôta les deux médailles qu'Amjad avait épinglées sur le revers de sa veste et les laissa tomber sur le sol.

Aussitôt, la foule se tut, stupéfaite.

Amjad, interloqué, regarda Kanza, puis Aram.

— Mon petit frère ne t'a donc pas expliqué le rituel ? demanda-t-il avec calme. À moins que tu fasses ça seulement pour me provoquer ?

— Je sais parfaitement ce que signifie mon geste, Amjad. Je renonce aux deux honneurs que le pays vient de me faire. De façon irrévocable.

— Eh bien, voilà qui fait de toi un homme beaucoup plus intéressant que je ne le pensais. Je vais peut-être te prendre directement à mon service, en fin de compte, au lieu de te laisser travailler avec mon frère.

— Puisque tu as accepté ça pour faire plaisir à Kanza, je me rends compte que tu n'es pas complètement mauvais toi non plus. Je daignerai peut-être te rencontrer de temps en temps, quand je ne serai pas occupé à me vouer corps et âme à ma femme.

— Et, comme je consacre ma vie à Maram, nous devrions trouver le temps de nous voir à raison de... une heure par an ? Qu'en dis-tu ? proposa Amjad.

— Ça me va, approuva Aram, soudain débarrassé de tout ressentiment.

Shaheen, Harres, Haidar et Jalal se précipitèrent alors

vers lui, aussi ébahis que furieux. Mais il se contenta de leur sourire et de serrer la main de Shaheen avant de se tourner de nouveau vers les spectateurs pour aller s'agenouiller devant Kanza. Immobile, elle le fixait avec une incompréhension totale.

Il lui prit les mains et les porta à ses lèvres.

— Ton amour est le seul privilège que je recherche, *ya kanzi.*

Après un moment de suspens, elle l'attira de toutes ses forces vers Amjad.

— Il faut annuler ça ! lui enjoignit-elle.

Le roi lui sourit avec malice.

— Impossible. Apparemment, ton orgueilleux mari est aussi fou que moi. Désolé.

— Si, vous pouvez annuler ce qu'il a fait. Vous êtes le roi.

— Annuler son geste grandiose ? Je ne crois pas, non. Les lois sont ce qu'elles sont et Aram le savait parfaitement. Mais cela le rend digne de ma petite cousine. Il a prouvé son courage.

— Mais... Que fera Shaheen quand son bébé sera né ? demanda-t-elle avec inquiétude en les regardant successivement l'un et l'autre. Et Zohayd...

Aram ne lui laissa pas le temps de finir. Déjà, il la prenait dans ses bras et la portait à l'extérieur du palais pour la ramener chez eux.

Longtemps après leur retour chez eux, Kanza continuait à lui faire des reproches. Même le long moment de passion qu'ils avaient partagé n'avait pas apaisé sa colère.

— Ne t'inquiète pas pour Shaheen, ni pour Zohayd. Je ferai le même travail que si j'avais accepté le poste de ministre, seulement, je n'en aurai pas le titre. Et je m'en moque complètement. Seule cette tâche me passionne et, contrairement à ce que pensait Shaheen, je n'ai pas besoin d'être officiellement citoyen de Zohayd ni d'y passer tout mon temps pour me sentir ici chez moi. Il me suffit d'être avec toi pour être chez moi.

Elle le serra de toutes ses forces dans ses bras, lui prouvant que ses réserves sur leur union s'étaient bel et bien envolées.

— Tu n'étais pas obligé de faire ça. J'aurais mis quelques semaines à me remettre de ce que j'avais appris, mais j'y serais arrivée.

— Même quelques minutes auraient été trop longues. Je ne supporte pas de te voir souffrir. Tu es mon amour, mon refuge, et j'ai tout gagné en refusant les honneurs de la monarchie. Parce que j'ai regagné ta confiance.

Elle l'embrassa et le regarda avec une intensité qui le bouleversa.

— Ce n'est pas tout ce que tu as gagné, murmura-t-elle en rougissant. Car dans sept mois tu auras aussi une petite réplique de toi.

Fou de bonheur, il la serra à son tour contre lui et la dévora de baisers en mêlant son rire au sien.

Un bébé. Il n'y avait donc aucune limite au bonheur qu'elle pouvait lui apporter.

— C'est une réplique de toi que je veux.

— Désolée, mon chéri, mais ça n'arrivera pas. À Zohayd, on a coutume de dire que le bébé ressemble au parent qui est le plus aimé. Chut ! lança-t-elle quand il voulut protester. Je t'aime depuis plus longtemps, alors tu ne peux rien y changer. C'est comme ça.

— J'imagine que cela ne s'applique qu'au premier bébé, dit-il, résigné.

Pour toute réponse, il reçut ses baisers passionnés. Et le trésor qu'il avait découvert l'emmena dans un monde de plaisir et de rêve, celui qu'ils n'allaient plus jamais quitter.

RESTEZ CONNECTÉ AVEC HARLEQUIN

Harlequin vous offre un large choix de littérature sentimentale !

Sélectionnez votre style parmi toutes les idées de lecture proposées !

www.harlequin.fr

- **Découvrez** toutes nos actualités, exclusivités, promotions, parutions à venir…
- **Partagez** vos avis sur vos dernières lectures…
- **Lisez** gratuitement en ligne
- **Retrouvez** vos abonnements, vos romans dédicacés, vos livres et vos ebooks en précommande…

L'application Harlequin

- Des **ebooks gratuits** inclus dans l'application
- **+ de 50 nouveautés tous les mois !**
- Des **petits prix** toute l'année
- Une **facilité de lecture** en un clic hors connexion
- Et plein d'autres avantages…

Téléchargez notre application gratuitement

Télécharger dans l'App Store

DISPONIBLE SUR Google Play

SUIVEZ-NOUS !

facebook.com/HarlequinFrance
twitter.com/harlequinfrance

Vous aimez la romance et souhaitez découvrir nos collections ?
Abonnez-vous dès maintenant, c'est sans engagement !

Recevez tous les mois (ou tous les 2 mois) vos romances préférées directement chez vous et offrez-vous un véritable moment de détente. En plus, le premier colis est à prix réduit !

Votre 1er colis à **-60%** (incluant 3€ de frais d'envoi) contenant :
2 livres de la collection choisie + en cadeau
le 1er tome de la saga *La couronne de Santina*

8 tomes en tout sont à collectionner !

COCHEZ la collection choisie et renvoyez cette page au
Service Lectrices Harlequin – CS 20008 – 59718 Lille Cedex 9 – France

Collections	Prix 1er colis	Réf.	Prix abonnement (frais de port compris)
❑ **AZUR**	5,00€	AZ1406	6 livres par mois 31,50€
❑ **BLANCHE**	7,12€	BL1603	3 livres par mois 25,20€
❑ **PASSIONS**	7,52€	PS0903	3 livres par mois 26,79€
❑ **BLACK ROSE**	7,60€	BR0013	3 livres par mois 27,09€
❑ **HARMONY***	5,99€	HA0513	3 livres par mois 20,97€
❑ **LES HISTORIQUES**	7,12€	LH2202	2 livres tous les deux mois 17,80€
❑ **SAGAS***	7,68€	SG2303	3 livres tous les 2 mois, 29,46€
❑ **VICTORIA**	7,52€	VI2115	5 livres tous les 2 mois 42,59€
❑ **GENTLEMEN***	7,20€	GT2022	2 livres tous les 2 mois 18,00€
❑ **NORA ROBERTS***	7,52€	NR2402	2 livres tous les 2 mois prix variable**
❑ **HORS-SÉRIE***	7,44€	HS2812	2 livres tous les 2 mois 18,65€

*Livres réédités / **Entre 18,80€ et 19,00€ suivant le prix des livres

F24PDFM

N° d'abonnée Harlequin (si vous en avez un) |__|__|__|__|__|__|__|

Mme ❑ Mlle ❑ Nom : ______________________

Prénom : ______________________ Adresse : ______________________

____

Code Postal : |__|__|__|__|__| Ville : ______________________

Pays : ______________________ Tél. : |__|__|__|__|__|__|__|__|__|__|

E-mail : ____

Date de naissance : ______________________________________

Date limite : 31 décembre 2023. Vous recevrez votre colis environ 20 jours après réception de ce bon. Offre soumise à acceptation et réservée aux personnes majeures, résidant en France métropolitaine, dans la limite des stocks disponibles. Prix susceptibles de modification en cours d'année. Vous pouvez demander à accéder à vos données personnelles, à les rectifier ou à les effacer. Il vous suffit de nous écrire en nous indiquant vos nom, prénom et adresse à : Service Lectrices Harlequin CS 20008 59718 LILLE Cedex 9. Service Lectrices disponible du lundi au vendredi de 9h à 17h : 01 45 82 47 47.